小学館文庫

銀しゃり

新装版

山本一力

小学館

目次

銀しゃり

一

へっついの薪が燃え盛っていた。

町木戸が開いたばかりの、明け六ツ（午前六時）である。寛政二（一七九〇）年三月四日の江戸は、空の根元を朝日がダイダイ色に染めていた。

とはいっても屋根の明かり取りには、まだ陽が届いていない。五坪の土間を、薪の炎が赤く照らし出していた。

「様子はどうでえ、新吉」

仙台堀川に架かる亀久橋たもとの、二間間口の『三ツ木鮨』に、魚の棒手振、順平が顔を出した。様子はどうでえ、が順平の朝の決まり文句だ。ふたりは同い年の二十七である。

魚河岸まで仕入れに出かける順平は、股引に半纏の仕事着である。天秤棒の両端には、カラの盤台がさげられていた。

「なんでえ、朝っぱらからむずかしいつらあしてるじゃねえか」

天秤棒を土間におろすと、順平は櫃のふたを取った。炊き上がった飯が、強い湯気を立ち上らせた。

「今朝はさわるんじゃねえ」

新吉の険しい声を受けて、飯をよそおうとした順平の手が止まった。

「なんでえ、新吉。今朝は様子がおかしいぜ」

順平が口を尖らせた。

「炊き損じだから、食うなと言っただけだ」

「炊き損じだとう?」

櫃のなかに入っているしゃもじで、順平が飯をかきまぜた。

「どっこもわるくねえじゃねえか」

「分からねえやろうだぜ。飯はうっちゃっといてくれてえんだ」

米を研ごうとした手を止めて、新吉が寄ってきた。目に苛立ちの色が浮かんでいる。

「でけえ声を出してすまねえ」

わけが分からない顔の順平に、新吉が詫びを言った。

「わけありで、おれも気が立ってんだ。今朝んところはすまねえが、このまま行ってくれ。おめえがけえるころには、飯炊きも終わってるからよ」

店から追い出された順平は、口を尖らせたまま日本橋へと向かった。

新吉が研いでいるのは、この朝三度目の米である。手前で炊き上げた飯は、二度とも気に入らなかった。

最初は二升の米を目一杯に炊いた。水加減はよかったが、米が多すぎた。釜のなかでぶつかり合ってしまい、わずかに芯が残った。

一膳飯屋なら、文句なしに使っただろう。炊き方うんぬんの前に、麦の混じっていない米だけの飯だ。客はそれだけで、ありがたがるはずだ。

しかし鮨職人の新吉には、得心の行く炊き上がりではなかった。飯櫃に移したあと、二度目の米を研いだ。

手早く洗い、米を一升五合に加減した。水は天気に合わせて心持ち多めにした。重たい木のふたから出る湯気は、勢いよかった。シュウッと力強く噴き出した湯気が、炊き上がりの上首尾を請合っているようだった。

ところが新吉は気に入らなかった。

水が過ぎて、水っぽくなった。鮨飯には、シャキッと硬い飯の腰が命なのだ。飯が水っぽいと、酢を合わせたときに腰砕けになる。どれほど団扇であおいでも、飯に硬さが生まれない。

二度のしくじりで、三升五合の米を無駄にした。もっとも捨てるわけではない。飯に鯖の削り節を混ぜて、握り飯にする。

飯炊きをしくじったとき、新吉はいつもこれを拵えた。仙台堀川に面した飯屋、かずさやが、握り飯ひとつを二文で買い入れてくれるのだ。

木場で働く川並（いかだ乗り）や木挽き職人相手のかずさやは、うどんと握り飯を商う飯屋である。しくじったとはいえ、鮨職人の新吉が炊いた飯は、素人には「美味い握り飯」なのだ。

かずさやは二文で仕入れた握り飯を、ひとつ三文で商った。新吉が拵えたものは、あっという間に売り切れた。

炊き方を過っても、無駄にはならない。

しかし毎朝炊く飯を二度も続けざまにしくじったのは、この朝は炊き方を変えていたからだ。

いつもは二升炊きの釜で、一升八合の米を炊いた。それで美味く炊けていた。今朝に限って変えたのは、飯に合わせる酢が違っていたからだ。

シャキッ、シャキッ。

小気味よい音を立てて、釜のなかで米が研がれている。

「米は、二十も数えねえうちに水を吸い込むんだ。洗い方がとろいと、水を吸いすぎてまずくなる。手早く洗うのが、なによりでえじだ」

新吉が仕えた京橋の親方、吉野家次郎吉は、これが口ぐせだった。洗い方の修業時代、冬の水が冷たくてとろとろ洗っていると、次郎吉はひしゃくの柄で引っ叩いた。六年間、新吉は米研ぎを修業した。それが実ったいまは、手が勝手に動いて米を研いだ。

シャキッ、シャキッ。

十回研いでは、水を取り替える。

すでに三升五合を炊き終わっており、いままた一升六合の米を研いでいる。二荷（約九十二リットル）入りの大きな水がめの、底が見えそうだった。

新吉が使う米は、門前仲町の大田屋から仕入れる庄内米である。これも次郎吉の教えを守ってのことだ。

「ぬるい土地で育った米は、腰にしまりがねえ。少々高くても、寒い国の米がいい」

京橋の吉野家は一年寝かせた庄内米を使っていた。新吉もそうした。大田屋はきちんと搗き終えた白米を、一石（百升）一両一分二朱で納めにきた。近在の房州米に比べて二割も高値だが、それを呑んでいた。

新吉の手が止まった。

二升炊きの釜に一升六合の米と、適量の水が入っている。両手で抱えてへっついに載せた。三度目の飯炊きで、新吉の顔が引き締まっていた。

へっついの焚き口前にしゃがんだ新吉は、生乾きの薪を三本加えた。勢いよく燃えていた薪に新しい木がかぶさり、炎が小さくなった。

湿り気を帯びた薪が炎であぶられて、ぶすぶすとくすぶり始めた。白い煙が焚き口からこぼれ出ている。煙が目に染みた新吉が、まばたきを繰り返した。しかし焚き口から目は離さなかった。

薪が乾き、炎が大きくなってきた。まだ朝日の明かりが届かない土間が、へっついの火に赤く照らし出された。

新吉の顔も真っ赤に染まっている。

炎を見詰めながら、新吉は新しい酢の思案を武家から教えられた、去年十一月下旬の朝を思い出していた。

二

新吉が修業した吉野家は、元禄時代に京から下ってきた初代が、京橋の地で創業した。

安永二（一七七三）年の春、新吉は十歳で吉野家に小僧で入った。見習い修業は箱鮨の型、四寸（約十二センチ）角の木型洗いから始まった。

十三になった春に、米研ぎを言いつけられた。手早く、小気味よく研げと、ひしゃくの柄で引っ叩かれながら、六年間鍛えられた。

飯炊きを許されたのは、天明二（一七八二）年、新吉十九の年からだ。吉野家のへっついは、焚き口三つの大きなものが三基並べて据えられていた。

二升炊きの釜で一升八合の飯を炊く。呑み込みのよかった新吉は、二年目には一度に四つの釜を見ることができた。

「米研ぎと飯炊きは、鮨職人のいろはだ。おめえは筋がいい」

滅多に誉めない次郎吉から誉められた次の月から、新吉は煮方に回された。そして天明八年の暮れまで職人を務めたのち、暖簾分けを許された。

給金が貰え始めたのは、天明四年の煮方に就いた年からである。味が評判の吉野家は大いに繁盛しており、職人の給金も桁外れだった。

最初の給金が二十四両。月にならせば、二両である。

天明四年は、飛びきり腕のよい大工の手間賃が、出面（日当）七百文だった。月に二十日働いたとして、大工の手間賃が十四貫文。金に直せば二両三分だ。

二十一歳の新吉は、もっとも江戸で手間賃が高いといわれる、腕利きの大工と肩を並べる給金を貰っていた。

新吉の腕を買っていた次郎吉は、毎年二両ずつ給金を上げた。住み込みの新吉は、給金に手をつけずにそっくり蓄えた。客からもらう祝儀を、小遣いに回した。

天明九年に暖簾分けをしてもらったとき、新吉は五年間の給金百四十両を元手として蓄えていた。

新吉の在所は飯能である。

「在所の村の名をつけて、三ツ木鮨を名乗らせてもらいてえんで」

「吉野家じゃあ物足りねえか」

暖簾分けを受けながら、別の屋号を名乗るという新吉に、次郎吉は不興顔を見せた。

「そんな了見ではねえんで」

在所の両親はすでに亡くなっていた。

修業に追われて盆正月の藪入りにも、新吉は一度も里帰りをしなかった。

「孝行できねえままになった両親に、せめて商いの屋号で恩返しをしてえんでさ」

次郎吉の前で、新吉は畳にひたいを押しつけた。

「いい了見だ、新吉。勘ちげえしたおれがわるかった」

新吉の思いを汲み取った次郎吉は、十両の餞別を渡して新吉を送り出した。

鮨屋を開くなら深川だと、新吉は二年前から思い定めていた。

深川には木場がある。ここの材木商は、江戸でも指折りの大尽ぞろいである。年中、客を招いては、材木置き場や店で酒宴を催していた。

仕出しは近所の料亭の受け持ちだが、箱鮨は木場に限らず、宴席では人気がある。京橋吉野家の大得意先の何軒かは、日本橋界隈（かいわい）の料亭だった。吉野家仕込みの鮨なら、かならず材木商に売り込める……。

新吉はそれを信じていた。

深川を選んだのは、宴席仕出しのほかにもわけがあった。

木場で働く職人たちに、値段さえ折り合えば売り込めると新吉は踏んだ。

もうひとつは、深川に暮らす武家相手の商いである。

深川には、大川につながる仙台堀川と小名木（おなぎ）川が流れている。その川沿いに、御家人（ごけにん）などの武家屋敷が集まっていた。将軍に御目見（おめみえ）はかなわないが、御家人はれっきとした徳川家家臣である。

深川に暮らす御家人たちは、季節の変わり目ごとに、屋敷内で酒の集（つど）いを催した。この宴席でも、箱鮨はやはり人気だった。

亀久橋たもとの平屋を借りた新吉は、天明の元号が寛政へと改元された一月下旬に『三ツ木鮨』の看板を掲げた。それは文字通り、杉板の分厚い看板だった。

親方次郎吉の言い付けをしっかり守り、米は庄内米を使った。鮨に合わせる酢には、和三盆（わさんぼん）の上質な砂糖と、赤穂（あこう）の塩を用いた。

四寸角の鮨型に、鮨飯を半分敷く。その上に、醤油（しょうゆ）で煮たしいたけを細かく刻んで散らす。そして残り半分の飯を詰めたあと、鯛の刺身や蒸しあわびの薄切りを載せ、型の四隅に錦糸卵を散らしてふたをする。それに重石をのせて型押しすれば仕上がりである。

これが吉野家の『柿鮨』だ。

他の鮨屋は型ひとつの鮨を六十文で商っていた。吉野家は七十文である。十文高くても、客は競い合うようにして吉野家の鮨を買い求めた。

柿鮨のほかに、もうひとつ、鳥貝鮨も吉野家では売っていた。鮨の形は同じで、具が鳥貝ひと味。こちらは型ひとつが五十文だ。

吉野家をのぞく鮨屋は、柿鮨と鳥貝鮨を二段重ねにして、百文で商った。他の店の鳥貝鮨は四十八文が相場だったから、二段で八文の値引きである。

吉野家は一切値引きをせず、二段を百二十文で売った。それでも客足が絶えないほどに、鮨の美味さが図抜けていた。

新吉は、吉野家流儀の箱鮨を拵えた。

深川にも鮨屋は何軒もあったが、どの鮨屋も酢に砂糖は用いていない。吉野家は酢だけではなく、しいたけの煮つけにも砂糖を用いた。もちろんこれにも、他の店は、砂糖を使わなかった。

吉野家の鮨は、酢にもしいたけにも、ほどよい甘さがあった。それが人気で繁盛した。吉野家を真似しようとした鮨屋は何軒もあったが、砂糖の加減が分からず、どこも途中で投げ出した。

庄内米だけを使う鮨飯の美味さも、他の鮨屋を寄せ付けなかった。

しかし吉野家の味を守るには、他の鮨屋の倍近い費えがかかった。なかでも砂糖の値の高さを、新吉は商いを始めてすぐに思い知った。砂糖に比べれば、庄内米の二割高など、物の数ではなかった。

「買ってもらえるのは嬉しいが、無理をして商いをしくじらないでくださいよ」

砂糖を卸す薬屋の手代が、新吉を案じたほどである。商人間の物の売り買いは、年に二度、六月と十二月の節季払いが定めである。

しかし三ツ木鮨のふところ具合を案じた薬屋は、開業直後の一月末に集金にあらわれた。

「あるじの言いつけなもんですから。三ツ木さんには申しわけないが、これからも月末ごとに集金させてもらいます」

口とは裏腹に、手代はまるで申しわけなさそうではなかった。

「それと掛売りは、月に三斤（一・八キログラム）までとさせてください。その上の量が入り用のときは、現金払いでお願いします」

手代は顔色も変えずに、きついことを言い置いて帰った。

一升の飯に合わせる酢が一合である。吉野家は一合の酢に砂糖を四十匁（百五十グラム）と、塩を二十匁（七十五グラム）も使った。和三盆は一斤（六百グラム）で銀十八匁（千四百七十六文）もする。

吉野家ほどに商いが大きければ、量をさばいて儲けを出すことができた。しかし開業したばかりの新吉は、日に柿鮨を十、鳥貝鮨を二十売るのが精一杯だった。

「苦しくても、米や砂糖を惜しんじゃあなんねえ。売値も柿は七十文、鳥貝は五十文だ。安売りはご法度だぜ」

開業に先立ち、次郎吉からきつく言い渡されたことである。

深川の鮨は、どこも二段百文である。新吉は京橋吉野家と同じ、百二十文だ。値の開きの二十文で、かけそば一杯が食べられた。

土地に馴染みのない新吉は、開業早々から苦戦した。いかに味のよさを売り込もうとしても、食べてもらわなければ分からない。

多くの客は、値の開きだけで三ツ木鮨に近寄らなかった。

屋号を吉野家としなかったことも、裏目に出た。吉野家の名は深川にも通っていたが、三ツ木鮨はだれも知らない。次郎吉の許しを得て吉野家職人と看板に記してはいたが、目をとめる者はまれだった。

開業して三カ月が過ぎた五月下旬。新吉は吉野家をたずねた。

「切り売りを許してくだせえ」

頼み込む新吉の両手が、固いこぶしになっていた。

切り売りとは、箱鮨を十二切れに分けて売ることである。江戸の箱鮨屋は、どこもこれをやっていた。

柿鮨がひと切れ五文、鳥貝鮨は四文である。値段の気安さと、ひと口少々で食べられる手軽さが受けて、切り売りは人気だった。

しかし吉野家は切り売りをしなかった。

「なんでえ。おれっちの切り身にゃあ、鯛もあわびもへえってねえぜ」

具が偏ったりすると、客が不満を口にする。どの客にも美味さを均したくて吉野家は元禄の創業から、型売りを通してきた。

「ここと大川の向こうとじゃあ、客も違う。おめえがやりてえようにやってみな」

客に文句をつけられずに売れるなら、と但し書きつきで次郎吉は許した。

三ツ木鮨の切り売りは、深川で大受けした。

柿鮨はひと切れ六文。丸ごと買うよりも二文割高だが、客は文句を言わなかった。食べてみると、味がいいのに加えて、どの切り身にも具が偏らずに入っていたからだ。

鳥貝鮨はひと切れ五文。これは型で買ったときよりも十文も高い。それを埋め合わせるために、新吉は錦糸卵を大盛りにまぶした。

その見栄えが喜ばれて、商いは少しずつ伸びて行った。

店売りの合間を見て、新吉は木場の材木商と武家にも売り込みをかけた。

「京橋の吉野家で修業した職人さんなら、味は確かだろうがねえ……」

材木商の手代は、申し合わせたように渋い顔を見せた。

「仕出しを頼んでいる料亭は、どちらもうちのお得意様でね。あんたんところが、杉を十石も買ってくれるなら考えなくもないが、そうでなければむずかしい」

どの材木商も、同じ口実で断わりを言った。

木場ではまったく芽が出なかったが、旗本家来のひとりが話を聞いてくれた。

深川富川町に暮らす、小西秋之助がその武家である。

八月中旬のある日、新吉は作り立ての柿鮨をさげて、小西家の冠木門下に立った。出てきた下男にあるじの都合をきいてもらったところ、意外にもすぐに会ってくれることになった。

下男に案内されて庭伝いにたずねたら、あるじの秋之助は障子戸を開け放した座敷に座っていた。新吉の顔を見ると、立ち上がって縁側に出てきた。そして新吉をとなりに座らせた。

「三ツ木鮨というのは、亀久橋のたもとで商っておる、あの店ではないか」

初対面の秋之助に場所を言い当てられて、新吉は息が詰まるほどに驚いた。

「いささかわけがあって、おまえの店は知っておる。店を始めたころは、客が少なくて難儀をしただろう」

「なんでそんなことまでご存知なんで」

驚きが引いたあとの新吉は、気味わるさを覚えた。その顔色を読み取ったらしく、秋之助が表情をやわらげた。

「商いを懸命にやってさえいれば、かならず芽を吹くものだ」

秋之助は、おのれに言い聞かせるような口調だった。その親身な物言いに安堵した新吉は、問われるままに商いの次第と、値下げせずに踏ん張っていることを隠さずに話した。

「苦しくても値下げをせず、味を守ろうとするこころざしがよい」

秋之助は新吉の人柄を買おうと言った。

「大してひいきにはできぬだろうが、わしの同輩にも口利きをしよう。いま一度、ひとを信じてみたいがゆえでの」

謎をかけるようなことを言った秋之助だったが、約束通り、近所に住む同輩三人に顔つなぎをした。

「なかなかの味だ。これなら客も喜ぶ」

「あわびの蒸し加減がよい按配だ、わしでも口にできる」

年配の武家は、抜けた歯でも鮨が食えると喜んだ。

お武家さんの得意先ができたぜ……。

新吉が、胸のうちで喜びを嚙み締めようとしたのが九月十五日である。

その翌日、思いもよらない騒ぎが江戸で持ち上がった。

蔵前の札差に、公儀が棄捐令を申し渡したのだ。総額百十八万両もの武家への貸し金を、公儀は書付一冊で帳消しにした。

札差からの借金で、首が回らなかった武家は快哉を叫んだが、札差は飛び上がった。ひと晩で何百両ものカネを遣ってきた札差が、いきなり生き死にの瀬戸際に追い詰められた。

「ざまあみろい。いい気味だぜ」

目に余る無駄遣いに腹立たしい思いを抱いていた町人は、ことの始まりでは札差が落ち目になると、手を叩いた。

しかし札差のカネが世の中に落ちなくなると、たちまち不景気風が吹き荒れだした。

ようやく芽が出始めていた新吉の商いが、棄捐令で大きく痛めつけられた。

仕事が減って手間賃が入らなくなった職人は、安酒は続けたが鮨には手を出さなくなった。亭主の稼ぎがわるくなり、実入りの減った女房連中は、ひと切れ五文の鳥貝鮨すら買わなくなった。

町民が顔をしかめているなかで、武家は借金が棒引きになったことで大喜びした。
棄捐令発布当初から口をへの字に結び、浮かれる武家を苦々しそうに見ていたのは、小西秋之助ぐらいのものだった。

三

寛政元（一七八九）年の江戸は、十一月二十五日夜から雪になった。翌朝を迎えてもやまず、昼を過ぎてやっと厚い雲が切れた。

薄い冬日が差し始めて雪がやんだ。ひと晩降り続いた雪は初雪と呼ぶには重く、日本橋で二寸（約六センチ）も積もった。

小西秋之助が暮らす深川富川町は大名屋敷と寺が多く、土地の広さに比べて住人が少ない。ゆえに雪はさらに厚く、小西宅の庭一面には四寸近くも降り積もった。

秋之助が仕えるのは四千五百石の旗本稲川忠邦（いながわただくに）で、屋敷は新大橋（しんおおはし）である。富川町からは六間堀（ろっけんぼり）につながる大路をまっすぐに十町（約千百メートル）歩く。稲川屋敷は、御籾蔵（おもみぐら）と六間堀を挟んで向かい合っていた。

秋之助は勘定方祐筆（かんじょうかたゆうひつ）で俸給は百俵である。月に三回、六のつく日が非番で、十一月二十六日は雪がやむまで居間で論語を読んでいた。

五尺七寸（約百七十三センチ）の上背があるが、目方は十四貫（約五十三キロ）の痩身である。小さな握り飯ふたつの昼餉を済ませたあと、着替えを始めた。

まだ八ツ（午後二時）でも冬の陽は低い。藁沓履きの秋之助は、のこぎりを手にして庭の竹藪に入った。数百本の太い孟宗竹が茂っており、毎年旨いたけのこが採れる。竹は昨夜来の雪を笹で受けていた。重みで横にしなり、真っ直ぐな竹の根元には、雪が団子になって振り落とされている。

およそ五十本の竹が、地べたから七尺の高さで切り揃えられていた。どの竹も、切り口から一尺おりた節を巻き始めとして、根元から二尺の節まで荒縄できつく縛られている。

縄は寸分のゆるみもなく、しっかりと巻かれていた。いまは縄に雪がかぶさっている。とば口に近い竹のわきにしゃがんだ秋之助は、器用な手つきでのこぎりを使い始めた。

吐く息は白く、挽かれた竹のくずも白い。三本の竹を挽いた秋之助は、庭まで出て縄の雪をはらった。四寸の雪がかぶさった純白のなかで、縄の茶色と青竹色とが際立った。

母屋に戻ると、竹筒を持ったまま濡れ縁に座った。石灯籠にも老松にも雪が厚く載っている。墨絵のようなこの眺めを好む秋之助は、非番と雪とが重なると、手焙ひとつの暖で一日庭を見ることが多かった。

竹筒の一本を手にすると、小柄で荒縄を切った。青竹がふたつに割れた。節の間には、わずかに黄赤色を含み始めた柿が詰まっていた。まだ緑色の実も多くあった。

秋之助は残る二本も開いた。一本あたりの竹に詰められた柿が十五個、都合四十五の実が膝元で小山を築いている。

師走を目前に控えたいま、柿の旬は過ぎていた。青物屋で求められたとしても、崩れそうに熟れた柿か、干し柿である。ところが秋之助の膝元には、まだ緑色を残した若い実の山があった。

座敷から手焙を運んできた秋之助は、両手をかざして指先を温めた。柿の実ひとつを摑むと小柄で皮を剝いた。見るからに堅そうな実は白味の強い柿色で、ゴマが散っている。

四つに切り分けたひとつを口にした。しゃきしゃきと音が立つのは、実がしっかり堅さを残しているからだ。呑み込んだ秋之助が、だれもいない縁側で満足そうにうなずいた。

一個を食べ終わり、つぎの実に手を伸ばしたところで小柄を膝元に置いた。

秋之助の目が老松のさきを見ている。雪をかぶった竹藪が広がっていた。

「旦那様……」

庭から下男が呼びかけていた。

「なにか用か」

「三ツ木鮨の新吉さんが、箱鮨を届けにきております」

下男は江戸者で、きれいな言葉を遣った。

「構わぬ。庭からここに遣しなさい」

下男が下がると、入れ替わるようにして新吉があらわれた。

「お寒いこってす」

「今年は雪が早そうだ。これが根雪になるやもしれぬの」

「景気がよくねえてえのに、雪にまでたたられやすんで……」

新吉からつい愚痴がこぼれ出た。

「商いはどうだ」

「さっぱりでさ」

新吉が言葉を吐き出すと、口の周りの息が白くなった。

「棄捐令てえやつが出されて以来、日に日に町から元気が失せてるようでやす」

秋之助は返事の代わりに吐息をもらした。その吐息も白くなっていた。

「お武家さんは、借金棒引きで喜んでるてえやすが、小西様は浮かねえ顔みてえでやすねえ」

「武家は浮かれているように見えるのか」

秋之助の物言いは、問いではなく、独り言のようだ。口を閉じると、また松の先に目をやった。

新吉は話しかけることができず、持参した箱鮨の包みを縁側に置いた。

柿を詰めた九月十六日を思い返しているのか、秋之助は遠い目になっていた。

四

徳川家幕臣で将軍御目見格を持つ旗本は、江戸に五千二百家を数えた。そのほとんどの旗本勘定方は、九月に入ると心労が続いた。

十月には家来に年俸半額相当の俸給を支払わなければならないのだが、どの旗本も内証が苦しい。その手当てが勘定方の役目であったからだ。

「備前屋との掛け合いは、その後いかに運んでおるのだ」

九月十五日。出仕早々の秋之助を、勘定方差配大木靖右衛門が呼びつけた。

「十月まであと半月しかない。問われても定かに答えられぬゆえ、殿には日に日にご不興が募っておられるぞ」

小太りで五尺三寸の大木は声が甲高い。勘定部屋のふすまを突き抜けたらしく、となりの部屋の物音がやんだ。

「備前屋が追い貸しを渋っておりますことは、差配様にもご承知と存じますが」

「いや、しかとは存ぜぬ」

大木が秋之助の言うことを撥ね付けた。

「仔細を聞く気もないが、小西……その方が殿から四十石（百俵）を賜っておるのは、なにゆえと心得ておるのだ」

「朝から異なことをおたずねですな」

大木は四十八歳、秋之助より七歳も年下である。あまりに横柄な問いをされて、秋之助の口調がぞんざいになった。

「どこが異だと申すのか」

「職分を問われたことがです。おたずねにあらずとも、わきまえております」

「ならば備前屋を従わせろ。念のために言い置くが、その方の役目は備前屋の都合を聞くことではない、金子を調えさせることだ」

言うだけ言った大木は、右手を払って秋之助を部屋から追い出した。

稲川忠邦は四千五百石の知行取旗本である。領地をもらい、その収穫が俸禄となる知行取は国持大名と同じだ。体面を重んずる旗本の多くは、幕府御蔵から蔵米を支給される蔵米取ではなく、知行取を望んだ。

四千五百石の六割は農民の取り分で、忠邦が手にできる米は千八百石。抱える家臣は秋之助を含めて二十七人で俸給が都合九百石、差引の九百石が忠邦の手取りだ。

稲川家は初代から、武州の五カ所に領地を飛び飛びで与えられていた。農民を統べるにおいて不都合を感じた二代目忠義は、目配りのすべてを札差に任せた。請負ったのは猿屋町の札差大店備前屋長八で、これはいまでも変わっていない。

備前屋は手代を領地に差し向け、収穫を管理した。行き帰りの足代だけでも相当な費えだったが、備前屋は手間賃なしで請負った。米の売りさばき占有と引き替えである。

忠邦に支払う金子は豊作不作を問わず、年に九百両。一石一両の勘定である。これはおおむね米相場と一であった。稲川家家臣の米も、同じ取り決めで備前屋が扱った。

豊作で米が値下がりしても九百両が約束されており、忠邦は満足していた。見た目には釣り合いのわるい約定だが、備前屋の算盤は充分に合っていた。忠邦のみならず、家臣の貸し金をも独りじめしていたからだ。

世が移ろっても、備前屋から受け取る金高は動かない。しかし口入屋から雇い入れる下男、下女の奉公人給金をはじめ、屋敷修繕の職人手間賃から油や薪に至るまで、物の値は年ごとに上がった。

俸給は変わらず物だけ高くなることが続き、旗本と御家人、それらに仕える家来まで、武家の内証はどこも火の車だった。

足りないカネを、年利二割近い高利で札差が融通した。借りても武家の実入りは増えず、借金は嵩むだけである。しかし領地の米を押さえる備前屋には、焦付きの心配は無用だ。

寛政元年九月の稲川家では、当主忠邦も家臣も、二年先の米まで担保に差し出すほどの借金漬けだった。そんななかで、備前屋と追い貸しの掛け合いを果たすのが秋之助である。しくじれば、当主はもとより家臣も干上がってしまう。

気の塞ぐ務めを翌日に控えた九月十六日の非番は、なによりの骨休めだった。この日は朝から秋晴れで、朝餉を終えて竹藪に入ったときは、昇る途中の陽が東にあった。

竹はいずれも孟宗で、春には毎年七十を超えるたけのこが出る。土と陽の加減がよいらしく、秋之助宅のたけのこは美味の評判が高かった。

桐板の脚立を抱えた下男が従っている。ふたりが踏みしめて、乾いた竹の皮がカサカサと音を立てた。

「ここから始める、柿を運んでくれ」

母屋に取って返した下男は、大きな竹ザルに山盛りの柿を運んできた。ざっと数えただけで百個はありそうだ。さらに何度も往復して、運び終えたときには七つのザルが竹藪にあった。

秋之助は脚立に乗り、根元から七尺の高さで挽いた。しっかりと根を張った竹は、切り口から青い香りを発している。間引くように五十本を挽き終えたときには、秋の陽が中空まで昇り切っていた。

秋之助は庭に移り、泉水べりの岩に腰をおろした。ここに座れば母屋も庭も見渡せた。右手が竹藪、左側には柿の古木が数本植えられている。秋之助の背後、築山のうしろには老松二本があった。

「酒はいかがいたしましょう」

下男が、竹の皮に包んだ握り飯と菜のもの、それに竹筒にいれた番茶を運んできた。

「あとに縄巻きが控えている」

「分かりました。台所で待っております」

あたまを下げて下男がさがった。

柿の品種は江戸一、甘柿である。九月十四、十五の二日で、秋之助は下男たちに柿の実を取らせた。小さな実は残すようにと言いつけたが、それでも八百を超える実がザルに納まった。

江戸一は若いときに一度甘くなったあと、渋が戻る。そののち色づいて熟れるのだ。

秋之助は若い実が甘いか否かの目利きができた。父親から伝授されたもので、父親も祖父から教わっていた。あたかも剣法家の奥義相伝のようだが、相応のわけがあった。

百六十余年さかのぼった寛永二（一六二五）年三月、三代将軍家光は旗本屋敷地を知行高に応じて定めた。旗本稲川家は、家禄、屋敷地とも当時から同じである。

小西家は下総銚子湊の出で、慶長の初めに江戸に出た先祖は手広く魚卸を営んでいた。その才覚を稲川家用人に買われて、寛永二年七月に町人ながら仕官がかなった。

「武家のいさぎよき生き方を諒とした」

小西家の古文書に残された書置きである。盛っていた家業を捨てたいきさつは残されていない。口で伝え聞かされるのは、武家となった小西家初代が、浜漁師と掛け合って旗本数家の鮮魚を取りまとめ、費えを半減させたということだった。

初代は、仕官と同時に深川富川町に屋敷を構えた。毎日の出仕に手ごろであったからだ。四百坪の土地を手当てできる財力も備えていた。

竹も柿も松も、初代が植えた。小西家の遠い先祖が、銚子の屋敷に孟宗と江戸一を植えていたことに由来してである。

若い柿を竹筒に詰めたのも初代だ。

八代将軍吉宗治世の享保時代、小西家は三代目が仕官していた。初代から百年近くが過ぎ、武家はすでに内証のわるさに苦しんでいた。多くの武家は札差からの借金でしのいだが、小西家は借りずに済ませられた。

春に採れるたけのこ、真冬の若い柿、それに孟宗の青竹と竹の皮を、商人や職人、料亭にそれぞれ売り渡した。

なかでも柿は、両国の料亭『折り鶴』が途方もない高値で引き取った。ある冬、小西家から青竹を仕入れる職人に、当主が五個の柿をみやげに持たせた。その職人が折り鶴の板長に自慢したのが端緒である。

「ひとつ二朱でいただきますゆえ、卸すのはてまえだけということで」

一個二朱、八個で一両である。旬のころなら大きな柿が二百個以上も買える、ばかげた高値だ。料亭のあるじをまえにして、三代目は黙考した。

たけのこや青竹、竹皮を売りさばくことには負い目はなかった。値も相場より安く譲ってきたし、なにより多くのひとの役に立つという本分があった。

ところが柿は違う。真冬の若柿は小西家に伝わる技だが、先祖たちは高値の商いを望んだわけではない。自家で食べるほかは、来客へのみやげに使ってきた。

しかし内証の詰り方は小西家とて同じである。たけのこなどからの実入りは数両に過ぎず、初代が遺した蓄えも底を突きそうだった。

若柿も先祖が遺してくれた財産……。

三代目は折り鶴の申し出を承知した。

「そなたのみへの納めも値も承知した。受けるについては、ひとつ決め事がある」

「なんでございましょう」

「一切、他言は無用ということだ」

「それはてまえどもこそ、お願い申し上げます。よそでは出せないこの柿は、てまえどもの大きな売り物になりますから」

料亭は客に四倍の二分で出した。通人と呼ばれたい大尽連中は、正月の縁起に競い合って若柿を求めた。四百個仕入れても、七草には底をついた。

料亭がどれほど欲しがっても、小西家は四百個しか出さなかった。それでも五十両の実入りであり、稲川家からの俸給を上回った。

料亭の客は札差が大半だ。武家を苦しめる金貸しに、小西家は高値で柿を売って稼いでいるも同然である。柿のおかげで借金をせずに済んだ。同時に忸怩たる思いも抱えた。

柿が豊作でも四百個に限ったのは、小西家なりのけじめと言えた。

屋敷を継ぐのは長兄で、他は分家が定めである。分家の男子に仕官の道は皆無だ。柿、竹、たけのこで得る金子が、分家の費えに充てられた。

小西家三代目以降、柿の目利きが長子に限られた所以である。

昼餉のあとで竹割りが始まった。秋之助が鉈で切り口を作り、下男が根元から一尺まで割り下げた。

若いながら甘味を持った柿は、さきがわずかに色づいて黒い輪が取り巻いている。

輪の加減の見極め方に秘訣があった。

ザルの柿を手にした秋之助は、ひとつずつ念入りに目利きして竹に詰めた。縄を巻くのは下男に任せたが、仕上がりは手ざわりで確かめた。

昼過ぎに始めた柿詰めが一本を残すのみとなったとき、深川永代寺から七ツ（午後四時）の鐘が流れてきた。

稲川屋敷の勘定方同輩が屋敷に駆けつけてきたときは、まだ鐘が続いていた。息急き切ってたずねてきたのは、石田六右衛門である。石田も大木配下の勘定方で、出入り商人目配りと勘定支払を担っていた。

役目柄、秋之助は石田と同室だが、さほどに親しい間柄ではない。石田は本所竪川沿いで敷地七十坪の平屋に暮らしている。相手に遠慮した秋之助は、石田宅をおとずれたこともなかった。石田も同様である。

そんな同輩が非番の日に、それもまだ役務のさなかにたずねてきた。なにごとかと訝った秋之助は、残る一本の柿詰めと縄巻きを下男に任せて母屋に戻った。

座敷に入る手前で、秋之助は下女に小声で茶を言いつけた。居間で待つ石田と向かい合って間をおかず、下女が茶を運んできた。

上客に供する煎茶である。茶は両国折り鶴からの進物だった。茶箱にしっかり封じ込められた茶は、秋にいれても香りを放った。

茶とともに水菓子で柿が出された。急いでいたはずの石田だが、茶のあと柿を口にした。

「今年の初物をいただくが、なんとも上品な甘味ですなあ」

柿を食べ続ける石田は話に入らない。用向きが分からない秋之助は胸のうちで焦れた。しかしそれを相手に見せる親しさは抱いておらず、知らぬ顔で向き合っていた。

「その様子では、小西氏は今日の騒動をまだご存知ないと存ずるが……」

食べ終えた石田が、もったいぶった口調で話し始めた。秋之助は口を閉じたままだ。

「今朝方、北町奉行所に札差の肝煎連中と蔵前の町役人が召し出されての……奉行みずからの口で棄捐令を申し渡されたそうだ」

「言われることが呑み込めぬが」

「小西氏は棄捐令をご存知ないか」

「貸し借りを帳消しにするということだ。言葉は存じておる」

秋之助の口調がわずかに尖った。石田がにやりと唇の端をゆるめた。

「まさにそのことよ。聞こえてきた話で定かには分からんが、北町奉行は札差百九名すべてに、貸し金の棒引きを命じられたそうだ」

「なんと」

「さすがの小西氏も驚かれたか」

「それでその仔細は」

問われた石田は、ふところから半紙を取り出して秋之助に手渡した。一瞥して、秋之助の目が見開かれた。

「まことにこの金高を、御上は札差に棄捐申し付けられたというのか」

「いかにも左様だ」

同意を求めるかのように、石田が笑いかけてきた。秋之助は取り合わず、半紙を膝元に置いた。

「金百十八万八百八両三分ト銀十四匁六分五厘四毛」

石田が書いた太筆の金高が、半紙のうえで跳ねていた。

「我等が備前屋に抱え持つ借金が、きれいに消えた。すぐにも小西氏に伝えたくて、差配に断って抜け出してきた次第だ」

浮かれ顔の石田が、恩着せがましいことを口にした。秋之助は返事もせず、目元を曇らせて黙っていた。

「どうされた、小西氏。そこもとは、余り嬉しくなさそうだの」

「下世話な物言いだが、札差が武家に踏み倒されたというわけか。それも百十八万両という、途方もない貸し金を」

「これまで何十年にもわたり、高利をむさぼってきた連中だ。帳消しになった貸し金など、とうに元は取れているわ」

秋之助の応じ方が気に食わないらしく、石田が尖った口調で吐き捨てた。

「いま少し柿はいかがかの」

「おう……喜んでいただこう」

石田があっさり表情を戻した。

「ならば暫時待たれたい」

秋之助が座を立った。手を打って下女を呼べば済むことだが、秋之助は座を外したかった。台所までゆっくり歩き、柿と茶の支度を言いつけたあとも、その場を動かなかった。

札差備前屋長八との掛け合いには、いつも難儀をさせられた。渋々ながら追い貸しを呑むとき、備前屋は何らかの割増を毎度求めた。

あるときは証文書替え料の上積みを呑まされたし、今年三月の掛け合いでは藁が高値だからと、一俵十文の値上げを押し付けられた。

いずれも秋之助は聞き入れた。差配の大木は秋之助をきつく叱責したが、それでカネが手にできるならと最後には折れた。

手ごわい備前屋は、しかし貸すと請合ったカネは、約定の日に一文も違えず出した。

利息が高いとの不満は武家が等しく抱いているが、高利を承知の借金である。備前屋は約束を守ってきた。返すと約定した日に返さず、定めを破るのは武家である。

その武家が備前屋を踏み倒すという。しかも借り手は、たとえばいま座敷にいる石田は、なんら恥じることなく喜び躍っている。

石田の喜ぶさまを見て、秋之助は胸に大きなざらつきを覚えた。到底、武家の振舞いとも思えなかったがゆえである。

浅ましさを見せつけられた思いがした秋之助は、石田を残したまましばらくは座敷に戻らなかった。


「小西様……小西様……」

新吉に呼びかけられて、秋之助は物思いを閉じた。新吉が膝元の柿を見ていた。

「いまどき、まだ青い柿があるんですかい」

初めて若柿を見た新吉が、目を見開いていた。

「ひとつ食ってみぬか」

「そいつあ、ぜひにもいただきてえ」

届けてきた鮨のことも忘れて、新吉が舌なめずりをした。

歯ごたえのしっかり残った柿に、新吉は心底から感心した。そして秋之助を相手に、しばらく柿談議に花を咲かせた。

酢の思案を秋之助から聞かされたのは、このときである。

思いもよらない知恵を授けられて、新吉は胸を膨らませて帰って行った。

しかし秋之助は浮かない顔のままだった。

さきほど思い返した、石田のことにまだ気持ちが絡め取られていたからだ。

五

あたかも孝三（こうぞう）と同じではないか……。

借金が帳消しとなって喜ぶ石田を見たとき、秋之助はその年の七月に生じた蕎麦屋（そばや）との一件を思い出した。

秋之助は蕎麦切りがなによりの好物である。新吉の箱鮨を食べてからは、鮨の美味さを見直している。それでも蕎麦好きには変わりがなかった。

秋之助が住む富川町の辻（つじ）には、十三年前から蕎麦の屋台が商っていた。

『おおもり』と屋号を仮名書きした屋台は、季節を問わず七ツ（午後四時）から五ツ（午後八時）まで蕎麦を供した。

この屋台の主が孝三である。

蕎麦を茹でる孝三のわきで、女房がどんぶりを洗ったり、薬味を刻んだりしていた。

「いい蕎麦だ、また寄せてもらおう」

屋台ながら、深川の蕎麦屋にひけをとらない美味さだった。信濃と上州の蕎麦粉で打った味を、秋之助は大いに気に入った。初めて口にした日から、秋之助は五日に一度は屋台に立ち寄り始めた。

五年を過ぎたとき、女房は赤ん坊を背負っていた。

十年目には、こどもも屋台を手伝い始めた。

冬場、七輪のわきで手を温めるこどもに、秋之助は柿を持たせた。春には数本のたけのこを孝三に手渡したりもした。

付き合い始めて十三年目の今年、寛政元（一七八九）年一月二十六日に、非番の秋之助を孝三がたずねてきた。二日続きの雪の日だった。

飽きずに庭を見ていた秋之助は、こだわりなく孝三を座敷に招き上げた。

「お武家さんに頼めることじゃあねえんですが、なげえ付き合いに免じて聞いてくだせえ」

「聞いておまえの役に立つなら、遠慮せずに話しなさい」

過ぐる十二年の間、秋之助は屋台の蕎麦を食べてきた。馴染み客が多くついているのも見て分かっている。それでも浮ついたこともせず、女房、こどもと一緒に屋台を続ける孝三を見て、それなりに人柄は分かったつもりだった。

「なんとか店が持てそうなんで」

「それはめでたい。場所はどこだ」

「仙台堀亀久橋のわきなんでやすが、あすこなら色町げえりの客もあてにできやす」

孝三が見つけた空店(あきだな)は、二間間口の二階家だった。めぐり合わせと言うべきか、孝三が見つけた空店のとなりで、新吉が三ツ木鮨開業の備えを始めていた。

二階家の一階は客の座る土間が七坪で、奥に台所が五坪あった。うまくさばけば、日に百の蕎麦が商えると孝三が請合った。

「蓄えはそれなりにありやすが、道具を据えつけたり卓を拵えたりで、物入りでやしてね。店を借りる銭が足りねえんでさ」

「それを用立てて欲しいというのか」

「とんでもねえ。そんな厚かましいことなんざ、かんげえもしやせん」

「ならばどうしろというのだ」

「二十両を借りる算段がつきやしたんで、なんとか後見(こうけん)に立っていただきてえんで」

「借金の保証人になれということか」

「その通りでやす。百の蕎麦を毎日売りゃあ、日銭で一貫六百文へえりやす。女房もあっしも死ぬ気で稼ぎやすから、月に八両の稼ぎは間違いねえとこでさあ」

「屋台ではどうだったのだ」

「あれはお天気まかせでやすから、稼ぎを言っても役には立ちやせん」

「だとしても知りたい。月にならして、およそいかほどの稼ぎだったのだ」

「うまく行った日で、二十杯てえところでやしたが……」

秋之助は勘定方で暗算は得手である。次々に問いを発して、孝三から仔細を聞き取った。

借り入れる二十両は二年年賦で、毎月一両の均等払いだという。二年で二十四両の返済なら年利一割、札差よりは低利だ。

月に八両稼げたとして、蕎麦粉など元値にかかるのがおよそ二両、薪代などで一両。ほかに店賃（たなちん）（家賃）が銀で二十二匁だが、これなら月一両の借金を返す勘定は充分に成り立つ。

「一度店を見させてもらおう。それで得心が行けば、後見に立とう」

秋之助が店を見に行ったとき、三ツ木鮨はすでに看板を掲げて商いを始めていた。食い物屋が隣り合わせになるわけだが、まるで商い違いである。

秋之助は三ツ木鮨の売値を見た。

『柿鮨　七十文』

『鳥貝鮨　五十文』

値札を見て、秋之助は安心した。隣り合わせとはいっても、孝三の蕎麦屋は一杯十六文のかけそばが売りである。味と値とが釣り合っているのは、十二年食べ続けてきた秋之助がよく分かっていた。

木場の職人たちには、鮨よりも蕎麦が好まれるに相違ない……。

店を見たことで、秋之助は引き受ける肚を固めた。

二月六日に、秋之助は孝三夫婦を富川町に呼び寄せた。

「金貸しと同じ約定で、わしが二十両を貸そう。おまえたちは力を合わせて、美味い蕎麦を作ればよい」

秋之助のまえで、ふたりは涙を流して喜んだ。

明けても暮れても、秋之助の務めは金貸し（札差）との掛け合いである。身体の芯から疲れを覚えていた秋之助は、人助けでわずかながら気が晴れた。

おのれがカネを出したのは、孝三の人柄と蕎麦とが気に入っていたからだ。それと保証人になるのを嫌ったこともある。

務めのほかで、それも他人の借金のことで、金貸しと顔など合わせたくもなかった。

秋之助は貸し付けの一切を、家人には話さなかった。二十両といえば稲川家に勤める俸給の半分を超える大金である。妻には余計なわずらいの種を聞かせたくなかった。

秋之助がカネを用立てた翌日の夜。周旋屋の印形が押された『店賃約定書』を見せに、夫婦がふたたび屋敷をおとずれてきた。

「てめえの店が持てたなんざ、いまでも夢みてえでさ。ありがとうごぜえやす」

ふたりそろって、客間の畳にひたいをこすりつけた。

「もうよい、分かった」

貸し金を家人に知られるのを案じた秋之助は、心持ちは充分に分かったからと、ふたりを早々に庭におろした。

空から降り注いでいるのは、二月上旬の細い月明かりである。それを背に浴びながら、孝三と女房は何度も辞儀を繰り返した。

借家の造作には思いのほか手間取り、仕上がりが三月二日になった。蕎麦茹での大鍋に水を張ったのは、ひな祭りの日である。その夜、孝三はひとりで小西家に顔を出した。

「小西様にはぜひとも来ていただきてえんで、店開きは三月六日に決めやした」

「それはめでたい。口開けは、なんどきだ」

「木場の職人たちを当て込んで、昼にしようと思いやす」

「いい思案だ。ならばわしは時分どきを外して、九ツ半（午後一時）の見当で行く」

「分かりやした」

答える孝三に威勢が薄いと感じた秋之助は、様子に変わりはないかと問うた。

「屋台のときとは、どうにも勝手がちげえやしてねえ。ちょいと戸惑ってやすんで」

話す孝三から酒がにおった。

秋之助はかすかな不安を感じた。しかし開業を目前にして、気が張っているゆえだろうと思い直し、孝三を力づけて帰した。

三月六日の九ツ半に、二分の祝儀をつつんで秋之助は店をおとずれた。景気づけに灘酒（なだざけ）の切手と角樽（つのだる）を、とも考えた。しかし先夜の酒のにおい方が気になっていたこともあり、酒を控えてカネを包んだ。

昼を過ぎていたこともあるが、土間にはひとりの客もいなかった。

「どうだ、店開きの首尾は」

「ほどほどでやした」

気落ちしたような返事をしたあと、孝三がかけそばを拵えて運んできた。ひと口つけて、秋之助は首をかしげた。それを見た孝三は、秋之助の前に座った。

「茹でる火加減が、まだうまくつかめねえんでさ。おいおい、元に戻りやすから」

三月六日の開業日は、店主の不景気づらのままで暮れた。

この日までの孝三は、屋台で美味く食べさせることに気を遣ってきた。打った蕎麦は、七輪の弱い火でうまく茹で上がった。つゆの加減もやはり七輪の炭火に合わせていた。

ところが店を構えたあとは、へっついの強い火で茹でることになった。つゆを沸かすのも、へっついである。蕎麦作りの元が大きく変わってしまい、孝三は戸惑いを消せぬままに開業した。

器も屋台当時の物をそのまま使った。箸も丸箸である。屋台では通用したが、店構えをした蕎麦屋では貧相だった。

それらのことが重なり合い、開業当日は、茹で過ぎの、醬油が強い蕎麦を出してしまった。木場の職人たちは、話す口に遠慮がない。

「やめときな、あの蕎麦屋はひでえ」

「屋台上がりじゃあ、しゃあねえや」

わるいうわさが木場を走り抜けてしまい、お目当ての職人が寄りつかなくなった。

孝三は色町帰りの客も当てにしていた。ところが連中の多くは、店に座るよりは、立ち食いの屋台を好んだ。これも孝三の読み違いだった。

律儀に生きてきただけに、思惑外れが孝三にはこたえた。客の入らない土間を、親子三人が暗い目で毎日見詰めた。次第に気持ちが荒んでしまい、孝三は酒に逃げる日が続いた。

三月に店開きした蕎麦屋は、五月にはすでにおかしくなった。やけ酒が残ったままでは蕎麦が打てず、店を休んだ。

こんなことを繰り返した挙句、五月の返済がとどこおった。

秋之助は勤め帰りに店に出向いた。

隣の三ツ木鮨の店先も、さほどに賑わっているようには見えなかった。が、蕎麦屋とは異なり、活気のようなものが通りにまで漂い出ていた。

三ツ木鮨の様子をしばらく眺めてから、秋之助は蕎麦屋に入った。

前触れもなしにあらわれた秋之助を見て、孝三はうろたえた。酒で赤黒くなった顔が隠せなかったからである。

「ここに座りなさい」

座敷に孝三を呼び寄せた秋之助は、厳しく叱りつけた。女房もこどもも一緒になって、肩をすぼめて詫びを言った。

「明日から商いに励みやすから」

酒くさい息を吐きながらも、孝三は詫びた。その姿は、心底からおのれの振舞いをかえりみているようだった。

「明日からといわず、今夜のうちに仕込みを始めることだ。明日に回そうとする、その心根が腐っているぞ」

秋之助は酒を断てと念押しした。孝三のわきに座った女房も、かならず酒断ちをさせますと請合った。

しかし孝三は酒がやめられず、次第に酒毒（しゅどく）が回っていった。

六月六日、秋之助はふたたび店の様子を見に行った。夕刻の客が入り始める七ツ半（午後五時）だというのに、暖簾（のれん）も提灯（ちょうちん）も出ていない。

ところが前回おとずれて幾日も経（た）っていないというのに、三ツ木鮨は、多くの客で店先が賑わっていた。

『柿鮨　ひと切れ六文』

『鳥貝鮨　ひと切れ五文　錦糸卵大盛り』

この前のときにはなかった値札である。

商いに工夫を取り入れたか……。

鮨屋に感心しながら、孝三の店に入った。

客はひとりもおらず、かまどでは燃え尽きる手前の薪が、頼りない火を見せていた。

「また呑んでいるのか」

「呑んでちゃあいけねえのかよう」

孝三は詫びも言わずに開き直った。

五月晦日（みそか）に厳しく叱責したばかりだ。秋之助は意見する気にもなれずに店を出た。すでに梅雨に入っており、富川町に帰る細道はぬかるみだらけだ。

夜の雲は厚く、月星もない闇（やみ）である。

足掛け十三年の付き合いを通じて、孝三は誠が固まりになった男だと見込んでいた。それがわずか三カ月で壊れかけている。ひとの弱さを目の当たりにして、秋之助から深いため息が漏れた。

翌日、雨の富川町の辻で、破れた番傘を手にした孝三が秋之助を待っていた。

「ゆんべは、取りけえしのつかねえことを口走っちまいやした。あっしも心底から懲りやしたんで、勘弁してくだせえ」

雨の辻での立ち話だったが、秋之助は孝三の詫びを受け入れた。

しかし馴染み客は、あてにならない孝三の商いぶりに嫌気がさしたらしい。ひとり、またひとりと、蕎麦屋から遠ざかった。

そのうえに、梅雨でひとの出歩きが減ったことが重なり、日に二十杯も売れない。

孝三はまたもや酒に逃げた。閏六月晦日の夜、秋之助が亀久橋の店に出向いた。

「この次に約束を違えたならば、おまえから店を取り上げるぞ」

めずらしく秋之助が声を荒らげた。孝三はふて腐れて、横を向いたままだった。

翌七月一日の夜、したたかに酔っ払った孝三が、秋之助宅に怒鳴り込んできた。玄関先で散々に悪態をついてから、孝三はそのまま姿をくらませた。この騒動で貸し金の一件が家人に知れた。

七月六日の非番の昼過ぎ、秋之助は重たい足取りで蕎麦屋をたずねた。店には女房しかいなかった。

「あのひとは出てったきりなんですよ。おかげで、店も開けられやしない」

女房の口ぶりが別人のように荒んでいた。なにをたずねても生返事しか返さず、仕舞いには女房までが開き直った。

「うちらがカネを貸してくれって頼んだわけじゃないですからねえ。おたくが勝手に貸したカネを返せって言われても、店も閉めたままなのにできっこないでしょうが」

汚い言葉を聞くのがおぞましくて、秋之助は蕎麦屋を出た。用立てた二十両のうち、返ったのはわずかに二両だ。

顔見知りの奉行所同心に訴えることも考えた。が、旗本の勘定を担う者が貸し金を踏み倒されたなど、物笑いでしかない。

それでも訴えたとしても、カネの貸し借りに奉行所は冷たい。せいぜいが当人たちを呼びつけ、互いに話し合えと裁くのが落ちだ。

業腹ではあったが、秋之助は踏み倒されたことを受け入れた。妻はなにひとつ咎めなかった。咎められないだけ、秋之助は余計に気が重くなった。

孝三夫婦が店を居抜きで売り飛ばし、江戸を離れたと知ったのは、八月の中旬に差しかかるころだった。

師走を目前にしながら若柿を口にして、新吉はこころからの喜びを伝えて帰った。

秋之助から柿の皮の使い道を伝授されたとき、新吉はこどものように目を輝かせた。

孝三が売り飛ばした店は、いまだに空家のままである。札差がカネを遣わなくなったいまとなっては、借り手がつくのも難儀だろう。

同じ時期に同じ場所で、ともに食い物屋を開業した孝三と新吉だが、一年を経ずして答えがふたつに分かれた。

孝三は借金を踏み倒して夜逃げをした。いまもって行方知れずである。

新吉は難儀の末に、馴染み客がつき始めた。その矢先に、棄捐令の大波に襲いかかられた。商いも振り出しに戻った。

しかしやけになっている節はなく、いままで以上の気迫で、商いと向き合うという。

新吉は、孝三とわしのかかわりをなにも知らない……何度か話してみて、秋之助はそれを察した。そして、人柄の違いを思い知った。

この先、景気はますます厳しくなる。勘定方の秋之助は、武家にはめずらしく景気の先行きが見通せた。

商いを続けるのは容易ではない。

ひとごとならず、それは秋之助の若柿の商いにも影を落としそうである。毎年、この時期には柿の首尾をうるさく問うてくる折り鶴が、今年はなにも言ってこない。

途方もない値で柿を食べた札差は、いまは潰れ株（廃業）とならぬように、命がけで踏ん張っている。料亭遊びなど、埒外の話だ。

札差が食べなければ、若柿は単なる季節外れの柿である。今年からは、遠い先祖がしたと同じように、小西家で味わうことになると肚をくくった。

ひとを足蹴にせず、家格相応の暮らしをすればいい……こう思い至ったとき、あらためて孝三と石田の姿が重なった。

棄捐令発布を知らせにきた石田をしばらく待たせたあと、秋之助みずからが柿の載った盆を運んだ、九月十六日の夕刻。

「まえのに変わらず美味い柿だ」

石田は目を細めて半紙に見入っていた。

膝元に柿が出されると、石田は半紙を四つ折りにしてふところに仕舞った。

わずかな間に、石田はぺろりと平らげた。

「しかし小西氏、これでそなたも備前屋とは心置きなく掛け合えるわけですな」

「十月米のことを指しておられるのか」

「左様、左様。借金が消えたからには、我が稲川家の米は、まっさらも同然だ。いまはもうなんの負い目もないゆえ、存分に掛け合ってくだされ」

石田が高笑いした。前歯の隙間に、柿の実が挟まっていた。

あの日のことを思い返すと、腹立たしさが募ってきた。

借金を踏み倒して恥じないことでは、孝三も武家も同じに思えたからである。

ひたむきに商いに励む新吉に思いを馳せて、秋之助は怒りを抑え込んだ。

寛政元年十一月二十六日のことである。

六

一升六合の米を炊いている釜が、少しずつ噴き出す湯気の勢いを増していた。

焚き口で火勢を見ている新吉は、薪を動かして炎を強くした。重たい木ぶたの隙間から湯気が立ち始めれば、火をさらに強くするのがコツである。

薪をへっついの奥に突っ込んでから、新吉は立ち上がり、釜に近寄った。

湯気に手をかざして、熱さの加減を確かめた。まだ手がかざせることが分かり、もう一度焚き口を掻き回した。

煙を出していた薪から、大きな炎が立った。へっついの火が、さらに勢いを増した。

炎につられたかのように、湯気の噴き方が強くなった。

シュウウウ……。

音をつなげて湯気が噴き出し始めた。

新吉は炎の勢いをそのままにして、木ぶたのわきに手を置いた。熱い。素早く手を引っ込めた。すぐさま焚き口の前にしゃがみ込むと、まだ燃え盛っている薪を取り出した。

薪を取り除いたところで、湯気の勢いが弱くなった。飯が炊き上がりつつある。思いっきり細めた火が燃え尽きたところで、新吉はへっついから釜をおろした。そして、しっかりと木ぶたを閉じた。

ここからゆっくり三百を数え終われば、飯が一番うまく蒸し上がる。

十九、二十の二年間、新吉は毎日一斗の飯を炊いた。三百数える方法を編み出したのは、十九の夏だった。
二百から始めて、三百五十まで、十刻みで蒸し方を変えてみた。そして三百が一番美味いことを探り当てた。

「おめえ、口のなかでぼそぼそと、まじないみてえなことを言ってるだろう」

鮨酢を合わせる年長の職人が、あるとき新吉に問い質(ただ)した。

「あのまじないがあるから、おめえの飯がうめえって評判だ。どんな呪文(じゅもん)かを、おれにもおせえてくれ」

真顔で問われた新吉は、ゆっくり数を三百まで数えているだけだと答えた。

「ほんとうに、そんだけかよ」

半ば疑りながらも、職人は三百を数えた。が、新吉のようには蒸すことができなかった。数え方が速すぎたからだ。

「出し惜しみして、おれにトンチキを吹き込みやがったな」

ばかにされたと思い込んだ職人は、こぶしを振り上げて怒りまくった。困り果てた新吉は、職人をわきにおき、はっきりした声で数を数えた。

「へぇえ……ほんとうだ」

蒸し上がった飯を口にして、職人はやっと本気にした。以来、いまだに吉野家では、飯炊き当番は三百を数えている。

三度目の飯も蒸し上がった。

木ぶたを取る前に、新吉は両手を合わせて拍手(かしわで)を打った。そしてゆっくりとふたを取り去った。

釜から湯気が立ち上った。旨味(うまみ)に充(み)ちた香りが、土間に漂った。ときはすでに、六ツ半(午前七時)を過ぎている。明かり取りから、光が差し込み始めていた。

湯気が消えて、釜のなかの飯が見えた。ひと粒ひと粒、きれいに立っている。新吉がこの朝初めて笑顔になった。

差し渡し一尺五寸の飯台を板の間に置き、釜の飯をていねいに移した。二升飯の飯台である。一升六合の飯を移しても、充分に隙間があった。

新吉はしゃもじで飯をすくい取った。そして口に運び、熱い飯を舌で吟味した。

新吉の顔が、さらに崩れた。炊き加減が上首尾だった笑いである。

飯を味わいながら、ゆっくりと噛んだ。

庄内米ならではの、上質の甘味が口のなかに広がった。

うまい！

だれもいない板の間で、まるでだれかが聞いているかのように、声をこぼした。

ひと息ついてから、鮨酢の入った素焼きのどんぶりを運んできた。この酢を試したいがために、新吉は米の炊き方を変えたのだ。

砂糖と塩を加えて、すでに酢の味を調えていた。が、いつもは見なれないものが、酢のなかに入っていた。

どんぶりを飯台に差し出した新吉は、中身の半分を飯にかけた。左手に持ったうちわで飯をあおぎながら、右手のしゃもじで飯をかき混ぜ始めた。

しゃもじを縦にして、混ぜるというよりは飯を切っているようだ。しゃもじが飯台の底にあたり、コツン、コツンと音を立てた。

ひと通り混ぜ終わると、残りの酢を飯にかけた。どんぶりに、赤くて細長い帯のようなものが残った。

柿の皮である。

去年の十一月に、秋之助から合わせ酢の作り方を伝授された。

「しんどくても、なんとか踏ん張ってやすが、砂糖のたけえのにはあたまがいてえんで」

若柿を食べながら、新吉がぼそりと愚痴をこぼした。

「砂糖は、合わせ酢に使うのか」

「よくご存知で。親方からは、吉野家の味を変えるなときつく言われてやすんで、一合の酢に四十匁の砂糖が入り用なんでさ」

「ならば、柿の皮を酢に漬けてみろ。砂糖の量が半分に減るやもしれん」

小西家では、代々、柿の皮を甘味の足しに使っているという。それを試せと秋之助が勧めた。柿の皮は入り用なだけ、秋之助が回すと請合った。

「漬け過ぎはまずいが、足りないのもうまくない。漬けてふた月が頃合いだろう」

新吉は教えられたその日から、柿の皮を酢に漬けた。そのあと、十二月初旬、今年の元日、二月一日の三度に分けて漬けた。

十一月下旬に漬けた酢を、新吉は二月初めに試した。秋之助から教わった通りに、砂糖の量を半分にした。

酢の味が強すぎたが、とても砂糖を半分に減らした味ではなかった。しかも柿の旨味が溶け出しており、いままでの鮨酢にはない味わいがあった。

新吉はその鮨飯を、京橋に持ち込んだ。

「このままじゃあ酢が尖ってて使えねえが、按配をうまくすりゃあ、おもしろい味が出せるかもしれねえ」

次郎吉は、三ツ木鮨で試すことを許した。

その鮨酢を、新吉は三月四日の今日から使う気である。酢に合わせて、一番美味く炊ける米の量も探し当てた。

しゃもじの手を止めて、酢が飯に馴染むのを待った。飯台から、柿の香りが漂っている。新吉は我慢しきれずに、飯をひとつまみ、口に入れた。

砂糖だけでは出せなかった、まろやかな甘味を舌が捉(とら)えた。合わせて、柿の香りも味わえた。

柿の香りが楽しめる、柿鮨(こけらずし)。

桜が満開になっても、不景気風はやまない。しかしこの酢を使えば、かならず評判になると確信した。

しゃもじを飯台に置いた新吉は、秋之助の屋敷に向かって深い辞儀をした。

明かり取りから差し込む光が、飯台の飯をキラキラと輝かせていた。

七

寛政二（一七九〇）年三月四日。

新吉は合わせ酢の按配を味見したあと、半纏(はんてん)を羽織って小西秋之助の屋敷をおとずれた。出仕前の秋之助は、こころよく新吉を庭に迎え入れてくれた。

「小西様の青柿を、なんとか分けていただきてえんでさ」

なにに用いるかのわけを聞き取った秋之助は、下男に柿の詰まった青竹を運んでくるように言いつけた。

「わしからの祝いだ、遠慮は無用ぞ」

棄捐令が発布された翌年、寛政二年の正月は、両国の料亭折り鶴が柿を仕入れにはこなかった。手元に数百の柿が余っている秋之助は、惜しげもなく十本を新吉に分け与えた。

「ありがとうごぜえやす」

思いもかけない数をもらえた新吉は、上気した顔で礼を口にした。しかしいざ受け取ってみると、十本は抱えきれなかった。

一本の竹には、十五個の柿が詰まっている。一、二本を分けてもらえれば上出来だと思っていた新吉は、十本もの竹を持ち帰る手立ては考えないで顔を出していた。

「おまえひとりでは手に余るだろう」

様子を察した秋之助が、下男を一緒につけてくれた。

下男は五本の竹をひと括（くく）りにして、新吉とおのれとでそれぞれ抱えて店まで運んだ。

「おかげで大助かりでさ」

土間に竹の束をおろした新吉は、仕入れの銭袋から二朱金一枚を取り出した。

「おれにできる礼は、これっきりありやせん。どうかおさめてくだせえ」

新吉は二朱金を下男に握らせようとした。心づけにしては、二朱は大金だ。小さな金貨一枚がおよそ六百三十文で、裏店（うらだな）ひと月の店賃に相当する。

秋之助の屋敷に顔を出すたびに案内してくれる下男とは、新吉は心安い口もきいていた。しかも富川町から亀久橋まで、柿の詰まった青竹を一緒に運んでもらったのだ。

新吉はなんとか下男に礼を伝えたかった。ところが相手は、頑として受け取ろうとはしなかった。

「お互いにふところ具合が分かっている身だ。あんたの気持ちは嬉しいが、これは受け取れない」

「そう言わずに受け取ってくんなせえ。一度出したものは、引っ込められねえ」

固くこぶしに握った下男の手を、新吉がこじあけようとした。

「うちの旦那様は、よくよく思案した上で、この青竹をあんたにくれたんだ」

秋之助が柿一個を二朱で料亭に卸していたことを、下男が話した。途方もない高値を聞かされて、新吉から言葉が出なくなった。

「あんたも知っての通り、棄捐令が出されて以来、江戸の景気はわるくなる一方だ。この柿を仕入れにきていた料亭も、今年は一個も買いにこなかった」

料亭で桁違いのカネを遣っていた札差が、青息吐息なのは新吉もうわさで知っていた。

札差でなけりゃあ、柿一個に二朱も払う酔狂者がいるわけがねえ……。

下男の話に得心がいった新吉は、深くうなずいた。その顔を見て、下男はさらに話を続けた。

「そんな値打ち物の竹を、十本もくださった。料亭に卸していた値でいえば、十九両近い。よくよく、あんたの商いぶりが気に入ってのことだろう」

「……」

「あたしに二朱金もの心づけを渡したりしたら、せっかくの旦那様の思いを足蹴にするも同然だ。気持ちはしっかり受け取ったから、出した二朱はあんたの商いに役立ててくれ」

下男は偉ぶるでもなく、仕えるあるじをしっかりと敬っていた。小西秋之助の人柄を、新吉はあらためて思い知った。

惜しげもなく、高価な孟宗竹を分け与えてくれた小西秋之助。

武家ならではの肚の括り方だと、新吉は下男とのやり取りで深く呑み込んだ。

一度出したゼニは引っ込められねえと、新吉は下男に強く出た。そんな言い分を受けて、下男は孟宗竹の値打ちを明かした。

新吉の商い姿勢を了とした、武家・小西秋之助の判断だった。

新吉の職人としての見栄など、小西の肚の括りに比せば、いかに小賢しいことか。あるじを心底、大事に敬っている下男から、武家の大きさを思い知らされた。

「つまらねえ見栄をはりやした。勘弁してくだせえ」

下男に諭されて、新吉が素直に詫びた。

「あんたの商いに役立つことが、旦那様にはなにより嬉しいはずだ。しっかり売り切ったら、また屋敷においでなさい。いつでも、旦那様に取り次ぐから」

「ありがとうごぜえやす」

新吉は心底からの思いを込めて、あたまを下げた。下男が笑いかけて帰ろうとしたとき、新吉が前に回って引きとめた。

「せめて、なめえを聞かせてくだせえ」

「小西家の下男を務める新兵衛だ」

背筋を張って名乗る新兵衛は、まるで武家のようだった。亀久橋を渡って後姿が見えなくなるまで、下男を見送った。

新吉は前夜のうちに、白木綿ののぼり二本を拵えていた。文字はまだ書いていない。二本ほどの竹を分けてもらえればと思って、新吉は屋敷をたずねた。分けてもらった柿を、売り出しの看板代わりに店先に飾るつもりだったのだ。そのことを秋之助に申し出た。

ところが秋之助は、新吉が思いもしなかった十本の竹をくれた。柿が百五十個にもなった。その数の多さを考えているなかで、売り出しの思案が定まった。

『柿（かき）のうまさがしみこんだ、柿鮨（こけらずし）。
ひと切れ六文。
ひと箱丸ごと百四十文。若柿つき』

うまくはないが、だれにでも読める分かりやすい文字である。

『若柿つき』のところは、朱墨を用いた。書き上がった二本を土間に立てかけたあと、新吉は鮨の仕込みに入った。

当初考えていた飯の量を、急ぎ三倍に増やした。へっついの火加減を気にしながら、四升八合の飯を炊き上げた。

飯台から鮨飯があふれそうになったが、かならず売り切れると信じていた。売り切ることが、秋之助と新兵衛への恩返しだと新吉はしっかり思い定めた。

小西屋敷を行き帰りしたことに加えて、あらたに飯を二度炊いたゆえに、仕込みが遅れている。合わせ酢で、鮨飯が仕上がったときには、すでに四ツ（午前十時）を大きく過ぎていた。

気がせくが、具を混ぜ合わせる、ここからが勝負どころである。しかも今朝は、いつもの三倍の仕込みだ。

土間からおもてに出た新吉は、身体に大きな伸びをくれた。そして深い息を、何度か繰り返した。

春のぬくもりをたっぷり含んだ風が、仙台堀から流れてきた。川沿いの宿には、桃の木が植えられている。節句を過ぎたいまは、花が満開だ。

風には花の香りも含まれていた。

うめえ……。

ひとりごとをつぶやいてから、新吉は目を閉じて、もう一度川風を吸い込んだ。

「にいさん、ごきげんさんだねえ」

大和町の置屋、富岡屋の女将、太郎だった。太郎は芸者あがりの女将で、源氏名をそのまま名乗っている。深川芸者は、羽織を着て男の名前を源氏名にするのが定めだ。

富岡屋の女将は、開業当初から新吉の柿鮨をひいきにしていた。

「顔が晴れ晴れしているけど、なにかいいことでもあったのかい」

「おおありなんでさ」

毎日一折りの鮨を買ってくれる太郎は、新吉には大事な得意客だ。女将になっても芸者時代の気風（きっぷ）が残っている太郎は、売れ残りが出そうなときは、総ざらいしてくれることもある。

「朝から威勢のいい話が聞けたら、一日に張りが出るわさ。ぜひ、そのいいことを聞かせておくんなさいな」

太郎が亀久橋に向かっていた足を止めた。

新吉は柿の皮を甘味に用いた合わせ酢が、うまくできたことから話し始めた。そして知恵を授けてくれた秋之助の屋敷に顔を出して、若柿の実を分けてもらったことまで、手際よく話した。

新吉の手元に若柿があると知って、太郎の顔つきが変わった。

「ひとつでいいから、いまここで見せておくんなさい」

「おやすいこってさ」

竹を縛っている縄を切り取った新吉は、深い緑色をした柿の実三個を太郎に見せた。四ツ過ぎの陽を浴びて、柿の実が艶（つや）やかに輝いた。

「にいさん、この柿をどうする気なの？」

太郎の目が強く光っている。置屋を仕切る女将の目つきだった。

「柿鮨丸ごとにこれを一個つけて、百四十文で売るつもりでさ」

「ばか言うんじゃないわよ」

太郎の目の端が険しくなっていた。

「この柿は、両国の折り鶴さんでしか食べられないって、にいさんは知ってたかい」

女将の口調が乱暴になっている。新吉は首を振って知らないと答えた。

「何年か前のお正月に、ごひいき筋に連れて行ってもらったとき、あたしも一度だけ食べたことがあるけどさ」

物言いが尖っているのに気づいたらしく、太郎が語調を元に戻した。

「伊万里焼の小鉢に盛り付けられたものが、ひとつ二分の勘定だと聞かされたわさ。ごひいき筋が三人いたから、柿だけで二両もしたそうだよ」

四個で二両。秋之助から二朱で仕入れた柿を、折り鶴は四倍の値で客に出していた。

「そんな値打ち物を七十文で売るなんて、物を知らないにもほどがあります」

太郎は穏やかな口調で話を閉じた。

「柿ひとつが二分たあ、知りやせんでした」

手にした三個を、新吉は両手で抱えた。

「ですが女将さん、あっしは七十文以上で売る気はありやせん」

「あら、そう」

太郎の返事は素っ気なかった。

「幾らで売ろうがにいさんの商いだから、おれがとやかく言うことじゃないけどさ」

太郎は女将の身を忘れたのか、芸者時分の物言いになっていた。

「なんで七十文にこだわるのか、よかったら聞かせておくんなさいな」

「てえしたわけはありやせん」

新吉は、秋之助から分けてもらったいきさつを話した。ただし、ただでもらったとは言わなかった。七十文の値をつけて売る品が、元はただだと言うのがはばかられた。

「いまはどこもかしこも、不景気の真っ只中(まただなか)でさ。こんなときこそ裏店の連中が、ちょっと気張れば手が届くぜいたくをすりゃあ、だれもが元気になるじゃねえですか」

「それで七十文なの？」

新吉は力強くうなずいた。

「七十文でも、長屋暮らしの連中には大金でやすが、背伸びすりゃあ手が出せねえわけじゃありやせん。それに女将さん、あっしが気を込めてこせえた鮨よりもたけえ値を、言ってみりゃあ、たかが柿一個につける気にはなれやせんから」

言葉の仕舞いで、新吉は胸を張った。鮨職人としての矜持(きょうじ)だった。

「いい話を聞かせてもらいました」

太郎がていねいな物言いで応じた。

「売り出す前から横取りするようで気が咎めるけど、五折り分けてくださいな」

「毎度ありい……」

新吉が威勢よく礼を言った。

この日、三十折りの柿鮨を売り出した。ほかに切り身で用意したのが七折り分、八十四切れである。

売り出してから一刻（いっとき）（二時間）も持たずに、三十折りと八十四切れが売り切れた。

八

三月五日の未明七ツ（午前四時）過ぎ。

新吉はやっと眠りについた。前日に売り出した柿鮨の売れ行きがあまりに順調だったことで、気が高ぶって眠れなかった。

三月初旬で、桃の花はすでに盛りを過ぎていた。それでも、夜明け前の冷え込みはゆるくない。浅い眠りに誘い込まれそうになると、決まって身体がぶるるっと震えた。それで目が覚めてしまい、しばらくは寝付けなかった。

そんなことを繰り返していたが、七ツを過ぎたら、あたまの冴えを身体の疲れが抑え込んだ。

ひとたび寝入ったあとは、くたびれ果てていた五体が、深い眠りをむさぼった。

六ツ（午前六時）の鐘が鳴っているさなかに、いつも通り棒手振の順平が顔を出した。

「おい、新吉。起きてるかい」

いつもの朝なら、ひと声かければ新吉が応じた。ところがこの朝は、三度、四度と大声で呼んでも返事がなかった。

担いでいた天秤棒を放り投げた順平は、わらじを履いたまま六畳間に駆け上がった。

掻巻にくるまった新吉は、北枕に寝ていた。順平の顔から一気に血の気がひいた。

「新吉、しっかりしろい」

両手で身体を揺さ振った。

「ばかやろう、新吉。勝手に死ぬんじゃねえ」

怒鳴り声をあげながら、何度も何度も強く揺すった。

新吉の目がいきなり開いた。

驚いた順平が尻餅をついた。

「どうした順平、火事か？」

搔巻を着たまま、新吉が跳ね起きた。

「このやろう。朝っぱらから、おどかしやがって」

毒づいたあとで、順平が大きな吐息を漏らした。

「おどかすって、なんのことでえ」

「とぼけたことを言うんじゃねえ」

順平が相手の肩を強く押した。

「何べん呼びかけても、返事がねえからよう。ただごとじゃねえと思って、ここに飛び込んだんでえ。そしたらてめえは北枕に寝てやがるし、目一杯に揺す振っても、ぴくりとも動きやしねえ」

「そいつあ、すまねえ。眠ったのは、明け方近かったんだ」

「すまねえじゃねえやね。なんだって、北枕なんかで寝てやがんでえ」

「うまく寝つけなかったからさ」

「北枕なら寝られるてえのか」

新吉は寝起きの顔でうなずいた。

「吉野家の親方から、そう聞いた覚えがあったから……すまねえ順平、しんぺえさせちまった」

起き上がった新吉は、商いの身なりのままだった。帯がゆるんで前が開いており、ふんどしが見えた。順平が目を見開いた。

「おめえ、朝から威勢がいいじゃねえか」

新吉のふんどしが、大きく膨らんでいる。

「ばか言うねえ。しょんべんがたまってるだけよ」

部屋を出た廊下の奥に、かわやが普請されている。小さいながらも家の中にかわやがあるのは、商家ならではの造りだ。用足しを済ませて六畳間に戻ったら、順平はすでに土間に降りていた。

「おめえがお仕着せを着たまま寝るのは、きのうはよっぽどくたびれたてえことか」

「四升八合を売り切った」

「なんだとう」

順平が、目をまた丸くして寄ってきた。

「いつもの三倍だろうがよ」

「その通りさ。飯を三度炊いて、それをそっくり売り切ったんだ」

「すげえじゃねえか」

見開かれた順平の目が、嬉しげに崩れた。

「おめえが試してた柿の酢が、客に大受けしたてえのか」

「そういうわけじゃねえ」

「なんでえ、それは。いつもの三倍売れたてえのは、柿の酢がよかったんだろうが」

「柿は柿でも、ちょいとわけがある」

「今朝のおめえは、妙に歯切れがよくねえ」

仕入れを急ぐ順平は、話を聞いている途中で天秤棒を担いだ。

「どんなわけだか知らねえが、大和町に行って、ひと晩すっきりしてきねえな。おめえの朝勃ちは、半端じゃなかったぜ」

言葉の最後で笑いかけてから、順平は魚河岸に向けて駆け出して行った。

「勝手なことを言いやがって……」

ぼそりとつぶやいた新吉は、流しから砥石と庖丁を手にして土間の隅に座った。

へっついに火を入れる前に、庖丁を研ぐことから一日が始まる。昨日はいつもの三倍の仕込みをしたことで、新吉は念入りに庖丁を研ごうとしていた。

庖丁の直しに使う荒砥石。

刃に研ぎをくれる中砥石。

刃に艶と刃紋をつける仕上げ砥石。

小さな腰掛に座った新吉の足元には、砥石が三つ並んでいた。日本橋の道具屋から買い求めた砥石は、いずれも上州榛名山から切り出した極上品だ。

「庖丁と砥石は、職人の命だ。道具にゼニを惜しむんじゃねえ」

新吉は吉野家の親方次郎吉から、庖丁と砥石の大事さを叩き込まれていた。深川で商いを始めるときも、新吉はなにより先に道具を揃えた。

粘土に砂を混ぜて固めた砥石は、上州砥石に比べて四分の一の値で買える。が、親方の言い付けを守った新吉は、三つとも極上品を揃えた。

荒と中が一分、仕上げ砥石は二分。三つで一両もする高値だったが、新吉は迷わず買い求めた。

庖丁も三本、いずれも刀鍛冶の銘が、たがねで彫られた品である。毎日研ぎをいれる庖丁は、三本のどれも切れ味がよさそうに見えた。

が、新吉は小魚をおろす小出刃を、中砥石に載せて研ぎ始めた。

庖丁の峯に親指を当てて、両手の人差し指と中指を腹に置いている。そして庖丁と砥石の間に箸一本分の隙間をこしらえると、たっぷり水に濡らした砥石の上を滑らせた。

シャッ、シャッと小気味よい音を立てて、小出刃が前後に動いている。押すときも引くときも、見事に五分の力である。新吉は五回庖丁を滑らせるたびに、手桶の水を砥石にかけた。

物差しで計ったかのように、一寸刻みに指がずれて行く。明かり取りから差し込む薄い朝の光でも、小出刃の刃が一段と輝きを増し始めたのが分かった。

研ぎ終わった庖丁の裏刃を、新吉は親指の腹でなぞった。目つきが険しいのは、研ぎが気に入らないからだ。

中砥石にたっぷり水をくれてから、もう一度始めから研ぎ直した。

「研ぎの甘いやつは、仕事も甘い」

次郎吉の口ぐせを、新吉は身体で覚えていた。

料亭の板場では、庖丁研ぎは追い回し（見習小僧）の仕事である。吉野家では、職人が毎朝自分で研いだ。

研ぎながら、その日の段取りをあれこれ思案した。そのやり方が、新吉の骨のずいに染み込んでいる。あたまであれこれ思案を巡らしていても、指はひとりでに一寸刻みに小出刃の腹をずれていた。

二度目の研ぎで、新吉は満足した。

右手に持った庖丁の刃を、左手親指のつめに当てた。軽く横に引くと、刃がつめに薄く食い込んだ。

いい研ぎだ。

だれもいない土間に、新吉のひとりごとがこぼれ落ちた。

残る二本は、鯖（さば）や鯛（たい）をおろす中出刃と、刺身を引く柳刃である。中出刃は刃渡り八寸（約二十四センチ）、柳刃は九寸ある。

中出刃は、荒砥石で軽く直しをしてから中砥石で仕上げた。柳刃は研ぎ終わったあと、仕上げ砥石を使って刃紋を浮き上がらせた。

念入りな仕事ぶりだが、新吉は四半刻（三十分）もかからずに三本の庖丁を研ぎ終えた。研ぎ仕事の手際のよさが、新吉の腕のほどをうかがわせた。

明日の六日は、小西様が非番のはずだ。

米を研ぎながら、新吉は小西の非番が六のつく日であったはずだと覚えをたどった。

柿鮨がきれいに売り切れたのは、鮨のうまさだけではないと、わきまえていた。

季節外れの若柿につられて、多くの客が切り身ではなく、丸ごと一折りを買った。

たとえそうであったとしても、鮨がうまかったなら、今日もまた買いにくるかもしれない。

今日の売れ方が、正味の勝負だ。

新吉は炊き上げる飯の量を、昨日と同じ四升八合にした。柿の皮で作った合わせ酢のうまさは、かならず客に分かってもらえると信じていた。

米を研いでいるときは強気だったが、へっついに火を熾し始めたら、いきなり弱気が鎌首をもたげてきた。

そう旨くは、ことは運ばねえ。

この不景気だ、二日続けて丸ごと買えるゼニなんざ、裏店の連中にあるわけがねえ。

考えれば考えるほど、四升八合も炊くのは無茶だと思われた。売れ残った鮨は、三月のいままでは宵を越すことができない。

そもそも吉野家では、売れ残ることがなかった。たとえひと晩夜が越せたとしても、前日の鮨を売ったりしたら、親方の次郎吉は断じて許さないだろう。

それが分かっているだけに、新吉は研いだ米をすべて炊くかどうかで迷った。

秋之助からもらった柿は、まだたっぷり残っている。昨日に続けて、客引きに柿をつければ売り切れるのは間違いなかった。

しかし若柿が大評判だっただけに、今日は柿なしで売りたかった。柿の助けを借りての商いは、新吉の鮨職人としての矜持に影を落としていた。

明日秋之助をたずねるのは、昨日売った柿の代金を届けるためである。ただでもらった柿を、客寄せのために新吉は断りなく七十文で売った。

その詫(わ)びを言ったあとで、三十折り分の代金を届けようと決めていた。

へっついの薪(まき)が、じわじわと燃え始めた。放っておくと一気に火勢が強くなる。釜(かま)をへっついに載せるのはいまだ。

勝負しようじゃねえか。

おのれを励ますように、大きな声で思いを口にした。そして四升八合の飯を炊いた。

九

新吉が四升八合の飯を炊き始めたころ、秋之助は新兵衛に月代（さかやき）を当たらせていた。

庭に面した障子戸が開け放たれており、朝の光が居間に届いていた。剃刀（かみそり）を使うには、充分の明るさだ。新兵衛は手馴（てな）れた手つきで剃刀を使っている。

それにもかかわらず、秋之助の顔つきは渋く、目は曇っていた。もともと口数の少ない秋之助だが、この朝はことのほか無口である。

あるじの機嫌がよくないと察した新兵衛は、とりわけていねいに剃刀を使った。

仕上げの剃（そ）りに入ろうとしたとき、秋之助が下男の手を止めさせた。

「そこまででよい」

「朝餉（あさげ）の前に、茶が欲しい」

「かしこまりました。こちらにお持ちすればよろしいので？」

あるじの小さなうなずきを見て、新兵衛は手桶と剃刀を持って居間から下がった。

ほどなく、女中が勢いよく湯気の立つ湯呑（ゆの）みと、小鉢（こばち）に入った二粒の梅干を運んできた。

「朝餉のお支度はいかがいたしましょうか」

「いささか考え事をしたい。暫時待っておれ」

女中が下がると、秋之助は湯呑みを手にして縁側に出た。小西家の先祖は、庭木を好んで植えてきた。いまは梅が満開である。

朝の澄んだ空気を突き破って、縁側には甘い花の香りが漂っていた。春らしい香りをかいでも、秋之助の目から曇りが消えない。

あたまのなかで、ふたつの思いが走り回っていたがゆえである。

ひとつは新吉のことだった。

昨日の朝いきなりたずねてきた新吉は、庭に立ったまま、心底からの礼を口にした。

「小西様に教えていただいた、柿の皮の合わせ酢を今日から使いやす」

酢の味加減が上出来だと、新吉は喜んでいた。教えた思案がうまく運んでいると知って、秋之助も目元を和らげた。

「つきましては小西様に、折り入っての頼みごとがありやすんで」

新吉の顔つきが変わっていた。思い詰めた目を見て、秋之助は孝三を思い出した。

店を出すための借金の、後見に立って欲しいとの頼みごとを抱えて、孝三はこの屋敷にやってきた。新吉の目の中に同じような光を感じた秋之助は、つかの間、いやな心持ちを覚えた。

しかし新吉は、まるで違うことを口にした。

「柿の酢を使っていることを、見た目でお客さんに分かってもらいてえんでさ」

勢い込んでいる新吉は早口で、秋之助には次第が呑み込めなかった。

「それで、わしに頼みとはなんだ」

「いつだか、このお屋敷で食わせてもれえやした若柿を、ぜひとも何個かゆずっていただきてえんで」

「それは構わぬが、なにに使う気だ」

「店先に飾って、お客さんをびっくりさせてえんでさ。いまの時季に緑色の柿を見たら、どんなやつでも飛び上がるに決まってやす」

「そうか。客寄せの看板代わりか」

「その通りなんで」

「おもしろい趣向だ」

新吉の思案に興を覚えた秋之助は、新兵衛に言いつけて十本の竹を持ってこさせた。

新吉は膝にあたまをくっつけて礼を言った。

十本の竹には、百五十個の若柿が詰まっている。それだけの数を分け与えたのは、商いの助けになればと考えてのことだった。

新吉の鮨からも、話しているときの様子からも、秋之助は卑しさを感じなかった。

新吉なら、鮨を多く買った客には、ただで添えて配るだろうと判じた。そうすることで、新しい味の鮨が売れればいいとも思った。

秋之助は、出仕前に女中を呼び寄せた。新兵衛は柿の詰まった竹を、新吉と一緒に運んで留守だったからだ。

「亀久橋のたもとに、三ツ木鮨という店がある。正午を過ぎたらそこに出向き、商いの様子を見てきなさい」

売れ行きがどうか、柿の並べ方がどのようになっているか、つぶさに見てくるようにと言いつけた。

勤めから戻った秋之助は、すぐに女中を呼んで次第を聞いた。

「ひっきりなしにお客様が見えておりまして、売り切れた様子でございました」

「そうか、売り切れたか」

秋之助が相好を崩した。あるじが喜ぶさまを見て、女中も声を弾ませて続きを話した。

「お店の前には、白木綿ののぼりが立てかけられておりまして、柿鮨一折りに柿ひとつがついて、百四十文だと書かれておりました。お客様の多くは、柿をめずらしがって求めていた様子でございました」

柿鮨が一折り七十文であることは、何度も口にして分かっていた。

柿をつけて、倍の百四十文で売っているというのか……。

秋之助は二度、柿鮨の売値を問い質した。

「百四十文に間違いございません」

女中はきっぱりと言い切った。

「下がってよい」

口調の変わった秋之助に驚いたらしく、女中は急ぎ足で居間から出て行った。

思いを巡らせる秋之助の眉間（みけん）に、深いしわが刻まれていた。

分け与えた柿をどうしようとも、新吉の勝手である。しかし、よもや七十文の値をつけて売ろうとは、考えてもみなかった。

ただでもらった柿に値をつけて売るなどという、さもしい了見（りょうけん）が新吉にあるとは、秋之助には思いもよらなかった。

またしても、めがね違いであったか。

孝三に続き、新吉にまで裏切られたと思った秋之助は、ひとを目利きする力のなさを思い知った。

町人とは、小商人（こあきんど）とは、かようにまで貪欲（どんよく）であったのか。

その思いが、秋之助に重たくのしかかった。一夜明けても、新吉に裏切られたという胸の痛みが癒（い）えなかった。

これに加えてもうひとつ、秋之助には気のふさぐ悩みがあった。

三月は武家の俸給、切米（きりまい）が支給される月である。しかしほとんどの武家はカネに詰まっており、三月の切米を担保に借金をしていた。

昨年九月に、公儀はそれまでの借金を帳消しにする『棄捐令（きえんれい）』を発布した。いきなり棒引きを迫られた札差（ふださし）は、以後、一切の追い貸しに応じなくなった。

いままでであれば、五月、十月に支給される米を担保に、札差は貸し付けに応じた。いまはそんな甘い札差は皆無である。

三月支給の切米を担保にしている武家は、一文のカネも入らない。

「備前屋を説き伏せて、かならず追い貸しに応じさせろ」

秋之助の上役は、目を吊（つ）り上げて部下の尻を叩いた。掛け合いが不調に終われば、稲川家はあるじもろとも干上がってしまうからだ。

借金の棒引きを強要しておきながら、さらにカネを貸せという掛け合いである。ひとに範を示すはずの武家が、みずから卑しい振舞いに及ぼうとする。それが勘定方の秋之助に課せられた役目なのだ。

掛け合いは、今日の四ツ（午前十時）。備前屋を稲川屋敷に呼びつけるのではなく、秋之助が出向かなければならない。

武家も町人も、卑しさにおいては変わりがないではないか。

秋之助は、苦い顔で茶を呑み干した。

十

「おはようさん」

仲買の若い衆に、順平が朝のあいさつを投げかけた。いつもなら順平を上回る大声で返事をする若い衆が、口元をゆがめて黙っていた。

「なんでえ、にいさん。気持ちのいい朝だてえのに、機嫌がよくねえのかよ」

五尺六寸（約百七十センチ）の上背と、十七貫三百匁（約六十五キロ）の目方がある順平は、声もでかい。野太い声を尖らせたら、若い衆が口に手を当てて黙るようにと示した。

「えっ、またあれか」

順平が小声で問いかけた。若い衆は渋い顔でうなずいてから、市場の奥に向けてあごをしゃくった。

紫色の半纏を着た六人の男が、手鉤を手にして仲買の店先を見て歩いていた。半纏の襟元と背中には、徳川家の葵紋が染め抜かれている。六人は、葵の御紋を見せびらかすようにして見回りをしていた。

「いやなやつらと、ぶつかっちまったぜ」

天秤棒をおろした順平は、若い衆のそばへと寄った。

「おれのでえじなダチがこせえた鮨がよう、きのうっからばかな売れ行きなんでえ」

話しかけられた若い衆は、順平と、市場を見回る六人とを交互に見た。

「そんなわけで、鮨に使う鯛が欲しいんだ。でかくても文句は言わねえからよう、飛びっきりのを分けてくんねえ」

「話は分かったが順平さん、いまはまずいやね。御直買（おじきがい）の連中が出て行くまで、待っててくんねえな」

半纏の六人を横目で見ながら、若い衆が答えた。

「あいつら、あとどれくれえここを見回る気なんでえ」

「まだ、始まったばかりだからさあ。早くても、あと四半刻はかかると思うぜ」

「冗談じゃねえ。そんなにのんびり待ってたんじゃあ、せっかくの魚が傷んじまうぜ。構わねえから、手早く鯛を見してくんねえな」

順平にせっつかれた若い衆は、渋々ながらも魚を見繕（みつくろ）いに奥に入った。

日本橋魚市場は、江戸橋と日本橋に挟まれた御堀沿いの河岸にある。江戸湾で獲（と）れた魚や、房州、上総（かずさ）、さらには伊豆（いず）の魚介を運び込むにも、ここの河岸は水運の便がよかった。

河岸の前の御堀を西に進めば、日本橋、一石橋をくぐった先で御城へとつながる。御城に出仕する徳川家家臣には、役職に応じて昼飯が振舞われた。

魚市場に入荷する魚介は、昼食賄いには欠かせない食材である。御城まで堀ひとつでつながっている日本橋魚河岸は、公儀にとっても都合のよい場所だった。

江戸湾は、そのすべてが天領である。ゆえに海で漁をするには、公儀の認可が必要だった。勝手な漁はご法度であり、無認可の漁が見つかると、きつい仕置きを受けた。江戸湾で漁ができるのは、公儀が認めた『浦』の漁師に限られた。江戸湾には八十四浦が認められていたが、なかでも羽田、品川、本芝、芝金杉などの、御府内に近い漁村が大いに栄えていた。

夜釣りと朝釣りで獲れた魚を、漁師は二丁櫓の早舟で日本橋まで運んだ。河岸の上得意である料亭は、活きた魚を好む。たとえ漁場で活け締めにした魚であっても、生簀を泳ぐ魚に比べれば半値以下である。

漁師たちは魚が活きているうちに納めようとして、目一杯に櫓を漕いだ。

公儀は天領から獲れた魚は、日本橋魚河岸のほかでの売買を禁じた。

わけはふたつある。

ひとつは、魚市場の仲買人から運上金（税金）を徴収するためだ。魚河岸を監督する南北町奉行所は、同心と目明しに市場を巡回させて、運上金逃れの裏取引を厳しく見張らせた。

もうひとつのわけは、御城で使う魚介を仕入れるためである。江戸湾に限らず、近在の海で獲れた魚を日本橋一カ所に集めることで、魚介の仕入れが容易になった。

このふたつの理由から、日本橋魚河岸には江戸湾と房州、伊豆の魚が集まってきた。

運上金を納めることには、仲買人たちは文句を言わなかった。江戸の魚介卸を占有できることで、運上金を納付したあとも、大きな儲け(もう)が得られたからだ。

もうひとつの御城の仕入れには、ほとほと困り果てていた。

江戸城に出仕する家臣は、毎日千人を大きく上回った。それに加えて、将軍家や大奥の賄いがある。

ひとりが食べる魚が、たとえアジ一尾だとしても、毎朝、数千尾のアジが入用なのだ。しかも鮮度にはうるさいことを言うし、まさか将軍家には、アジやイワシを納めるわけにはいかない。

漁は海まかせ、天気まかせである。

荒天が続いたあとに入荷する魚は、仲買人の店先に並ぶ前に、公儀が押さえにかかった。

これが御直買である。

年とともに御城で使う魚介が増え続けていることで、寛政二年のいまでは、公儀は市場近くに御肴（おさかな）役所を構えていた。

御直買に出張（でば）るのは、御肴役所に雇われた魚目利きの玄人（くろうと）である。葵の御紋が描かれた半纏を着た連中は、よさそうな魚を見つけると箱に手鉤を打ち付けて「御用」と怒鳴った。

このひとことで、魚は公儀のものである。

御直買が買い取る値は、アジなどの小魚は一尾が二、三文。鯛やヒラメでも、せいぜい高くて二十文だ。

ばかばかしい安値を突きつけて、しかもなにかといえば葵の御紋を見せつけて、問答無用で魚を奪い取って行く。

「またきてるぜ」

御直買の連中は、魚市場中の嫌われ者だった。


「順平さん、ちょいと来てくんなせえ」

若い衆が店の奥で手招きした。

御直買の連中がまだ遠くにいるのを見定めてから、順平は奥へと入った。

「銚子の船から、昨日の夕方仕入れたばかりの鯛だ。これなら文句はねえでしょう」

若い衆が手にさげた鯛は、目の下一尺（約三十センチ）はありそうな、見事な真鯛（まだい）

だった。

「すげえじゃねえか。ウロコが光ってて、まだ活きてるみてえだぜ」

「あたぼうでさあ。おとといの夕方銚子を出た船が、ひと晩走り通して納めにきた鯛だ。物のよさに間違いはありやせん」

「分かったよ、にいさん。そいつをもらうぜ」

「毎度ありいと言いてえところだが、物が物だけに、ちっとばかり高値ですぜ」

「たけえのは分かってらあ。もったいぶってねえで、値を言いねえ」

若い衆の物言いに焦れた順平が、つい大声を出した。値を口にしかけた若い衆が、息を呑んだような顔になった。

「なんでえ、どうしたんでえ」

顔色が変わった相手に、順平がさらに大声をぶつけた。

「邪魔だ、そこをどけ」

順平の肩を乱暴に押しのけて、御直買のひとりが店に入ってきた。強く押されてよろけた順平が、目を尖らせた。が、葵の御紋を目にして、出かかった言葉を呑み込んだ。

「その鯛、御用だ」

御直買が、手にした手鉤をアジの詰まった木箱のわきに打ち付けた。

「冗談じゃねえ」

順平が声を荒らげた。

御直買が順平のほうに振り返った。

「御上（おかみ）の御用に口出しする気か」

魚市場を見回る御直買は、だれもが六尺はある大男だ。五尺六寸の上背が自慢の順平でも、御直買には見下ろされた。

「その鯛は、おれが先に買ったんでえ。あとから来たあんたに、四の五の言われる筋合いはねえ」

背筋を目一杯に張って、順平は御直買を見据えた。

「御上の御用に口出しする気か」

大男は、静かな口調で同じことを口にした。相手を小ばかにした物言いである。

「御上だかカミさんだか知らねえが、あとからのこのこへえってきて、横取りするてえのは、どういう了見なんでえ」

大男に見下ろされて、順平はわれを忘れていた。若い衆が目配せでいさめようとしたが、怒りに燃えた順平には通じなかった。

「もう一度だけ言うぞ。おまえは、御上の御用に口出しする気か」

「くどいことを言うんじゃねえ」

順平が御直買に詰め寄った。顔を突き出せば、見下ろしている相手に鼻がくっつきそうだった。

「この鯛は、おれのダチに届けるでえじな魚だ。横取りはさせねえ」

「そうか。聞き分けがないやつだな」

御直買は、首からさげていた呼子(よびこ)を吹いた。

鋭い笛の音が、市場に響き渡った。間をおかず、六尺棒を手にした警吏(けいり)ふたりが駆け寄ってきた。

「なにごとか」

市場では、呼子が吹かれる揉(も)め事はめずらしい。勢い込んだふたりの警吏は、土間に六尺棒を突き立てた。

「この男が、聞き分けのないことを口走って御直買の邪魔をしている」

大男が人差し指を突き出して、順平を指し示した。

「番所に連れて行って、あたまを冷やしてやれ」

御直買は警吏よりも身分が高い。指図を受けたひとりが、順平の胸元に六尺棒を押しつけた。

「なにしやがんでえ」

順平が棒を払いのけようとした。間髪をいれず相方の警吏が、棒を投げ捨てて順平を背後から羽交(はが)い締めにした。

「御用だ。この上さからうと、奉行所に送りつけるぞ」

棒を押しつけている警吏が、目を剝(む)いて怒鳴った。

「御用だ」

鯛をさげたままの若い衆に、御直買がもう一度、御用を申し渡した。

十一

六間堀の稲川屋敷から猿屋町の備前屋までは、およそ半里（約二キロ）である。急ぎ足でなくても、四半刻もあれば行き着ける道のりだが、秋之助は五ツ半（午前九時）には屋敷を出た。

約束の刻限四ツには、半刻（一時間）の間がある。これほど早く屋敷を出たのは、上役の顔を見ているのが気鬱(きうつ)だったがゆえだ。

道々、掛け合いの思案をまとめたいとも思った。万年橋(まんねんばし)を渡って大川端を歩く秋之助は、両国橋の東詰で足を止めた。

河岸には、元禄年間の初期に植えられた桜が、四方に太い枝を張っていた。枝のあちこちに、膨らみ始めたつぼみが見えた。

棄捐令が出されてから、江戸には不景気風が吹き荒れている。しかも、一向に収まる気配がない。

町人たちは、吹く風から凍えが消えているというのに、だれもが首をすくめて行き交っている。物が売れず、商家の店先はいずこも威勢が失せていた。

町の様子はいまだに凍え切っていたが、大川端の桜は、つぼみを膨らませようとして気張っている。

秋之助は、樹齢九十年を過ぎようとしている桜のわきで立ち止まった。そしてつぼみを見詰めた。

咲いてもいない桜を見上げる秋之助を見て、職人風の二人連れがいぶかしげな目を見交わして通りすぎた。

秋之助は、つぼみを見ているわけではなかった。目は枝に向けられていたが、あたまのなかでは備前屋との掛け合い首尾を、あれこれと思い巡らしていた。

札差はどこも、追い貸しには一切応じなくなった。百十八万両を超える貸し金を、一冊の仕置書で帳消しにされたのだ。相手が怒り狂うのも無理はない。

しかし勘定方の役目を背負った身では、物分かりがよくては勤まらない。あたまでは武家の言い分が理不尽だとは分かっていても、こわもてで臨むしかなかった。

秋之助に課せられた使命は、備前屋から一両でも多くのカネを融通させる、この一点である。

武家の俸給は、三月と五月に四分の一ずつ、十月に二分の一を支給されるのが定めである。秋之助が仕える主君、稲川忠邦の禄高（ろくだか）は四千五百石だ。領地の農民の取り分と、家臣の俸給を差し引くと、三月の実入りは二百二十五石である。

棄捐令が発布されたあとも、備前屋は一石一両で米を買い上げた。寛政元年十月の大切米（おおぎりまい）では、忠邦は四百五十両をまるごと手に入れた。それまでの借金が、きれいに帳消しにされたことで手にできたカネである。

しかし家臣二十七名を抱える旗本は、体面を保つだけで、月に二百両の入費がかかった。何年ぶりかで手にした四百五十両のカネも、正月過ぎには底を突いた。

家臣も同様である。

俸給三十俵の薄給家臣といえども、数人の奉公人を抱えなければならない。一切のぜいたくを切り詰めたとしても、家計の赤字からは逃れられなかった。

四千五百石の旗本稲川家では、あるじも家臣も、寛政二年一月にはカネ詰まりで身動きが取れなくなっていた。

「このままではみなの息の根が止まる。ただちに備前屋と掛け合ってまいれ」

月末を目前に控えた一月二十五日。

勘定方差配大木靖右衛門に、秋之助は備前屋から追い貸しを引き出せと厳命された。屋敷から使いを差し向けると、備前屋の平手代（ひらてだい）が出向いてきた。

「長八殿は息災か」

秋之助はていねいな口調で、あるじの様子を問いかけた。

「おかげさまで、昨年九月十六日以来、ずっと寝込んでおります」

手代は吐き捨てるような調子で答えた。

あんなひどい仕打ちをしておきながら、息災かもないだろう。

手代の口調が、札差百九人の思いを雄弁に語っていた。

「さようか」

秋之助は言葉の接ぎ穂（つぎほ）を失って黙り込んだ。手代も口を開こうとしない。互いに気まずく黙り込んで向かい合っていた。

無言の向き合いに、手代のほうがしびれを切らした。

「ご用の向きは、どのようなことでございましょうか」

言葉遣いはていねいだが、手代の物言いは無愛想きわまりなかった。それを聞いても、秋之助は物静かな表情を変えなかった。

「折り入っての相談をと思ったが、長八殿が臥（ふ）せっていては仕方がない。明日はわしは非番ゆえ、見舞いにうかがうと、長八殿に伝えてくれ」

旗本の勘定方みずからが札差に出向くと聞いて、手代は慌てて屋敷を辞去した。

翌日の四ツに、秋之助は柿の詰まった青竹三本を手にして備前屋に顔を出した。

長八は、五つ紋の紋付を着て出迎えた。

座敷に通された秋之助は、あいさつもそこそこに、正面から用向きを切り出した。

「うけたまわりました」

長八は、にこりともしなかったが秋之助の頼みは聞き入れた。

「今回に限り、小西様のお人柄を買わせていただきます」

三月切米で全額返済、利息は一割のきつい条件で、長八は追い貸しに応じた。

「しかし、三月になれば、またもやカネ詰まりとなるのは目に見えておりますが」

「それまでに、ほかの手立てを思案するほかあるまい」

「なにか妙案がございますので」

「いや、なにもない」

札差から融通を受けるほかに、金策の手立てがないのは、互いに分かり切っていた。

「手前どもでご用立ていたしますのは、今回限りとご承知おきください」

長八の物言いには、それを読み替える隙間がなかった。

秋之助は、返事をしないままに座を立った。分かったと言ってしまうと、先の掛け合いができなくなる。長八がどれほどきついことを口にしようが、聞き流すしかなかった。

　無言のまま立ち上がる秋之助を、長八もそれ以上は問い詰めることをしなかった。

「そなたが臥せっていると手代から聞かされた。見舞いとも言えぬが、口に合うなら食してくれ」

「これはいったい、なにでございますか」

「竹を割れば分かる」

　中身を教えぬまま、秋之助は備前屋を出た。

　翌日、備前屋の番頭があるじからの書状を届けにきた。長八は達筆な筆遣いで、若柿の礼を書き記していた。


　強い風に吹かれて、秋之助は物思いを閉じた。

　備前屋は、秋之助がどのような用向きでおとずれるかは、百も承知だろう。それでも、来店を拒むことはしなかった。

　なにがあろうとも、五月の切米を担保にした借金をまとめなければならない。

　前回の借金の折りに、今回限りだと言明した、備前屋を相手にである。

　針先ほどの見込みがあるとすれば、それは長八の男気、秋之助に対して抱く好意に付け込む談判にほかならない。

たずねる秋之助も、迎える長八も、互いの思いを分かり切って向かい合うのだ。

それを思うと、足が重たくなる。

いやいや歩く秋之助の背を、春の突風が加勢した。

十二

柿鮨売り出しの二日目は、四ツ半（午前十一時）過ぎに折りと切り身が出来上がった。

新吉は、前日ののぼりを引っ込めた。若柿つきで売る気はなかったからだ。

のぼりの代わりに、瓶（かめ）に入った合わせ酢を店先に置いた。瓶から漂い出る酢の香りで、客寄せができればと思案してのことである。

新吉の思いつきは、あいにくの強風で役に立たなかった。仙台堀から吹き渡ってくる風は、店の前の土を巻き込んだ。

口を開いていると、あっという間に舌や口のなかがざらざらになった。竹竿（たけざお）の先に手桶を結（ゆ）わえた新吉は、仙台堀の水を汲（く）み上げて通りに撒（ま）いた。十回繰り返して、やっと土埃（つちぼこり）が収まった。

口開けの客は、水を撒き終えたころにあらわれた。こどもの手を引いた、三十見当の女だった。

「柿の実を売っていただけるお店は、こちらでしょうか」

こどもの手を放した女は、左手にさげた布袋から百文差し二本を取り出した。

「あいにくでやすが、柿をつけたのは昨日一日きりなんでさ」

「もうないんですか」

女が肩を落として問いかけた。

「申しわけねえが、仕舞いなんで」

「傷物でもかまわないんですが、一個だけでもないでしょうか」

着ているのは、色の褪(あ)せた浅葱(あさぎ)色の木綿のあわせである。粗末な着物だが手入れは行き届いており、汚れた感じはしなかった。

こどもが着ているのは、何枚もの端切(はぎ)れを縫い合わせたものだ。襟元には大きな四角い端切れが用いられており、菖蒲(しょうぶ)が茎の部分だけ描かれていた。

「なにか、わけでもあるんですかい？」

女の差し迫った顔つきが気になった新吉は、早口で問うた。いまにも、昼飯を求める客が押しかけてきそうに思ったからだ。

「もう三年も寝たっきりの、おとっつあんがいるんです。きのう長屋のひとが、まだ若い柿が手に入ったって自慢していたのを、おとっつあんが聞いてしまって……」

「食いてえと？」

話の途中で、新吉が先を引き取った。

女がこくりとうなずいた。身なりは貧しそうだが、襟足も髪もきれいに調（ととの）えられていた。

「すまねえが、店のわきに回ってくだせえ」

親子を、仙台堀の川べりにいざなった。客の目から遠ざけるためである。百文差し二本を手にしている女に、新吉は一本の竹を手渡した。

「こんなかに柿がへえってまさ」

手渡された女の顔が明るくなった。

「ありがとうございます。おとっつあんが、どんなに喜ぶことか……」

女が百文差し二本を差し出した。

「これしか持ち合わせがありません」

新吉は受け取るかどうかを、つかの間思案した。その戸惑いを見て、女が強く差し出した。

「足りないかもしれませんが、受け取ってください」

女の澄んだ目が強く光った。

「ありがてえが、二百文は多過ぎやす」

「もしそうでしたら、厚かましいお願いですが、お鮨を分けていただけませんか」

「姐さんは鮨が好きなんで？」

女がまた、こくりとうなずいた。

川風が、女のうなじのおくれ毛に触れて過ぎ去った。

「柿を自慢していたひとが、とってもおいしいお鮨だって言いふらしてました。うちの暮らしではぜいたくで手が出ませんが、この子とひと切れずついただければ……」

「がってんだ。待っててくだせえ」

土間に駆け戻った新吉は、二折りの柿鮨を手にして戻った。

「鮨が二折りで百四十文、柿は六十文てえことにしやしょう。姐さんにほどこしをするわけじゃねえんだ、ここは素直に受け取ってくだせえ」

「ありがとうございます」

女は柿鮨を布袋に仕舞ってから、竹をこどもに持たせた。

「この竹、すごく重たい」

「なかに大事なものが、いっぱい詰まってるからでしょう」

こどもと一緒にあたまを下げてから、親子は川べりを離れた。

百文差し二本を手にしたまま、新吉はふたりを見送った。一文銭九十六枚が、細縄で縛られた差しである。新吉は、この差し二本をどんな思いで持ってきたかを考えて、その場からしばらくは動けなかった。

二本の差しは、いずれも細縄が古びていた。どう見ても、昨日今日に銭売りから買った差しではなさそうだ。

なにかのときのために、ずっと蓄えてきた差しにちげえねえ……。

受け取るのをためらったとき、女は強い目で新吉を見た。貧しい暮らしのなかでも、ひととしての誇りを失っていない目だった。

寝たきりのとっつあんに、よろしく伝えてくだせえ。

胸のうちでつぶやいてから、店に戻った。

「なんでえ。柿はつかねえのかよ」

「あらいやだ、いっつも柿が一緒についてくるんじゃなかったの」

「柿がねえんなら、鮨はいらねえや」

柿目当ての客がくるとは分かっていた。

それでも最初のうちは、愛想よく鮨を勧めた。が、柿がなければ鮨はいらないとあけすけに言われ続けて、新吉は苛立（いらだ）った。

「どうしたの、にいさん。仏頂面（ぶっちょうづら）で店先に立ってたんじゃあ、お客が逃げちゃうわよ」

九ツ半（午後一時）を過ぎたころ、富岡屋の芸者ふたりが三ツ木鮨に顔を出した。

いままでも、何度か買いにきてくれた芸者だった。

「うっかり、かんげえごとをしてやしたもんで……すまねえが、柿はありやせんが」

「なに言ってるのよ。そこに折りが幾つも重なってるじゃない。それとも、先約でもあるの？」

芸者のひとりが柿鮨の折りを指差した。

「姐さんは、鮨が欲しいんで？」

昨日は富岡屋の女将が、柿を喜んで口開け前から五折りを買ってくれた。いま顔を出している芸者も、てっきり柿が欲しいものだと新吉は思い込んでいた。

「陽気の加減で、にいさん、どうかしたんじゃないの。ここは柿鮨屋さんでしょう？」

若い方の芸者が、新吉をからかった。

「まいどありい」

新吉が気持ちを込めて礼を言った。

「折りをあけると、柿の甘そうな香りがして、とってもおいしいわよ」

「ぼんやり突っ立ってないで、しっかり商いしてちょうだいね」

芸者は小粒ふたつを手渡し、つりは祝儀だと言い残して帰った。

銀の小粒ひとつで、八十二文だ。

新吉は祝儀をもらったのも喜んだが、柿鮨を誉められたことが、さらに嬉しかった。

芸者ふたりは、三ツ木鮨に縁起を残して帰った。二折り売れたことが呼び水となったらしく、半刻の間で七十文の折りが全部売り切れた。

売り切ったあとも、何人もの客が切り身ではなく、丸ごとの折りを買いにきた。

「あいにく売り切れちまったんでさ」

「だったらしょうがないから、切り身を一折り分くださいな」

折りがないと分かると、客は切り身を十二個買い求めた。一切れ六文の切り身だと、十二個で七十二文になってしまう。

新吉は丸ごとの折りがないことを詫びながら、十二個を七十文で売った。

「おいしいお鮨だから、毎日買わせてもらいます」

「ありがとうごぜえやす」

「今時分でなければ、買いにこられないのよ。明日は売り切れる前に、あたしにひとつ取っておいてくださいね」

最後に残った十二個の切り身を、折りに詰めたとき、客は木場の杢柾（もくまさ）だと名乗って帰った。材木商の間でも名の通った、木場で一、二の銘木屋（めいぼくや）である。

新吉は客の後姿にあたまを下げた。

今日も三十の折りと、八十四個の切り身がすべて売り切れた。なかの二折りは親子連れが持ち帰ったが、残りはすべて新吉の拵（こしら）える柿鮨が欲しくて買って帰った客だ。

切り身で売ったのは三折り分の三十六個で、残りの四十八個は十二個を詰めて折りで売っていた。

柿鮨を受け入れてもらえたぜ。

出だしがよくなかっただけに、柿なしでも売り切れたことが、とにかく嬉しかった。売れ行きがよかったことで、このさき思案しなければいけないことがふたつ出てきた。

ひとつは柿の皮を集めることだ。まだ大瓶ふたつ分の柿酢は残っている。しかし今年の柿が手に入るまでは、持ちそうになかった。

明日、小西様に相談してみよう。

柿代を払いに行った折り、小西家に残っている柿の皮を分けてもらおうと新吉は決めた。

もうひとつは、手伝いの手が入用になるということだった。

評判が根付いてくれれば、柿鮨はもっと売れると新吉は確信した。四升八合の鮨飯を炊くだけで、すでに手一杯だ。鮨に混ぜる具の下ごしらえに、助けが欲しかった。

次郎吉親方に相談するしかねえ。

先々のことに思案を巡らせていたとき、土間にひとが駆け込んできた。

「おにいちゃんが大変なの」

飛び込んできたのは順平の妹、おけいだった。

「なんでえ。なにがてえへんなんでえ」

湯呑みに汲んだ水を飲ませて、おけいを落ち着かせた。

「市場でおにいちゃんが揉めたらしくて、番所のお役人に取り押さえられたの」

「番所ってなあ、市場の番所か」

おけいがうなずいたのを見るなり、新吉はたすきをしたお仕着せのままで、魚河岸へと駆け出していた。

十三

寛政二年三月五日。

空は朝から晴れ渡っている。四ツ（午前十時）を告げる日本橋石町の鐘が、春風に乗って浅草橋にまで流れてきた。

時の鐘は江戸の方々にあるが、撞き始めは石町である。最初に三打、ひとの気を集めるための捨て鐘が打たれる。それに続いて、時を告げる本鐘が撞かれるのだ。

浅草橋北詰の欄干そばで、小西秋之助は四ツの捨て鐘を聞いた。備前屋長八との面談は、四ツの約束である。

橋の北詰からなら、備前屋までは二町（約二百二十メートル）そこそこだ。秋之助が足を速めれば、本鐘が鳴り終わるころには行き着ける近さだった。

しかし秋之助は橋を渡り切ろうとはせず、橋板と、北詰の敷石との境目で立ち止まった。橋の下を流れるのは神田川（かんだ）である。

「見ねえ、あすこを」

橋の根元に立った半纏姿の男が、川面（かわも）を指差した。

神田川は、御府内に張り巡らされた水道の水源である。大川に近い下流でも、水は澄んでいた。

男が指差したあたりには、青みがかった灰色の背をした魚が群れになっていた。

「へええ、イナが群れになってらあ」

大工の道具箱を肩に担いだ連れが、魚の名を口にした。

「ばかいうねえ。あれはもうイナじゃねえ、立派なボラだ」

半纏の男が口を尖らせた。四ツを報（しら）せる始まりの一打が、ボラだと言い張る男の声に重なった。

「冗談じゃねえ、なにがボラでえ。まだ七寸（約二十一センチ）もねえじゃねえか」

「おめえも分からねえやろうだぜ」

半纏の男が大工に寄った。

秋之助は欄干から離れて、男ふたりのやり取りを見ていた。町人のいさかいなどはわずらわしいだけで、いつもの秋之助なら見たりはしなかった。

しかしこの朝は、気の進まない札差との掛け合いがあとに控えていた。すでに四ツの鐘が鳴っているが、できれば行きたくないと思っている。

橋の北詰で立ち止まったのも、その気持ちのあらわれだった。

さらにもうひとつ、秋之助は釣りが好みだった。陽気のいい非番の日には、釣竿(つりざお)を手にして小名木川に出かけたりもする。

職人風の男ふたりが言い争っているのは、出世魚のボラが元である。釣り好きの秋之助ゆえに、男たちの言い争いに気を惹(ひ)かれた。

このふたつの思いが重なりあって、橋の北詰から動かなかった。

ボラは体長一、二寸の稚魚をハク、育って小形になればオボコと呼ぶ。さらに大きくなると、一尺までをイナ、それを超えればボラと呼んだ。

三月の声を聞くと、江戸の川にはボラが上ってくる。橋の下で群れになっている魚は、秋之助の目にはイナに見えた。

ボラだと言い張る男には、酒が入っていた。前夜の酔いの残りなのか、朝酒をやっているのかは分からない。が、声を荒らげるたびに、わきで見ている秋之助にまで酒のにおいが届いた。

「てめえはなにかてえと、おれの言うことに逆らいやがる」

酒の残っている男が、大工の胸元を押した。

「おめえこそ、そうじゃねえか」

大工は五尺七寸（約百七十三センチ）の背丈があり、相手よりは三寸ほど高い。道具箱を担いだまま、目の端を吊り上げて半纏の男に詰め寄ろうとした。

「なんでえ、やるてえのか」

連れを見上げるようにして、男が怒鳴り声を上げた。

「いきがるんじゃねえ。達者なのは口だけだろうがよ」

大工が鼻先で笑った。軽くあしらわれたのが腹立たしかったのか、半纏の男がいきなり大工に体当たりを食らわせた。

大工はよけることもできず、まともに身体で受け止める羽目になった。体勢が崩れて、担いだ道具箱を落とした。

拍子のわるいことに、道具箱は橋板の上ではなく、境目の敷石に落ちた。箱には玄翁（げんのう）や鑿（のみ）などの、鉄を用いた大工道具が詰まっていた。

五尺七寸の上背がある男の肩から、勢いがついて落ちた箱である。敷石にぶつかり、中身が周りに飛び散った。箱から飛び出した鉄の道具は、容赦（ようしゃ）なく敷石を叩いた。

ガチャガチャンッ……。

橋の根元で、大きな音が立った。それでも、ひとの耳にはさほどに強く響いたわけではなかった。

が、橋のそばをうろついていた野犬には、癇に障る音だったのだろう。

三匹の野犬のなかの一匹が、半纏の男と大工に吼えかかった。

「なにしやがんでえ、ばかやろう」

男ふたりは、敏捷な動きで犬を追い払った。足蹴にされた犬は気分が収まらないようだったが、上背のある大工にさらには飛びかかろうとはしなかった。

その代わりに、通りを歩く弱そうな者をみつけては吼えかかった。

こどもや女が逃げ回っている。その騒ぎのなかに、馬子に引かれた一頭の空馬が入り込んできた。

浅草橋を南に渡れば、柳原の土手である。馬子は馬を引いて、土手に向かう途中だった。

女とこどもの甲高い叫び声。

三匹の野犬が発する、怒りに満ちた吼え声。

このふたつの異様な音に、馬が反応した。

いきなり前脚を高く上げていなないたあと、馬子の手綱を振り切って暴れ始めた。

御蔵通りが大騒ぎになった。

朝の四ツは、米蔵が活気づいている真っ只中である。

米俵を満載した、何十台もの大八車。

肩に二俵の米を担いだ、力自慢の仲仕衆。

帳面を手にした米屋の手代と、あとに付き従う丁稚小僧。

それに加えて、近在の長屋に暮らしているこども。浅草寺に向かう参詣客。

さらには朝の髪結いへと向かう途中の、柳橋の芸者や仲居。

雑多な人波が埋めた通りの真ん中で、野犬が吼えて、馬が暴れていた。

ひとは数限りなくいたが、その場に居合わせた武家は、秋之助ただひとりだった。

秋之助は札差との掛け合いが目的で、蔵前に出向いていた。武家のたしなみで袴はつけているが、太刀は不要と考えて脇差しか腰にはなかった。

うむっ。

短い気合を発するなり、秋之助は通りの真ん中に進み出た。そして両手を大きく左右に広げた。

白髪こそは見えないが、秋之助は五十路を越えた男である。傍目にも、歳相応の年配者に見えた。

筋骨たくましいわけでもなく、腰には脇差しか差さっていない。秋之助の容貌は、とても武芸者には見えなかった。

突然進路をふさがれた馬は、秋之助の目前で前脚を一段と高く上げて猛(たけ)りを見せた。前脚が、秋之助の肩よりも高く持ち上がった。

「でえじょうぶかよ、あのお武家は」

騒ぎの元を作った半纏姿の男が、目元を曇らせて大工に話しかけた。

走り回っていた野犬三匹が、両手を開いた秋之助に吼え立てた。あたかも、馬に助勢しているがごとくである。

「あのばか犬が」

半纏の男が小石を拾い、野犬に投げつけようとした。その手を大工が押さえつけた。

「よしねえ。手元が狂って馬にぶつかったら、えれえことになる」

「だがよう新公、あのままじゃあお武家があぶねえ」

「そんなこたあねえ」

またもや大工が相棒に逆らった。

「あのお武家は、素手で立ち向かって平気そうだぜ。見ねえな、馬はわめいてるだけで、前に出ようとはしねえし、犬は三匹とも吼えてるだけじゃねえか」

大工が言った通りだった。

秋之助は野犬には一切構わず、手を広げたままで馬を睨(にら)みつけた。全身から気合が発散されている。

「おめえの言う通りだ。犬が尻尾を巻き始めてやがらあ」

半纏の男が野犬を指差した。秋之助に睨まれもしないのに、野犬が三匹とも、吼えるのをやめた。

が、馬は違った。

上げていた前脚はおろしたものの、長い顔を左右に振った。そして、秋之助に挑みかかるように、荒い息とともにいないないた。

馬に目を合わせたまま、秋之助は両手を元に戻した。

馬は秋之助と目を合わせたまま、隙があれば飛びかかろうと身構えている。正面に立つ男の技量を測っているのか、前脚で地べたを蹴った。

晴れの日続きの通りは、カラカラに乾いている。馬の蹄で土埃が立った。馬の後ろには馬子がいた。が、後脚で蹴られるのを怖がって、近寄ろうとはしない。

通りを埋めただれもが、息を詰めて秋之助を見詰めた。

秋之助が一歩踏み出した。息遣いに乱れはなく、馬を見詰める目は、樫の厚板をも射抜きそうな研ぎ澄まされた光を帯びていた。

ブルルッ、ブルルルッ……。

馬は鼻息を荒くして、寄ってくる秋之助に応じた。秋之助は馬の脅しには取り合わず、さらに一歩を詰めた。腰を落とした確かな詰め寄り方である。袴のわきに垂らした左手は、脇差を抜く気はなさそうだ。こぶしも握っておらず、平手のままだ。

秋之助に害意がないのを、馬も感じ取ったようだ。地べたを蹴るのをやめた。

そして荒かった鼻息が収まった。

秋之助は目の光を消してから、馬に近寄った。そして鼻面を右手でやさしく撫でた。

馬は、濡れた鼻を秋之助の胸元にこすりつけた。まるで、無礼を詫びているかのようなしぐさである。

手綱をつかんだ秋之助は、うろたえ顔の馬子を呼び寄せた。

「異様な物音が続いたことで、気を荒立てただけだ。馬にわるぎがあっての振舞いではない」

秋之助がもう一度、鼻面を撫でた。馬が軽くいなないて、秋之助に応えた。

「手綱を離すでないぞ」

手綱を強く握って、馬子があたまを下げた。馬から数歩離れてから、秋之助がふうっと小さな吐息を漏らした。

三月の陽が、秋之助の紋付に降り注いでいる。備前屋へと歩む秋之助の後姿に、馬子が深い辞儀をした。

十四

浅草橋から二町ほどの隔たりしかないが、備前屋には暴れ馬の騒ぎは伝わってはいなかった。

「いらっしゃいませ」

応対に出てきた手代は、つい先刻の騒動にはひとことも触れなかった。もとより秋之助には、それを言い立てる気はない。知らぬ顔で座敷に招き上げられた。

前回、一月に店をおとずれたときは、手代は一階帳場奥の小部屋に案内した。今回は、階段を上って二階奥の十畳間に秋之助をいざなった。

昨年九月以来、江戸には不景気風が吹き荒れている。日本橋や尾張町（おわりちょう）の老舗大店（しにせおおだな）といえども、いまは極力費（つい）えを絞ってつましい暮らしを続けている。

なかでも札差の落ち目ぶりは激しかった。

とはいっても、秋之助が案内された二階は、廊下板に桜を使った豪勢な普請ぶりである。

「こちらでしばし、お待ちください」

手代は座布団を勧めてから部屋を出た。

二階の六室は、どれもが商談部屋である。それゆえ、床の間の拵えはなかった。しかし畳は青々としており、いぐさが強い香りを発している。畳の縁には、金糸の混ざった西陣織が用いられていた。

秋之助が備前屋の二階に上がったのは、今日が初めてである。通りに面した窓には、美濃紙張りの障子戸がはまっていた。

窓から差し込む光が、十畳間の隅々にまで届いている。商談部屋といえども、秋之助が暮らす屋敷の客間よりも、拵えはよかった。

畳、ふすま、天井板、柱、敷居……。

どれをとっても、材料は吟味され尽くしていた。不景気にあえいではいても、去年の秋口までの札差は、普請や遊びには、惜しまずにカネを遣っていた。

二階商談部屋の確かな拵えを見て、秋之助はいかに札差が豪勢な暮らしぶりであったかを、あらためて感じていた。

しばし……と、手代は口にした。しかし備前屋当主は、一向にあらわれる気配がない。

座布団こそ勧めたが、茶菓も出てこない。

喜ばれる客ではない……。

目を閉じて腕組みをした秋之助は、備前屋長八がどんな思いでいるかを思案した。

この部屋で秋之助が切り出す用件は、ただひとつ。五月切米担保の、追い貸し強要以外にはない。しかしその米は、今年一月の借金申し込みの折りに、すでに担保として差し出していた……。

ほとんどの武家は、年がら年中、カネに詰まっていた。実入りよりも出銭のほうが、はるかに大きいからだ。

秋之助と同輩の勘定役、石田六右衛門も、常にカネ詰まりにあえいでいるひとりだった。

石田の俸給は秋之助同様、一年に米百俵である。米一俵は四斗、百俵で四十石相当だ。

石田は本所竪川沿いに屋敷を構えていた。秋之助邸よりは小さく、敷地七十坪の平屋である。武家としては小体な屋敷だが、相応の体面を整えるのは武家に課せられた定めだ。

石田は下男下女をひとりずつと、家来ひとりを抱えていた。

百俵の俸給のうち、石田当人を含めた家族四人と、奉公人三人が食べる米が、一年に六石は入用だった。売りさばける米は、食い扶持の残り三十四石である。

備前屋は相場にかかわりなく、一石一両で買い上げた。石田が手にできるカネは、一年に三十四両である。

下男と下女の俸給が、米代を差し引きして、ひとり四両二分、ふたりで九両だ。江戸の武家奉公人の相場では、もっとも安値の給金である。ゆえにひとがいつかず、石田は奉公人にも難儀をしていた。

家来の俸給は下男たちよりも高く、一年に十両三分である。家来の米代は、石田家が負っていた。

奉公人と家来の給金だけで、一年に十九両三分。手元に残るのはわずか十四両一分だ。このカネでは、冬場の薪炭(しんたん)代と、暮れの節季払いで精一杯だった。足りないカネは借金に頼るしかない。が、限られた額の俸給しか手に入らず、しかも昇給もないのが武家である。

返済できなくなったとき、居直って脅しにかかる武家が続出した。それに懲(こ)りた町場の金貸しは、武家を相手にしなくなった。

唯一、米を売りさばく札差が、半年先、一年先に支給される米を見合いにカネを融通してきた。

札差からの借金で、武家はなんとか息がつけた。石田の内証のわるさは、ほとんどの武家に共通したものである。札差からカネが借りられなければ、武家の暮らしはたちどころに行き詰まったに違いない。

ところが寛政元年九月十六日、公儀は棄捐令という名の、借金棒引き令を発布した。

唯一の金策先だった札差に、武家は思いっきり後足で砂をかけたのだ。

札差が棒引きにさせられた総額は、実に百十八万両超である。

「御公儀がそう出るなら、こちらにも一切の遠慮は無用だ」

「こんな途方もないカネを帳消しにされては、生きるか死ぬかの瀬戸際に追い詰められるも同然じゃないか」

「いままでの蓄えを、そっくりむしり取られたようなもんだ」

札差百九人が息巻いた。

対抗手段として、札差は一切の貸付をやめた。昨年の大切米からは、米売却の代金を渡すだけで、カネの融通を取りやめた。

武家は重たい借金が消えたことで、いっときは浮かれた。が、十月に受け取ったカネがあまりに少なかったことに、愕然となった。

いつもなら、一年先、一年半先の米を担保に受け取っていたカネが、一文も手にできなかった。

「これでは年越しができぬ」

「追い貸しを果たすように、なんとしても札差と掛け合って参れ」

旗本各家の勘定役は、師走を迎えるまでには札差と談判しろと、だれもが上役からきつい指図を受けた。

札差は、まったく取り合おうとしなかった。

「お貸ししようにも、てまえどもには明日の飯を炊く米もございません」

札差のなかには、武家にカラの米櫃（こめびつ）を見せつける者までいた。

家臣の窮状に慌てた公儀は、越年資金貸付用として、町年寄役宅において五万両を札差に貸し与えた。これで武家は、なんとか寛政元年師走をしのいだ。

しかし武家が手にできたカネは、年末の節季払いであらかたが消えた。

明けて寛政二年。正月早々から、旗本・御家人（ごけにん）の徳川家家臣は、またもやカネに詰まった。やりくりをして越年したものの、ほとんどの武家が日々の払いにも事欠くありさまだった。

札差の手元資金が枯渇（こかつ）していたのは、まことである。潰（つぶ）れ株（廃業）こそ一軒もなかったが、多くの札差が蓄えを取り崩していた。

去年九月十六日に棄捐令が発布されるまでは、札差は江戸でも図抜けた大尽（だいじん）といわれた。百九軒に限られた株を持つ札差は、一番小さな所帯の店でも、一年に四、五千両の蓄えを手に入れていた。

備前屋は番頭・手代・丁稚小僧を合わせて、奉公人が十七名。蔵前では中堅どころの札差である。

その所帯でも、得意先は旗本と御家人を合わせて百二十三家を数えた。一年に扱う米は、四万石を超えていた。

武家の俸給である米価相場には、公儀もことのほか気を遣っている。よほどの凶作でも生じない限り、米一石金一両の値が崩れないように、さまざまな施策を講じた。

公儀が制定した米相場で勘定すれば、備前屋の商いは一年で四万両である。

米の売買口銭(こうせん)（手数料）は、売上高の五分（五パーセント）が定めだ。備前屋は米売りさばきを通して、年に二千両近い口銭を得ていた。

しかし口銭は、貸金利息年利一割八分（十八パーセント）に比べれば、いかほどでもない。札差が豪勢な暮らしを営めたのは、貸金の利息が桁違い(けたちが)の儲けを生み出したからだ。

このたびの棄捐令で、備前屋は一万八千六百六十五両の貸金を棒引きにされた。直近二年の貸金は、そのまま残された。この貸金までを消滅させては、札差の息の根が止まると判じての措置である。

残された貸金が、およそ七千三百両。備前屋は、都合二万五千九百六十五両の貸付を行っていた。その一割八分、四千六百七十三両の利息を毎年受け取っていた勘定になる。

ところが棄捐令を境に、札差は百九人の申し合わせで、新たな貸付をきっぱりとやめた。

武家はカネ詰まりで青息吐息だが、貸金利息が入らなくなった札差も、武家同様に内証がわるくなった。

有り余るカネで毎夜のように豪遊していた札差が、巾着の紐をきつく絞った。

たちまち、江戸が不景気になった。

市中にカネが回らなくなったことの元凶は、札差にあった。しかしさらに元をたどれば、公儀が発布した棄捐令に行き着く。

武家によかれと判じて敷いた棄捐令が、さらに武家の首を絞めていた。

「大変、お待たせ申し上げました」

座敷に入ってきた長八は、五つ紋の正装だった。髪結いを済ませたらしく、びんつけ油の香りが甘く漂っている。月代とひげには、きれいに剃刀があてられていた。

「浅草橋では大層なご活躍だったとうかがいましたが、お身体に障りはございませんか」

長八は心底から、秋之助に怪我はないかと案じていた。

空に雲がかかっているらしい。障子戸越しに差し込んでいる日差しが陰り気味になった。

十五

「なんだ、そのほうは」

武家の言葉を遣う男が、備前屋の土間で怒鳴り散らしていた。

二階座敷では、秋之助と長八のふたりが向かい合っているだけで、残る五室の商談部屋には、ひとりの客も招き上げられてはいない。

「おまえでは話にならん。ただちに、あるじをここに呼べ」

秋之助と長八は、さきほどから口を閉じたままである。静まり返った二階には、土間の怒鳴り声が筒抜けだった。

「声を荒らげているのは、どちらの家中（かちゅう）のお方かの」

同じ武家として、秋之助は男の怒鳴り声を聞くのがつらかった。

「浪人さんです」

長八が吐き捨てるように答えた。

「浪人だと?」

「小西様のようなお武家様はご存知ないでしょうが、下で怒鳴り声をあげているのは、お武家様に雇われた掛け合い人です」

「掛け合い人とは……追い貸しを求めてのことか」

長八が苦々しげな顔でうなずいた。

「てまえどもと掛け合い引き出したカネの何割かを、謝金として受け取る蔵宿師です」

「武家がおのれの矜持を捨てて、札差を脅しにかかっているのか……」

秋之助から、大きなため息がこぼれ出た。

札差の貸し渋りに業を煮やした武家は、脅しを生業にする浪人を雇い入れた。その男を差し向けて、カネを貸せと凄ませるのだ。

札差からカネが引き出せなければ、浪人はただ働きとなってしまう。食い詰めた浪人は、なにがなんでも札差に追い貸しをさせようと躍起になった。

蔵宿師は、捨て身も同然に開き直っている。一両でも多くのカネを引き出すためなら、店先で抜き身を見せることもいとわない。

蔵前には御米蔵を預かる番所があった。

蔵宿師に凄まれて往生した札差は、小僧を番所に走らせた。

番所役人たちは、常日頃から札差の付け届けを受けている。盆暮れには、灘の下り酒四斗樽が届けられた。

春には墨堤の花見。

夏には大川の川遊び。

秋には品川海晏寺まで、船を仕立ててのもみじ狩り。

冬は柳橋料亭での雪見酒。

季節ごとに、札差は番所役人をもてなしてきた。それは、棄捐令が発布されたあとも変わってはいない。

札差に難儀が生じていると報されるなり、役人はただちに出張った。そして店先でわめいている浪人を、番所まで連れて帰った。

しかし……。

ことはこれでは済まなかった。役人を呼びつけた札差を逆恨みした浪人は、外出をする店の奉公人を待ち伏せした。そして散々に痛めつけた。

「もしもまた役人に告げ口をしたならば、貴様の首を斬り落とすぞ」

痛い目に遭ったうえに凄まれた手代は、震え上がって店まで逃げ帰った。

何軒もの札差が、同じ目に遭った。そのうわさは、百九軒すべての札差の耳に入った。

店先で浪人が騒いでいる限りは、役人をあてにできた。しかし、奉公人の外出にまでは役人も目配りはできない。

渋々ながらも、十両、二十両の追い貸しを呑むしかなかった。

一軒の札差が脅しに屈したと知ると、蔵宿師連中が勢いづいた。三月切米を控えたいまは、連日のように蔵宿師が店にあらわれた。

「今回限りと、あるじがきつく申しております」

追い貸しを果たした蔵宿師は、肩を怒らせて店を出た。

備前屋も他の札差と同じである。不承不承ながらも、最後には蔵宿師の言い分を呑んだ。

土間が静かになったのは、手代が浪人の強要を呑んだからである。

一切貸さないのではなく、いかに少ない追い貸しで話をまとめるか。

これが蔵宿師と手代の談判だった。

「武家の身でありながら、手代を脅してカネを引き出すような、そんなさもしいことをいたすとはの……それではまるで、小ざかしい商人のやり口と同じではないか」

言葉の最後は、ひとりごとのように秋之助がつぶやいた。

「小西様とも思えないいまの言葉は、聞き捨てなりません」

長八が目の光を強くして秋之助を見詰めた。

「いかがいたしたのだ。なにかかわしが、不用意なことを申したか」

「おっしゃいました」

「なにがそなたの気に障ったのか、わしに分かるように聞かせてくれ」

いきなり顔つきが変わった長八に、秋之助はいぶかしげな、戸惑ったような目を向けた。

「小西様はたったいま、蔵宿師の振舞いが、小ざかしい商人のやり口と同じとおっしゃいました」

「確かにそう申したが……それはなにも、そなたを指してのことではない」

「それは違いましょう」

長八がさらに顔つきを険しくした。

「てまえも商人です。小ざかしいと言われては、聞き逃すわけには参りません」

「なにもそこまで、いきどおることもあるまいが」

秋之助の物言いが、わずかに刺（とげ）を含んでいた。

小ざかしいと口にしたのは、蕎麦屋（そばや）の孝三と、三ツ木鮨の新吉をあたまに思い浮かべたからである。

孝三は蕎麦屋出店の費えを、秋之助から借り受けた。にもかかわらず、返済もせずに夜逃げをした。呆（あき）れたことに、店を居抜きで売り飛ばした上での夜逃げだった。

三ツ木鮨の新吉は、柿鮨の看板代わりに緑の若柿を譲って欲しいと頼んできた。新吉の商いぶりが気に入っていた秋之助は、言われるがままに柿を分け与えた。

新吉は看板に使うのではなく、柿に七十文の値をつけて鮨と一緒に売っていた。

ひとたび分け与えた柿である。あとは売ろうが捨てようが、新吉の好きにすればいい。

しかし新吉は、看板代わりに使うからと言ってきた。柿を売るとは、ひとことも言ってはいない。それが秋之助には、受け入れがたいことだった。

孝三は生涯の恩人だと秋之助をあがめながら、最後は開き直って夜逃げをした。

新吉は看板代わりに使いたいと言っていながら、ひとつ七十文の値をつけて売った。

孝三も新吉も、秋之助がおのれで目利きをした商人である。そのふたりともが、秋之助を裏切った。

孝三は借金を返さぬままに。

新吉はただで受け取った柿に高値をつけて。

武家の誇りを捨てた蔵宿師と、うそをついたふたりの商人からは、同じようなさもしさを秋之助は感じ取った。

それゆえに、あたまに浮かんだ思いを口にした。ところが長八は、蔵宿師と商人とを同じに見る秋之助を、見過ごすことはできないという。

「なにゆえわしが、そなたの気に障ることを口にしたか、そのわけを話そう」

秋之助は、胸のうちでくすぶっている孝三と新吉への不快感を、なにも省かずに話した。聞き終わった長八は両手を膝に置き、目を閉じて秋之助の話をなぞり返していたようだ。

目を開いたあとは、秋之助の両目をしっかりと捉(とら)えて、おのれの考えを口にした。

「孝三という蕎麦屋は、語るに足らぬ男です。いまごろは間違いなく、酒毒(しゅどく)が身体に回っているでしょう」

孝三については、長八も秋之助と同じ思いを抱いたようだ。しかし新吉は、秋之助の思い違いだと、強い調子で言い切った。

「新吉に会ってもいないそなたが、なぜ思い違いだと言い切れるのだ」

「小西様のこころに、せっかくただでくれてやったのにという、強い怒りがおありだからです。わしがわしがという私心が、小西様のまなこを曇らせています」

「うまく話が呑み込めぬが」

「僭越(せんえつ)ではございますが、別の話をたとえに使わせていただきます」

長八が話し始めたのは、浅草橋で暴れ馬を御した一件だった。

「あのときの小西様には、見事なほどに私心がございませんでした。その場に居合わせたわけではございませんが、岡目八目(おかめはちもく)、見ずとも察せられます」

秋之助が、うっと息を呑んだ。長八の言うことが図星だったからだ。

馬の前に立ちはだかったとき、秋之助はひたすら馬を制することのみを考えた。

町人しかいない場所である。

格別武芸に秀でているわけではないが、腰に二本差すことを許されている武家だ。難儀においては、ひとの先に立ってこその武家である。

その範を垂れるためなら、馬と立ち合い、相打ちになって蹴り殺されてもいいとまで思った。

秋之助の邪心のなさが、馬に伝わったのだ。

孝三のことは、夜逃げという明白な答えが出ていた。心根のさもしさを責めても、ひとから思い違いを咎(とが)められることはなかった。

新吉は違う。

長八に指摘されて、それに気づいた。

新吉当人に、なぜ柿を売ったかを問い質したわけではなかった。下女の話から、秋之助が勝手に思い込んでいるだけだった。

わしがわしがの、私心か。

長八の指摘が胸の奥に深く刺さった。

「そなたの言われた通りだ」

秋之助は、おのれの不明を詫びた。

「てまえに、詫びを申されることはございません。本日の掛け合いも、小西様はご自分を利さんがためになされることではございませんでしょう」

それも長八の言う通りである。秋之助には、備前屋から追い貸しを受ける気は毛頭なかった。借りなくとも、たけのこなどの売却金で、なんとか内証の切り盛りはできた。

たとえできなくても、棄捐令で痛めつけた札差にさらなる無心をする気は、秋之助にはさらさらなかった。

「小西様のご気性を皆様がお持ちであれば、このたびの棄捐令は、断じて敷かれることはございませんでしたでしょうに……」

備前屋長八は、秋之助が勘定役に就いている限り、そして備前屋の身代が続く限りは、一年先までの米を担保に、追い貸しを引き受けると請合った。

陰っていた日差しが、十畳間に戻っていた。

十六

冬木町から二町駆けたところで、新吉はカネを持っていないことに気づいた。日本橋魚河岸まで、一文なしで出向くのはきつい。

どじな野郎だぜ。

おのれに毒づいてから、亀久橋まで歩いて戻った。気ばかり焦っても、ろくなことにならないと思い直してのことだった。

閻魔堂の角を曲がれば、仙台堀に出る。川べりの道は、元禄時代の終わりごろに植えられた柳の並木になっていた。

三月初旬の日差しが、垂れ下がった柳の枝と、仙台堀の川面に降り注いでいる。春先ならではの、のどかな眺めだった。

「あら……どうしたの？」

店に戻った新吉を見て、土間の片づけをしていたおけいが手を止めた。

「巾着を持たねえで出ちまった」

きまりがわるい新吉は、おけいと目を合わさずに座敷に上がった。枕屏風の陰に、夜具を畳んで重ねてある。巾着は、敷布団の下に押し込んであった。

手早く取り出すと、首から下げた。

おけいが順平のことを知らせに飛び込んでくるなり、新吉は店に立っていた格好のままで駆け出した。お仕着せに、たすきがけである。

たすきを外したあと、新吉は壁にかかった半纏に手を伸ばした。

『深川冬木　三ツ木鮨』

ねずみ色の木綿生地に、赤い筆文字で屋号が描かれている。番所の役人と順平の身(み)請(う)けを掛け合うには、請け人の素性を示さなければならない。

引き返してきて、よかったぜ。

お仕着せ姿で飛び出していた新吉は、胸のうちでつぶやいてから半纏を羽織った。

おけいは心配そうな顔で、新吉の身支度を見ていた。順平よりも八歳年下のおけいは、今年で十九になる。

黒くて細い眉(まゆ)。見詰められると落ち着かなくなる、潤いに充(み)ちた黒い瞳(ひとみ)。受け口気味の、肉付きのよい唇。そして艶のある黒髪。

おけいは冬木のみならず、深川のあちこちで器量よしで通っていた。

方々から見合い話が持ち込まれるが、おけいは一度も応じたことがない。

「おにいちゃんがお嫁さんをもらったら」

これを決まり文句にして、おけいは話を断った。それほどに、兄思いのおけいである。番所に留め置かれている順平を案じて、両方の瞳が曇っていた。

「魚河岸の番所なら、どうてえことはねえ。日暮れまでには、連れ立ってけえってくるからよう」

土間に降り立った新吉は、明るい声で身請けを請合った。

「ありがとう、新吉さん。あたしはこのまま、お店番をしていますから」

「今日はもう、売るものはねえんだ。長屋にけえってもいいんだぜ」

柿鮨はすべて売り切れていた。嫁入り前の娘が店番をしていたりすると、口うるさい女房連中に、どんなうわさを撒き散らされるか分からない。

「ここで待ってるほうが、気が落ち着くから。いいでしょう？」

「そいつあ、かまわねえが……」

新吉が思案顔を拵えていたとき、店先に男が顔を出した。秋之助の下男、新兵衛だった。

「先日はありがとうごぜえやした」

柿の詰まった十本の青竹を、新兵衛が調えてくれた。新吉はその礼を口にした。

「いま、おれに付き合うひまはあるかね？」

新兵衛の口調には、わずかな尖りが含まれていた。

いきなりたずねてこられて、新吉は戸惑った。小西屋敷に出向いたときには、新兵衛は気持ちよく秋之助に取り次いでくれた。先日は柿の詰まった竹を、持ちやすいように荒縄で縛ることもしてくれた。

しかし前触れもなしに顔を出されて、話に付き合わされるほどに親しい間柄ではない。それに、なぜ新兵衛が尖った物言いをするのかも分からない。

「申しわけありやせんが、取り込みごとで日本橋まで出かけるところなんで」

通り一遍の口調で新吉は断った。

「それなら途中まで一緒に行こう」

新兵衛は引き下がらない。なにかわけがありそうだと感じた新吉は、連れ立って店を出ることにした。

「すぐに追いかけやすから」

新兵衛を先に行かせてから、新吉はわらじの紐を結び始めた。冬木から魚河岸までは、およそ半里（約二キロ）の道のりである。雪駄よりも、わらじのほうが歩きやすかった。

「あのひと、どこのひと？」

問いかけるおけいは、あらたな心配事を抱えたような顔つきである。

「お得意先の下男さんだ」

「なんだか、怒ってるみたい……」

「そんなことはねえだろう。おけいちゃんの思い違いさ」

「だったらいいけど」

兄と新吉のふたりを案ずるおけいは、得心しない顔のままで送り出した。

新兵衛は柳に寄りかかって待っていた。屋敷では、こげ茶色の野良着姿が多かったが、いまは濃紺の紬絣を着ている。

三ツ木鮨の店先で見たときには、新兵衛の身なりの違いには気づかなかった。柳に寄りかかった新兵衛は、武家の下男というよりも、職人の親方のように見えた。

「お待たせしやした」

新吉が軽い会釈をした。

「あんたの都合もきかずに、勝手に押しかけてきたんだ。気にすることはない」

柳から離れた新兵衛は、新吉と並んで歩き始めた。閻魔堂の角を曲がると、道が二手に分かれた。

まっすぐ南に歩けば、仲町(なかちょう)の辻(つじ)に出る。堀沿いの道に戻って東に行くと、海辺大工(うみべだいく)町(ちょう)の代地を通り抜けて、佐賀町河岸への近道となった。

「日本橋はどこに行くんだね」

閻魔堂の前で足を止めた新兵衛が、行き先をたずねた。

「魚河岸です」

「こんな時分にかね」

陽はそろそろ西に移り始めている。新兵衛のいぶかしげな問いかけは、もっともだった。

「ちょいとわけがありやして」

余計なことは言わず、新兵衛の用向きはなにかと問うた。

「河岸に行くには舟を使うのか？」

「そうだ、舟がありやした」

言われるまで、新吉は駆け足で出向く気でいた。が、佐賀町河岸から日本橋小網町（こあみちょう）までは、乗合船が出ていた。

「新兵衛さんに言われて気づきやした。先を急ぎますんで、佐賀町から舟に乗りやす」

「だったら、おれも船着場まで行こう」

「なにかおれに、ご用がおありで？」

「もちろんある」

新吉を見る新兵衛の目つきが、おだやかではない。新吉も新兵衛を見詰め返した。

「でしたら、ここで聞かせてくだせえ」

「あんた、早く行きたくて気がせいているだろうが」

「そいつあそうですが、新兵衛さんの用向きが分からねえままじゃあ、気持ちが落ち着きやせん」

「立ち話でどうこうできるほど、軽い話じゃない。とにかく船着場に行こう」

新兵衛は用件を切り出さぬまま、先に立って佐賀町桟橋に向かった。間のわるいことに、乗合船は出たばかりだった。

「四半刻（三十分）もしねえうちに、別の舟がくるからよう」

船頭は、小網町まで歩くよりも、次の舟を待ったほうが早く着くという。

少しでも早く行きたい新吉は、四半刻も待つのはごめんだと思った。

しかし、新兵衛との話が残っていた。それにいまは風もなく、大川は静かである。この川の様子なら、船頭が言う通り舟のほうが早そうだった。

「舟を待つことにしやす」

新吉は、連れを河岸の石垣にいざなった。

川風は吹いておらず、陽は斜め上の空から降り注いでいる。腰をおろして話をするには、石垣はお誂（あつら）えの場所だった。

隣り合わせに腰をおろしてから、新吉はあらためて用向きをたずねた。

「あんたは、旦那（だんな）様からもらった柿を、一個七十文で売ったのか」

前置きなしに、新兵衛が話に入った。

「売りやした」

新吉はあっさり認めた。それに続けて、秋之助に売り上げ代金を届けるつもりでいたと付け加えた。

話しながら、なぜ新兵衛がいきなりたずねてきたのか、わけを察した。

「あの柿は、柿鮨の看板代わりに使うんじゃなかったのか」

「ははは、その気でやしたが……時季はずれの柿を、大層頂いたものですから」

柿を売ることになった顛末（てんまつ）を、細かに話した。

「柿を喜ばれたのは嬉しかったんでやすが、客の目当てが鮨なのか柿なのか、昨日の売れ方を見ていて分からなくなったんでさ」

「柿が評判なのが、いやなのか」

「あっしは鮨作りの職人でやす」

新兵衛のほうに向き直った新吉は、きっぱりと言い切った。

「鮨が柿の添え物みてえに思われたんじゃあ、やってらんねえんでさ」

柿を売ったのは、昨日一日。今日は、寝たきりの父親に食べさせたいという母子連れに、竹を一本売っただけだと聞かせた。

「それを聞いて安心した。あんたが柿代を届ける気だったとしたら、旦那様もさぞかし喜ばれるだろう」

「ただで分けてもらった柿を勝手に売ったんで、小西様と新兵衛さんは気をわるくされやしたんで？」

新兵衛が不機嫌だったわけを知り、新吉は石垣に座ったまま相手に詫びた。

「旦那様は、あの通りのお人柄だ。あんたの鮨の売れ行きを気にされて、昨日はおすみさんに様子を見に行かせたんだ」

その下女の口から、柿が一個七十文で売られていたと秋之助は聞かされた。

「旦那様は、そのことにはなにも触れずに出仕されたが、後ろ姿が哀しそうだった。それを見たから、おれは御内儀様に午から暇をいただいて出てきた」

「そうでやしたか……」

新吉は返事をするのもつらかった。

「昨日のうちに、勝手に売ったことをお詫びに行くのが筋でやした」

「蕎麦屋の一件がなければ、旦那様もあんな風に哀しそうな姿はされなかっただろうさ」

「なんの話で？」

蕎麦屋の話など、新吉はなにも知らなかった。聞かせてくれとせがまれた新兵衛は、ひとには言うなと固く口止めしてから、孝三のしでかした次第を余さずに話した。

「なんてえ野郎だ」

腰のわきに落ちていた小石を、新吉は船着場のわきに投げ込んだ。何重もの水の輪が水面に広がった。

「おれが柿を売ったことで、小西様はまた裏切られたと思われたんでやしょうね」

「今朝の後ろ姿を見る限り、そうだろうと思うがね」

「新兵衛さん」

顔を引き締めた新吉は、気合を込めて呼びかけた。そして素早く立ち上がった。その気迫につられたのか、新兵衛も腰を上げた。

「今夜、詫びに出向かせてくだせえ」

「そのほうがいい」

「なんどきなら、小西様のご都合がよろしいんで？」

「五ツ（午後八時）には湯から上がっていらっしゃる。来るなら、五ツ過ぎがいい」

「分かりやした。世話をかけやすが、うまく段取りしてくだせえ」

新吉が深く上体を折って詫びを伝えた。

身体を起こしたときに、乗合船が桟橋に横付けされた。

十七

「おとっつあん、具合はどう？」

水を張った桶を手にしたまま、おあきが父親に問いかけた。

薄がけの布団がかけられた病人は、返事をするのも億劫そうだ。身体をわずかに動かしたが、口は閉じたままだった。

枕元の皿には、さきほどおあきがむいた柿がふた切れ、食べ残したままになっている。

「どうしたの、おとっつあん……また苦しくなったの？」

手拭いを絞り、ひたいに載せようとしたおあきの顔色が変わった。

「おとっつあん……おとっつあんったら」

おあきが甲高い声を出した。

横たわった病人の顔色が、土気色になっている。陽の差し込まない裏店の六畳間では、病人の顔色はどす黒く見えた。

手拭いを手にしたまま、おあきは土間に飛び降りた。

「杉作、杉作……」

おあきはこどもの名を立て続けに叫んだ。

「杉坊なら、うちの小僧と一緒に八幡様の境内へ遊びに行ってるよ」

隣から、大工の女房おかねが顔を出した。

「どうしたのよ、おあきさん。顔色が真っ青じゃないか」

「おとっつあんが……」

「なんだって」

おかねが下駄を鳴らして駆け寄った。

「譲吉さんが、どうかしたのかい」

「顔色が茶色くなってて、息遣いが苦しそうなの」

「そりゃたいへんだ」

おかねは病人の容態を確かめることもせず、長屋の女房連中を呼び集めに走り出した。譲吉の容態がよくないのは、長屋のだれもが知っていた。

山本町の裏店六兵衛店(ろくべえだな)は、三軒連なった棟割(むねわり)長屋が、川の字に三棟建っている。おあきとおかねが暮らすのは、真ん中の棟である。

長屋の井戸とかわやは、おあきが暮らす棟の真ん中に構えられている。おかねは長屋の女房四人を、井戸端に連れてきた。

「譲吉さんがよくないんだって？」

長屋で一番年かさの石工(いしく)の女房おつるが、おあきに駆け寄った。

「おとっつあんの顔色が、ぬかるみみたいな色になってます」

「おかねさんから、そう聞いたからさ。おふじさんが先生を呼びに走ったから」

「ありがとうございます」

「とにかく、お湯を沸かしとこうよ。先生がきたら、きっと入用だから」

おつるは女房連中にてきぱきと指図した。どの宿のへっついも、大きさは同じである。土間の隅のへっついは、鍋を載せたらそれだけでふさがってしまう。

女五人は井戸端の物置から、焚(た)き口が三つの大きなへっついを運び出した。長屋の催しなどに使う大型のものだ。

六年前に杉作が生まれたとき、産湯もこのへっついで沸かした。つい二日前の、ひな祭りの料理作りにも大活躍したし、五月の節句にも引っ張り出されるはずだ。

しかし大型のへっついは、祝儀ごとだけではなく、通夜などの不祝儀ごとにも使われた。

火熾しに手馴れた女房連中が、あっという間に薪を燃え立たせた。そのさまを、おあきはぼんやりと眺めていた。

「どうしたのよ、譲吉さんの枕元にいてあげなくちゃあ、しょうがないよ」

へっついの火熾しを見ながら、おあきは縁起でもないことを思っていた。おつるに叱(しか)られて、われに返った。

土間の隅に履物を揃えて、おあきは六畳間に上がった。

「おとっつあん、いま先生を長屋のひとが呼びに行ってくれたから」

おあきが父親の手を握った。布団のなかに入っていたのに、手には驚くほどにぬくもりがなかった。

「もうすぐ、先生がきてくれるわよ」

譲吉の手を、力を込めて摩(さす)った。少しでもあたたかくなるようにと思ってのことだ。

「さっきから、おちかが何度も呼びにきている……もうすぐ、そこに行けそうだ……」

譲吉が途切れ途切れに話している。おちかは、十年前に逝った譲吉の連れ合いである。

「そんなこと、言わないでよ」

おあきが摩っている手に力を込めた。

「もういい、おあき……おちかをあんまり待たせたら、かわいそうだ……いまも向こうで手招きしている……」

「ばかなこと、言わないで」

握っている父親の手を、おあきは自分の胸元に押しつけた。

「おっかさんがそんなばかなこと、するわけないじゃないの。しっかりしてよ、おとっつあん」

おあきに強い声で呼びかけられても、譲吉は目を閉じたままである。息遣いが次第に弱くなっている。

「おとっつあん、おとっつあんったら」

手を強く握られて、譲吉が薄目を開いた。

「柿はうまかった」

これだけ言うと、譲吉は目を閉じた。

おあきが何度呼びかけても、目は開かれなくなった。

大鋸職人の譲吉は、医者が駆けつける前に息を引き取った。

あとに残したものは、孫につけた杉作という名前である。享年五十六。おあきは泣きじゃくったが、譲吉の顔は安らかだった。

十八

小網町に向かう乗合船のなかで、新吉のあたまのなかでは、ふたつの心配事が走り回っていた。

ひとつは御直買と揉めて番所に留め置かれている、順平のことである。

公儀台所を預かっていることを笠に着て、見栄えのいい魚を横取りする御直買の連中には、だれもが胸に思うところを抱えていた。しかし、正面切って争っても勝ち目はない。

「この鯛、御用だ」

御直買の目に留まったら、一尾四百文の鯛が、わずか十文で押さえられてしまう。

魚河岸の仲買人たちは、上物を店の奥に隠すことしかできなかった。

「ひとが目利きした魚を、あの連中は手鉤ひとつで横取りしやがる」

これまで何度も、順平の口から御直買の理不尽な振舞いを新吉は聞かされていた。市場の仲買人からも、同じような話を聞いたことがあった。

が、番所に留め置かれた者がいたとは、聞いた覚えがない。順平の起こした揉め事は根が深そうだと、新吉は肚をくくった。

もうひとつは、小西秋之助の腹立ちを思ってのことである。新吉が看板代わりに柿を使いたいと願い出たとき、秋之助はこころよく応じてくれた。

柿の詰まった青竹を、ただで分け与えてくれたのだ。行きがかりのこととはいえ、新吉は柿に値づけをして売った。もちろん売上金は秋之助に届ける気でいたのだが、秋之助は思い違いをして、存念を抱いているようだ。

すぐにでも申し開きに出向きたいという思いに、新吉は駆り立てられた。背すじを伸ばした生き方の秋之助に、勘違いをされたままでいるのは、新吉には耐え難かった。

さりとていまは、順平の身請けに向かうのが先だった。

一度にふたつは、片づけられねえ。

そう思い直して息を深く吸い込んだら、周りの景色が見えてきた。

すでに三月五日。降り注ぐ午後の日差しは、春のぬくもりに満ちていた。しかし大川の川面を吹く風には、まだ冬の気配も残っている。

おだやかな流れの大川の上で、春と冬とがすれ違おうとしていた。

「譲吉さんも、息を引き取るときはあっけなかったねえ」

「ほんとうにそう……こう言っては譲吉さんにわるいけど、亡くなったことで娘孝行をしてあげたんだよ」

新吉の向かい側に座った女ふたりが、遠慮のない声で世間話を始めた。風はゆるやかに、舳先(へさき)から艫(とも)に向かって流れている。乗合船が堀から大川に出たあとも、女たちは話をやめなかった。

「でもさあ、おかねさん」

赤と白の格子柄の綿入れを着た女が、連れに向かって問いかけた。

「あんなに長患いだった譲吉さんが、なんだって急に逝ったんだろうか」

「なんだ、あんた、知らなかったのかい」

おかねは譲吉と同じ棟に暮らす、大工の女房だ。譲吉が苦しみ始めたときから息を引き取るまで、おかねは一緒に手伝っていた。

「なによ。わけがあるんなら、おせえてちょうだい」

綿入れの女がおかねの物言いを聞いて、口を尖らせた。

「譲吉さんが柿好きだったのは、おせんさんも知ってるわよね」

「知らないわよ、そんなこと。うちと譲吉さんところは、棟が違うもの」

綿入れを着たおせんが、ますます頬(ほお)を膨らませた。

「そんなことはどうでもいいけど、柿がどうしたの」

焦れながらも、おせんは話の先を促した。

「今日の昼前に、おあきさんが冬木町のお鮨屋さんから、折詰と一緒に柿を買ってきたんだよ」

「柿って……もう三月なのに、柿なんか売ってるところがあるの？」

おかねがきっぱりとうなずいた。

「青竹に詰まった柿なんだよ。譲吉さんに食べさせてあげられると言って、おあきさんは大喜びしてたのにねえ」

「その柿がいけなかったの？」

「柿がわるかったんじゃないのよ。時季外れの柿が食べられたんで、つい気がゆるんだんじゃないかって……お医者さんは、そう言ってたけど」

向かい側で話を聞いていた新吉の、顔色が変わった。

冬木町。鮨屋。青竹に詰まった柿。

おあきという女が買ったのは、新吉の柿鮨に間違いなかったからだ。

店の口開けにこども連れで顔を出して、柿が欲しいと言った客である。三年も寝ている父親に、柿を食わせてやりたいと言っていたのに、まさかその父親が……。

新吉は気を落ち着けようとして、帯に差したキセル入れと、刻み煙草の入った印籠を取り外した。

三ツ木鮨を始めたとき、順平が祝いにくれたキセルだ。手にするなり、新吉はまたもや順平の様子を思い浮かべた。

しかしいまは、女ふたりの話の行方が気がかりだ。順平のことはあたまの隅に追いやり、船に備え付けの煙草盆を引き寄せた。キセルに煙草を詰めながらも、女たちの話を聞き漏らさぬように、耳をそばだてた。

大工の女房のおかねは、長屋の月番だった。急なとむらいごとで、日本橋本町の普請場まで、亭主を呼びに行く途中らしい。

連れのおせんも別の棟の月番で、おかねと同じく、亭主を呼び戻しに仕事場へと向かっていた。

「話の途中で割り込んですまねえが」

新吉は吸い終わった煙草を、大川にぷっと吹き飛ばした。川面に落ちた煙草が、ジュジュッと音を立てた。

「ねえさんたちの話に出てきた、柿の鮨屋てえのは、おれのことなんでさ」

新吉は背中を向けて、半纏の屋号を見せた。

「おあきさんてえひとは、七つぐれえのこどもを連れてやせんかい」

女ふたりが大きくうなずいた。

「杉作って男の子で、譲吉さんが名づけたそうよ」

「おあきさんは、とっつあんに食べさせるてえんで、昼前に鮨を買ってけえられたのに……そのとっつあんが、いけなくなったんで」

新吉が顔を曇らせたとき、乗合船が小網町の船着場に着いた。

「とむらいはどちらで？」

「山本町の六兵衛店です」

「なんどきからでやしょう」

「長屋でやることだから、大したことはできないけど、六ツ半（午後七時）には支度ができているはずだから」

おかねから裏店の場所と、通夜の始まりどきを聞き取った新吉は、ふたりにあたまを下げてから魚河岸に向かった。

順平の揉め事を片づけてから、小西秋之助の屋敷をたずねる。そのあと、六兵衛店の譲吉さんの通夜に顔を出そう……。

ひとつずつ片づけるしかないと思いつつも、気が急く新吉は小走りになっていた。

十九

備前屋を出た秋之助は、浅草橋たもとの町飛脚問屋、小倉屋をたずねた。

小倉屋は江戸府内ならどこでも、半刻（一時間）のうちに書状を届けることで名の通った飛脚問屋である。日本橋、尾張町、神田和泉橋に出店があり、それぞれの店が足自慢の飛脚を三十人ずつ抱えていた。

秋之助が店に入ると、小僧が寄ってきた。

「あいにく、飛脚がみんな出払って……」

途中まで言いかけた小僧が、秋之助の顔を見て言葉を飲み込んだ。

「どうした、なにかあったのか」

小僧の様子を見て、秋之助はいぶかしげな声音で問いかけた。

「お武家さまは、今朝方、暴れ馬を止めたひとですよね」

こども特有の甲高い声で、小僧が遠慮のない物言いをした。店の奥から、手代が慌てて駆け寄ってきた。

「てまえどもの者が、無作法な物言いをいたしまして申しわけございません」

小僧を叱りつけて隅に追いやった手代は、あらためて秋之助に用向きをたずねた。

「御籾蔵向かいの稲川屋敷あてに、至急の書状を届けてもらいたいのだが」

秋之助は、あとの言葉を言い淀んだ。小僧から、飛脚が出払っていると断られていたからだ。ところが手代は引き受けた。

「しかし……飛脚はおらぬだろうに」

「よんどころない用向きのために、常に控えは押さえてあります」

「わしの用に使って構わんのか」

「町に騒動が起きるところを、身体を張って防いでくださったお方のご用です」

小僧も手代も、秋之助が暴れ馬を御した一件を見知っていた。面映ゆい思いを抱えながらも、秋之助は頼むことにした。

書面は備前屋にて、すでにしたためてあった。

『一年先の担保米差出しに限り、備前屋長八殿は追い貸しに応じてもよい旨、了承くだされました。右、取り急ぎ。小西秋之助』

文中、秋之助はわざわざ備前屋に対して、『殿』『くだされる』と、丁寧な語を用いた。追い貸しは当然だと思っている上司、大木靖右衛門に対しての、秋之助なりの意思表示である。

本来であれば、秋之助が稲川屋敷に戻るのが役目柄の責務である。が、備前屋に是非もない無理強いを呑ませたいまは、屋敷に帰る気がしなかった。

大木が待っているのは、秋之助ではなく、追い貸し成就の成果である。それが分かっているだけに、なおさら屋敷には帰りたくなかったのだ。

書状を受け取った手代は、小倉屋の飛脚封筒に納めた。きちんと糊付けをしたあと、秋之助に差し出した。

「封緘紙は、ご依頼人様にお貼りいただくのが定めでございますので」

町なかで、飛脚便を誂えたことのない秋之助は、手代の言う通りに封緘紙を糊貼りした。さらに矢立を取り出し、筆にて『小西』と苗字を記した。

「ごていねいに、ありがとうございます」

礼を口にした手代は、送り状を取り出して届け先の屋敷名と、受取人名を記入した。同じ書類を二枚作成し、秋之助に手渡す一通の下部には『壱金二百文也』と、飛脚賃を書き込んだ。

「これは受取りでございます。すぐに届けさせますが、割増代はてまえどもよりの御礼ということで」

至急便を誂えるが、割増は不要だと手代が申し出た。秋之助はこだわりなく、小倉屋の気持ちを受け入れた。

紙入れを取り出した秋之助は、一匁の小粒銀三粒で支払った。銀ひと粒は、八十二文相当である。

「大したつり銭ではないが、飛脚への酒手としてくれ」

飛脚でも駕籠舁きでも、酒手は料金の一割が相場である。つり銭四十六文の祝儀は、相場を大きく上回っている。四十六文あれば、江戸の地酒なら二合は呑めた。

「ありがとうございます」

手代は遠慮なく受け取り、深々とあたまを下げた。

受取りを紙入れに納めてから、秋之助は蔵前の大通りに出た。朝方は晴れていたが、いまは花曇りの空模様である。

通りに立った秋之助は、空を見上げて大きな息を吸い込んだ。

備前屋にはきつい思いを押しつけたが、役目は充分に果たした。成就した満足感と、飛脚問屋で示された敬意とが心地よい。

浅草橋を渡り、東に折れれば両国橋である。ときはまだ八ツ（午後二時）の手前ごろだと見当をつけた秋之助は、橋を渡ったあとは真っすぐに歩き始めた。

大きな一本道は、久松町から小網町へとつながっている。小網町の河岸に出れば、日本橋までわけなく行ける。秋之助は背筋を張り、ゆるやかな足取りで日本橋へと向かった。

「小西様のこころに、せっかくただでくれてやったのにという、強い怒りがおありだからです。わしがわしがという私心が、小西様のまなこを曇らせています」

備前屋長八から、ずばりと指摘された。長八と話しているうちに、秋之助はおのれの思い違いを悟った。

新吉が柿を売ったのは、なにかわけがあっての所業に違いない……。

これに思い当たったあとは、怒りにまかせて新吉を悪しざまに思ったことを悔いた。

日本橋室町には、刃物の老舗『勘助』があった。青竹細工に使う小刀を、秋之助は勘助で買い求めている。

詫び代わりに、庖丁を一本進ぜよう。

そう思い定めて、秋之助は小網町河岸へと出た。河岸には柳が植わっている。ゆるい風を受けて、柳の枝が揺れていた。

枝の先には、堀を行き交う多くの船が見えた。船着場では、着いたばかりの乗合船から投げられたもやい綱を、半纏姿の船頭が杭に縛りつけている。

帰りは深川まで、船もいい。

堀から吹く風には、まだ冷たさが残っていたが、秋之助は乗合船で帰ろうと決めた。しかしその前に、庖丁を買い求めなければならない。

河岸を歩く秋之助は、わずかに足取りを速くした。思案橋、荒布橋のふたつを渡ると、橋の真ん中が大きく盛り上がった日本橋が見えてきた。

風は堀を渡って吹いているが、道の反対側から強いにおいが流れてきた。においと一緒に、本船町の魚市場の賑わいも秋之助の耳に届いた。魚市場に江戸の魚屋や料亭の板場連中が集まるのは、夜明けから昼過ぎまでである。このことは、新吉から聞いていた。

浅草橋での見当が当たっていれば、ときはすでに八ツを大きく過ぎているはずだ。こんな遅くにでも、まだ魚市場にはひとが群がっているのかと、いぶかしく思った。魚市場を見たことのない秋之助は、ひとの賑わいに気をそそられた。

しかしいまは、勘助で庖丁を求めるのが先である。魚の生臭いにおいをかぎながら、室町へと歩みを進めた。

日本橋のたもとに出ると、いきなりひとの数が増えた。

秋之助は、勤めを終えたあとの、日暮れ前の日本橋しか知らなかった。勘助で小刀を買い求めたときも、店の小僧が日除け暖簾を仕舞い始めたころだった。

広い通りには、花曇りの空から春の陽光が降り注いでいる。そのやわらかな光のなかを、物売りだの、荷車だの、買い物客だのが行き交っていた。

蔵前の大通りも、ひとと車で溢れ返っていた。しかし日本橋を行くひとの群れには女が多く、着ている物の彩りが豊かだ。

女の華やぎに、びんつけ油の甘い香りが加わった通りに入った秋之助は、我知らずに足取りを弾ませていた。

目指す勘助は、室町二丁目と本小田原町一丁目の小道が交わる辻にあった。

少しずつ、陽が西に傾いている。長さ八尺、幅四尺の大きな日除け暖簾が陽を浴びて、濃紺の木綿地は明るく照り返っていた。

「鮨屋の職人が使う庖丁を一本、見立ててもらいたい」

武家が庖丁を買い求めるのはまれである。しかも進物用だと言う。

手代は戸惑いながらも、刃渡り七寸（約二十一センチ）の出刃庖丁を勧めた。

「腕の確かな職人であれば、この出刃のよさが分かりますから」

秋之助は勧めを受け入れた。

「刀鍛冶が仕上げた極上品でございますので、いささか値が張りますのですが」

値も訊かずに出刃を決めた秋之助に、手代は言いにくそうに出刃庖丁の代金を伝えた。

進物用の厚紙箱に収めて、一本二分。

小判半両の高値である。

「値は構わぬから、見栄えよく包んでくれ」

両国の料亭が柿を買いにこなくなったいま、二分の出費はふところに響く。しかし秋之助は、いささかも悔やまなかった。それほどに、新吉をわるく思い込んだおのれを恥じていた。

口に出して詫びるのは、武家の体面を思うとはばかられる。それができないだけに、詫びの品に費えを惜しむ気はなかった。

一本二分の出刃は、勘助の風呂敷に包んで秋之助に手渡された。包みが持ち重りのする、いかにも極上品である。

手にした重さが心地よく、小網町の船着場に向かう足取りが軽い。日本橋のたもとを東に折れた秋之助は、歩みの調子を変えずに荒布橋へと向かった。

本船町に差しかかると、相変わらず生臭いにおいが道端に漂っていた。ひとの賑わいにも変わりがない。

もう八ツ半（午後三時）を過ぎているだろうに、まだ賑わいが続いているのか。

秋之助は、市場の辻で立ち止まった。小ぶりの大八車が、市場から通りに出てきた。荷台に積まれた木箱には、アジとイワシが山積みになっている。道の窪(くぼ)みで車が揺れて、木箱からアジがこぼれ落ちた。

市場を見ていた秋之助は、荷車を引く男を呼びとめようとして目を通りに移した。

「小西様……」

思いもよらぬ場所で出会った新吉が、目を見開いて秋之助に呼びかけた。

二十

秋之助の姿を見て、新吉は思わず大声で呼びかけた。大八車を引いていた男が、梶棒を握ったまま振り返った。

「アジが一尾、落ちておるぞ」

秋之助は新吉の呼びかけに答える前に、地べたにこぼれたアジを指し示した。男は秋之助には取り合わず、そのまま車を引いて船着場に向かった。

「地べたに落ちた魚は、縁起がわるいてえんで、魚河岸ではうっちゃっとくんでさ」

「もったいない気もするが……縁起ということならば、仕方があるまいの」

目元を曇らせていた秋之助が、ふっと得心顔に戻った。新吉は秋之助のそばに寄り、言葉の前にあたまを下げた。

「ちょうだいした柿を、小西様には断りもなしに売っちまいやした。客から受け取ったゼニは、今夜にでも届ける気でいやしたが、勝手をしでかしやした」

詫びを口にしたあと、新吉はふたたびあたまを深く下げた。が、秋之助の立腹を新兵衛から聞かされたことは、口にしなかった。

新兵衛が話してくれたことは、秋之助に断りを言った上のことかどうかが、分からなかったからだ。

「やはり、さようであったか」

秋之助が、ひとり言のようなつぶやきを漏らした。

「なにか言われましたんで」

うまく聞き取れなかった新吉は、秋之助に問い直した。

「気にするな。わしのひとり言だ」

秋之助は、なにをつぶやいたかは答えなかった。しかし、新吉を見る目にはぬくもりがあった。

「それよりも、おまえはなにゆえここにおるのだ。魚の仕入れでもあるまいが」

「へえ……」

今度は新吉が答えを口にしなかった。御直買と揉めて順平が留め置かれていることは、秋之助が相手でも、うかつに口にはできなかった。

「いまも山積みにした車が出て行ったが、こんな遅くから仕入れる者がおるのか」

返事を濁した新吉の様子から、秋之助は遅い仕入れに出向いてきたと勘違いしたようだ。

「いま出て行った車は、残り物をまとめ買いする山城屋（やましろや）に運んでるんでさ」

「山城屋とは、なんのことだ」

「小伝馬町牢屋敷の晩飯賄いを引き受けている、仕出屋でやす」

牢屋敷と聞いて、秋之助の目には物問いたげな光が浮かんだ。

新吉は一刻でも早く、順平の身請けに向かいたかった。しかし、それを口にすることはできない。

さりとて、山城屋とはなにかを知りたがっている秋之助に、なにも説明しないまま魚市場に入ることも、できないと思った。

「牢屋敷の晩飯賄いは、山城屋が一手に引き受けていると聞いた覚えがありやす」

魚市場につながる辻で、新吉は秋之助を相手に立ち話を始めた。


小伝馬町の牢屋敷は、江戸開府から間もない慶長年間に、常盤橋から移された。

牢屋敷は三方を土手に囲まれており、周囲を高さ七尺八寸（約二・三六メートル）の練塀が囲っていた。

屋敷内には『東牢』と『西牢』とがあり、東西の真ん中には見張り役人が詰める『当番所』が構えられていた。

牢は東西とも『揚屋』『奥揚屋』『大牢』『二間牢』の順に並んでいる。大牢と二間牢の外側はともに格子で、その中にはさらに内格子で囲まれた牢房があった。

大牢は三十畳大で、二間牢は二十四畳相当の広さである。大牢と二間牢には、町人や農民などの庶民が押し込められた。

揚屋には、御目見以下の直参武家と、僧侶、医師、山伏などが収容された。揚屋は十五畳、奥揚屋は十八畳で、いずれも畳敷きである。

西の揚屋は女牢で、武家・町人の区別なく女の罪人を収容した。また東の揚屋は遠島部屋と呼ばれ、遠島刑の者が出船までここに入れられた。

小伝馬町牢屋敷は、町奉行の支配である。これは魚市場の番所も同じだ。

寛政二年のいま、町民を収容する大牢には、畳一枚当たり六人もの罪人が押し込められていた。

大牢内には、牢屋敷役人から名指しをされた『牢名主』がいる。名主は、畳十枚を重ねた見張畳に座していた。

牢の内は名主が差配する。掟を守るためと称して、気に入らない者は寝静まったあとで口をふさいで始末した。そうでもしなければ、畳一枚当たり六人の囚人が押し込められた牢は、息苦し過ぎた。

朝夕二回の食事は、牢屋敷の賄い所でこしらえる。囚人の増加に手を焼いた公儀は、大牢、二間牢の賄い費用を一食ひとり八文にまで切り詰めさせた。

武家などを収容する揚屋は、倍の十六文を許した。しかし、一食十六文では麦飯と味噌汁、それに佃煮のような安価な菜が精一杯である。

そこに目をつけたのが、小伝馬町で仕出屋を営んでいた山城屋吉兵衛だ。吉兵衛は魚市場で売れ残ったアジとイワシを、一尾一文の捨て値で買い取った。

傷みが早いアジとイワシは、売れ残ったあとは干鰯屋に肥料として売るしかない。干鰯屋は一尾幾らではなく、一貫幾らの目方で買い取るのだ。山城屋がつけた一尾一文の買値は、干鰯屋に比べれば倍の高値だった。

買い取ったアジとイワシを、山城屋は大釜で煮て、作り置きをした。毎日火を通すことで、夏場でも半月は充分に日持ちできた。これを牢屋敷の揚屋の菜として、山城屋は一尾四文で納めた。

費えを切り詰められて音をあげていた揚屋の賄い所は、四文で菜が、それも煮魚が手に入ると知って山城屋の申し出に飛びついた。

仕入れ代と手間賃を勘定すれば、山城屋は一尾当たり二文少々の儲けにしかならない。が、牢屋敷相手の商いは、間違いのない数を毎日納められるのだ。

いまの納め数は、一日二百五十尾である。二文の儲けとして、一日五百文である。奉公人三人で切り回す山城屋には、欠かせない商いだった。

余り物がどれほど大量に出ても、山城屋は煮魚の作り置きができる技を持っている。仕入れの数が多い分には、なんら問題はない。

難儀なのは、不漁続きで、アジとイワシが手に入らないときである。牢屋敷とは、アジとイワシの入荷がないときは、相応の菜一品を納めるとの約定を結んでいる。しかし煮魚以外を納めるときは、山城屋は他所から出来上がりの惣菜を仕入れるしかなかった。これが続くと、儲けがなくなるだけに留まらず、吐き出しになった。

困り果てた山城屋は、売れ残りが出ないと判じたときは御直買連中と結託して、アジとイワシに『御用』をかける挙に出始めた。

御直買であれば、アジでもイワシでも、好きなだけ一尾一文で押さえられる。寛政二年の正月以来、イワシ御用を宣言する日が急増していた。

市場の魚屋は、だれもが山城屋と御直買が結託していることを察していた。しかし、御直買は公儀直轄であり、葵の御紋を背負っている。正面からことを構えたりしたら、どんな仕返しをされるか知れたものではなかった。

もしも番所に留め置かれたら、小伝馬町送りになるかもしれないのだ。これが怖くて、魚市場は御直買連中には強いことが言えなかった。

山城屋に対しても、魚屋は腰が引けていた。

アジとイワシは、豊漁が続けば毎日何百尾と売れ残った。残り物の数がどれほど増えても、山城屋は一尾一文で引き取った。この商いのありがたさを思うと、魚屋は御直買の言いなりになるほかはなかった。

御直買と山城屋の話を聞き終えた秋之助は、思いがけないことを口にした。

「おまえは御直買衆と、ことを構えにきたのであろうが」

図星をさされて、新吉はうっと息を呑み込んだ。

「おまえが発している気配は、ただごとではない。目には怒りの炎が立っておる」

さすがは武家だと、新吉は口を閉ざしたまま感じ入った。

「なにがあったのか、仔細を話してみろ」

物言いは厳しいが、秋之助の目には新吉を案ずる慈愛の光が浮かんでいる。船着場から張り詰め続けてきた気負いが、秋之助の目を見て一気にほぐれた。

「おれの相棒が、御直買連中と揉め事を起こしたんでさ」

秋之助の目に促されつつ、新吉は分かっている限りの顛末を話した。

「それはいささか難儀だのう」

秋之助の物言いが重たい。その声を聞いて、いっときはほぐれていた新吉の気持ちが、またふさいだ。

左手に勘助の風呂敷包みを提げたまま、秋之助が考え込んでいたとき。

市場から一匹の猫が、通りに出てきた。立っている秋之助と新吉を気にしながらも、猫は通りに落ちているアジを狙っていた。

猫の気配を察して、秋之助の両目に力がみなぎった。身体全身が、強い気合を発しているらしい。様子をうかがっていた猫が、いきなり市場のなかに逃げ帰った。

「新吉」

鋭い声で呼びかけられた新吉は、返事の代わりに背筋を張った。

「そこに落ちておる、アジを拾いなさい」

秋之助の物言いが、いつも通りの穏やかさを取り戻していた。言われた通りにアジを拾った新吉は、秋之助のそばに戻った。

「この魚で、順平の身請けができるぞ」

秋之助が、いたずら小僧のような目つきになっていた。

二十一

新吉が魚市場奥の番所に顔を出したのは、すでに陽が西に傾き始めた七ツ（午後四時）前である。

余り物のアジとイワシは、すべて山城屋が引き取ったあとである。番所につながる路地に並んだ魚屋は、どこも店仕舞いを終えていた。

魚市場からも、隣り合わせの青物市場からも、すっかり人影が消えている。新吉が番所前に立ったときには、番所の土間にも、ひとの姿はなかった。

『御城賄方　御直買詰所』

分厚い樫板の看板が、詰所入口に掲げられていた。

小西様が言われた通り、番所じゃねえ。

樫板に書かれた筆文字を見て、新吉は胸元を合わせ直した。

魚市場の辻で、順平が留め置かれている次第を聞き取った秋之助は、新吉を伴ってもう一度日本橋大通りへと足を急がせた。向かった先は『武鑑』の版元、須原屋である。

武鑑とは、大名と旗本の氏名・系譜・居城・官位・知行高・邸宅・家紋・旗指物などを記した書である。武家相手の商いをする大店は、こぞって武鑑を購入した。

これ一冊があれば、だれを窓口に商いを進めればいいかが、一目で分かった。武鑑には、家臣の役職までが書き記されていたからだ。

武鑑は百五十年以上前の、寛永年間から毎年刊行されている。その版元が須原屋である。

「公儀御役職一覧を見せてくれ」

新吉を引き連れたまま、秋之助は須原屋手代に用向きを伝えた。

備前屋と公務の談判に出向いた秋之助は、袴をつけている。が、太刀は差しておらず、脇差一本のみで、勘助の風呂敷を持っていた。

連れの新吉は半纏姿で、右手にはわらに通したアジを一尾提げている。

異様な取り合わせの武家から、役職一覧が欲しいと言われた手代は、愛想のない返事を残して奥に消えた。

戻ってきたときには、紙箱をひとつ手にしていた。箱には『寛政元年　公儀御役職一覧刷』の上書きがされていた。

「これでよろしいので」

「よろしい」

手代の横柄な物言いにも、秋之助は表情を変えなかった。

「百三十文でございます」

「受取りを書いてくれ」

「受取りが入用でございますかあ」

手代は語尾を伸ばして、露骨に顔をしかめた。百三十文の買い物に、受取りを求められたのが面倒だったのだろう。

「わしが受取りを求めると、そなたになにか不都合でもあるのか」

秋之助の声音が厳しくなっている。武家ならではの物言いをされて、手代は慌てて受取りを書いた。

代金を小粒で支払った秋之助は、つり銭をしっかり数えて受け取ってから須原屋を出た。

手代とのやり取りの一部始終を、アジを提げた新吉は背筋を伸ばして見ていた。秋之助の所作には、思わず居住まいを正してしまう威厳があった。

魚市場の手前で立ち止まった秋之助は、箱から一覧表を取り出した。四つに折り畳まれた紙を開くと、横幅が二尺（約六十センチ）にもなった。

一覧表をつぶさに見た秋之助は、得心顔を新吉に向けた。

「御直買は、おおやけの役職ではない」

秋之助が一覧表を指し示した。

御城の台所を預かる賄方は、若年寄支配下にあった。役職名は『賄頭』で、配下には賄組頭と、賄方を抱えている。

組は十六組もある大所帯で、各組には十二人の賄方が配されていた。しかし、どこにも御直買の記載はなかった。

「御直買は、いわば町奉行所同心の手先の、目明しのようなものだ。公儀の禄をいただくわけでもない者を、怖がるいわれはない」

秋之助はきっぱりと言い切った。

「しかし小西様、魚市場の近くには、御肴役所がありやす。御直買の連中は、御肴役所に雇われた、魚目利きの玄人だと聞いた覚えがありやすが……」

新吉に言われて、秋之助は一覧表を見直した。御肴役所は確かに記載があったが、賄方よりも下役に位置づけられていた。

「わしが申した通りだ」

一覧表に描かれた御肴役所の位置づけを新吉に示しながら、秋之助は話を続けた。

「たとえ御肴役所の役人に雇われていたとしても、それはあくまで役人の手先だ。順平の身柄を押さえられる権限は、その者どもにはない」

公儀の役職と権限は、二尺幅の紙全部に細かな文字で描かれるほどに入り組んでいる。四千五百石の旗本家臣である秋之助の知識と見立ては、新吉を得心させるに充分だった。

「わしの見当が正しければ、市場の建物は番所ではない、単なる詰所だ。公儀役人の常駐しない番所など、あるわけがないからの」

一覧表を箱に仕舞い直したあとで、秋之助は掛け合いの手はずを新吉に授けた。


単なる詰所を番所と称し始めたのは、御直買衆だ。しかし市場では、すっかり番所が通り名になっていた。

詰所を番所だと称し、小伝馬町につながりがあると言いふらしているのも、御直買の連中に間違いない。秋之助が役職一覧表で確かめるまでは、新吉もそれを信じ込んでいた。

小伝馬町牢屋敷は、老中配下の町奉行差配である。格下の若年寄配下の賄頭とは、なんらかかわりがなかった。

入口に掲げられた看板は物々しいが、建物は節目だらけの杉板と、細い杉の丸太を用いた、簡素な平屋造りである。

屋根に瓦は使われておらず、長屋同様の板葺きだ。

葵の御紋の半纏は、十手みてえなものじゃねえか……。

胸のうちでおのれに言い聞かせてから、新吉は大声でおとないを発した。新吉の声が辺りに響き渡ったほどに、市場は静かになっていた。

新吉の声で、御直買のひとりが顔を出した。

「なにか用か」

六尺（約百八十センチ）近い大男が、新吉を見下ろした。

「こちらに棒手振の順平てえ者が、ご厄介になってると聞きやしたんで、身請けにうかがいやした」

「なんだ、身請けとは」

腕組みをした大男が、あごを突き出した。

「あっしは順平とは兄弟分の、深川の新吉と申しやす」

新吉は目の前に仁王立ちになった御直買から、目を逸（そ）らさずに話を始めた。

「順平は御籾蔵向かいのお旗本、稲川忠邦様のお屋敷に出入りしておりやすんで」

「旗本屋敷に出入りしているから、どうしたと言うんだ。ここは御公儀の台所を預かる、御直買の番所だぞ」

身体を回した大男は、背中の葵紋を見せつけた。新吉はまるで驚いた様子を見せない。御直買の目に、怒りが浮かんだ。

「順平は稲川様から言いつけられた、鯛の仕入れに出たままけえってこねえんでさ。市場で様子を訊きやしたら、ここの詰所でやっけえになってるてえ話でやしたから……」

「だから、おまえが身請けに来たと言いたいのか」

男は、ねずみをなぶる猫のような目つきを見せた。新吉は相手の目を受け止めたまま、背筋を張った。

「なにしろ順平は、魚の目利きがいいてえんで、稲川様のお気に入りなんでさ。はええとこお屋敷に顔を出さねえと、騒動が起きるかもしれねえもんですから」

「とぼけたことを言うんじゃねえ」

御直買の物言いが変わった。あごをさらに突き出した男の声には、凄味（すごみ）が含まれている。

「棒手振をだれが待ってるか知らねえが、あいつは葵の御紋にたてついたふてえ野郎だ。明日には、小伝馬町送りになるだろうさ」

「それはべらぼうだ」

新吉が口を尖らせた。気を高ぶらせているような物言いをしたが、わざとである。

「なにがべらぼうなんでえ」

大男は、すっかり御直買の言葉遣いを忘れていた。

「お白洲も通らねえで、いきなり小伝馬町送りはねえでしょう」

「おめえに、あるのねえのと、しんぺえしてもらうこたあねえ。葵御紋を背負ってるおれらにゃあ、白洲もちりめんじゃこもねえ。こっちが送ると決めたら、小伝馬町の役人は黙って牢屋敷の門を開くだろうよ」

「そんなことをやったら、稲川屋敷の殿様が黙っちゃあいやせんぜ」

新吉は御直買の目を見据えて、相手の怒りを煽り立てた。大男は、まんまと新吉の策に引っかかった。

「上等じゃねえか」

大男は詰所のなかに大声を投げて、仲間を呼び集めた。五人の六尺男が土間に出てきた。なかのひとりは、呼子を吹いて順平を取り押さえた当人だった。

「なにが起きたんだ、源太」

「この妙な野郎が、今朝の棒手振を身請けにきたてえんでさ。鉄次あにいから、行儀をおせえてやってくだせえ」

順平を押さえたのは、鉄次という名の兄貴格の男だった。新吉とやり取りをした源太から、鉄次はことの次第を聞き取った。源太が話し終えたとき、鉄次は薄ら笑いを浮かべて新吉の前に出てきた。

「おめえさんは、稲川てえ旗本の名代かい」

鉄次は旗本の名を、鼻先であしらうような調子で口にした。

「いいんですかい、無礼な口をきいて」

「なんでえ、それは」

いきなり、鉄次が詰め寄ってきた。吐く息が、まともに新吉の顔にかかった。

「無礼てえのは、おれに言ったのか」

「ほかにゃあ、いねえでしょう。おれが話してるのは、おめえさんだ」

「おめえの威勢がいいのは、へっぽこ旗本に尻押しされてるからだろうが」

鉄次が右手の人差し指で、新吉の胸倉をぐいっと突いた。

「こっちは、将軍様の代紋を背負ってるんでえ。腐れ旗本が束になってかかってきても、びくともするもんじゃねえ。そうだな？」

鉄次が仲間に振り返った。大男たちが、口を揃えて鉄次の言い分を支えた。

「でけえ口をきくのもてえげえにしねえと、おめえも一緒に小伝馬町に送るぜ」

野太い声で、鉄次が脅し文句を吐いたとき。

「小伝馬町送りとは、いささか剣呑だの」

袴姿の秋之助が、いきなり詰所の戸口に現れた。見るからに武家のいでたちだが、腰には脇差しか差さっていない。しかも勘助の風呂敷包みに加えて、わらに通したアジを手に提げていた。

「どちらさんでやしょう」

鉄次は御直買の物言いを忘れたらしく、伝法な口調で問いかけた。

「さきほどそのほうが口にしておった、へっぽこ稲川家の家臣だ」

手にした風呂敷とアジとを左手に持ち替えた秋之助は、ふところから身分鑑札を取り出した。三千石以上の旗本家臣は、外出の折りには身分鑑札を持ち歩くのが定めである。

秋之助が取り出したのは、樫板に黒漆仕上げの見事な鑑札だった。札の中央には稲川家の家紋、丸に立沢瀉が金粉で描かれている。

家紋の左には『若年寄差配寄合肝煎　稲川忠邦家勘定方　小西秋之助』と、これも金粉で描かれていた。

『寄合』とは、三千石以上の無役旗本が編入される組の名称である。若年寄差配と、名前はいかめしいが、つまりは役なしの旗本だ。

しかし五千数百の旗本のなかで、肝煎の座に就くことができるのは、わずか五家のみだ。同じ寄合編入の旗本でも、肝煎は別格だった。

『寄合肝煎』の四文字が、金粉で描かれた鑑札である。御直買五人が、いきなり顔をこわばらせた。

「そのほうらの賄方も、我が殿も、同じ若年寄様に仕える身である。場所が場所であれば、へっぽこ呼ばわりは聞き捨てならぬぞ」

葵の御紋を笠に着た御直買とは異なり、秋之助は四千五百石の旗本に仕える武家である。ひとことの物言いにも、重みがあった。

「なにかの行き違いで、当家出入りの魚屋がこの詰所に厄介になっておると聞いたが、まことであるか」

「へっ……へえ……」

ついさきほどまで息巻いていた鉄次だが、口のなかが乾いているらしい。言葉がうまくでなかった。

「いつまでもそのほうらに雑作をかけるのも気の毒だ。わしが身請けして帰るが、異存はないかの」

言葉を切った秋之助が、鉄次を見据えた。静かな目だが、相手を射抜く強さがあった。見詰められるのに耐えられなくなった鉄次が、秋之助に向かってあたまを下げた。

「ならば、順平をここに連れて参れ」

鉄次ひとりを残して、四人の大男が詰所のなかに駆け込んだ。幾らも間をおかずに順平が出てきた。天秤棒と、カラの盤台ふたつを手に提げていた。

順平は、秋之助とは初対面である。新吉の隣に見慣れない武家が立っているのを見て、順平がせわしなげに目を動かした。

新吉が片目を閉じて目配せした。察しのいい順平は、秋之助に深々とあたまを下げた。

「殿がお待ちかねだ。魚は首尾よく仕入れができたのか」

順平が答えようとする前に、鉄次が慌てて口を開いた。

「傷まねえように、こっちでしっかり預かっておりやすから……おい、源太……」

名指しをされた源太は、詰所の台所から順平が押さえた鯛を手にして戻ってきた。

御直買連中は、この鯛を肴に酒盛りをやる算段だったようだ。鯛から、うろこがきれいに落とされていた。

「御直買衆に、下ごしらえまでしてもれえたようでさ」

源太から鯛を受け取った順平は、皮肉ではなしに褒めた。それほどに、きれいにうろこが落とされていた。

順平が鯛を盤台に仕舞うのを見定めてから、秋之助が鉄次を手招きした。

「ほかにもまだご用で？」

鑑札を見て以来、鉄次の背中が丸くなっている。秋之助と向き合ったときは、背丈が二寸は詰まっていた。

「そのほうたちに聞き分けがなかったならば、このアジにものを言わせる所存であったが、なにごとも生じなくて重畳だった」

わらに通したアジを、秋之助は目の前で背を丸めている鉄次に手渡した。

「さきほども申した通り、我が殿は若年寄様差配だ。そのほうらの振舞いが目に余るときには、殿から若年寄様のお耳に仔細を入れていただく」

静かだった秋之助の目が、いまは剣客のような鋭い光を放っている。朝方、暴れ馬に立ち向かったときの目である。

御直買の五人が、息を呑んで居住まいを正した。

「そのほうらが御用買いを続けるのは、役目において当然である。しかし、アジやイワシに御用は通用せぬと心得ておけ」

五人を強い目で見据えてから、秋之助は詰所を離れた。盤台を担いだ順平と手ぶらの新吉が、歩みを揃えて秋之助を追った。

詰所から二町（約二百二十メートル）離れた辻を折れたところで、秋之助は歩みをとめた。はるかに年下の新吉と順平が、息を切らして追ったほどの早足だった。

「つまらぬところを見せた」

若年寄の名を口にしたことに、秋之助は忸怩（じくじ）たる思いを抱いているらしい。

「なにがつまらぬもんですか」

新吉は一歩踏み出し、勢いこんで秋之助に話しかけた。

「小西様にへこまされた連中の顔を見ていて、おれも順平も、ふんどしの中が熱くなるぐれえにすっきりしやした。そうだよな、順平」

「あたぼうじゃねえか」

天秤棒を肩から外した順平は、秋之助に深い辞儀をした。新吉もあたまを下げた。

「分かった。そこまででよい」

きまりわるそうな表情になった秋之助は、先刻買い求めた庖丁を新吉に手渡した。

「おまえの役に立つだろう」

新吉が慌てて包みを開いている間に、秋之助は歩き出した。足取りは、さきほどよりもさらに速かった。

道端の野良犬が、尾を巻いて秋之助に道を譲った。

二十二

三月六日は、朝から雨になった。

杉作の手を引いたおあきが三ツ木鮨に顔を出したのは、新吉がまだ庖丁（ほうちょう）を研いでいるさなかだった。

雨の朝は陽が差さず、土間は暗い。店の雨戸を一枚開けて研ぎ仕事を続けているとき、店先からおあきが呼びかけた。

通夜の席ではほとんど話ができなかったが、おあきの声には聞き覚えがあった。

仕上げ途中の庖丁を手にしたまま、新吉は店先に顔を出した。

「こんなに早くからどうされやしたんで」

ときはまだ五ツ（午前八時）前だ。通いの職人なら仕事場に向かっているころだが、おあきは六歳の子を抱えた母親である。

しかも今朝は、亡くなった譲吉を焼き場まで運ぶ喪主だ。

「野辺（のべ）送りが始まるころでやしょうが」

外は雨降りだ。山本町から三ツ木鮨までは、番傘をさしたこども連れでは、そこそこにひまがかかる。

た。

野辺送りに喪主がいなければ、長屋の連中は動けない。新吉は行き帰りの足を案じ

「どうしても、昨夜のお礼が言いたかったものですから」

長屋暮らしのおあきは、黒い喪服を持っていないらしい。紺がすりのふところから、一枚の手拭いを取り出した。

「こんなものしかありませんが、いただいた香典のお返しに納めてください」

手拭いは、門前仲町の太物屋、結城屋の紙帯が巻かれていた。帯には薄い墨文字で『御返し』と書かれている。

結城屋の手拭いは、物がいいことで深川では知られている。上物だけに、手拭い一枚が六十文はする。

昨夜、新吉が包んだ香典は一匁銀の小粒が二粒。銭に直して百六十四文の見当だ。これまで、まったく付き合いのなかった相手への香典としては、妥当な額だった。

もとより、新吉は香典返しなどは思ってもいなかった。初めて柿鮨を買ってくれた客が、鮨と柿を喜んでから旅立ったのだ。

めぐり合わせが切なくて、新吉は見ず知らずも同然の客の通夜に出ただけである。

「おあきさんの気持ちは、しっかりいただきやしたから」

まだ仕込み途中の新吉には、おあきに持ち帰ってもらえるものがなかった。

飯はこれから炊くところだし、昨日順平からもらった鯛は、昆布締めのままだ。第一、これから野辺送りのおあきに、生臭ものを渡すことはできなかった。

土間を見渡しているとき、かんぴょうとしいたけの煮物に目が留まった。三ツ木鮨の味の源でもある煮物だ。

「ちょいと待ってくだせえ」

柿鮨を詰める折りを取り出した新吉は、しいたけとかんぴょうを目一杯に詰めた。今日、これから売り出す柿鮨に使う材料である。分かっていながらも、新吉は構わずに詰めた。

山本町の長屋は、昨夜の通夜に顔を出して様子が分かっていた。江戸のどこにでもある、貧乏長屋だった。

亡くなった譲吉は、三年の間、寝込んでいた。昨日、乗合船で一緒になった長屋の女房が口にした通り、譲吉はまさしく逝くことで娘孝行を果たしたのだ。

長屋のとむらいには、余計な見栄がない。昨夜の通夜は、おあきの宿の前には提灯すら提げられてはいなかった。明かりに使うろうそくが、おあきには買えなかった。

譲吉の菩提寺は、山本町の徳風寺である。

寺には十年前に先立った譲吉の連れ合い、おちかがすでに埋葬されていた。読経する住持は、おちかのとむらいでも経を読んでいた。

通夜の祭壇は、長屋の大工が急ぎ仕事でこしらえた。祭壇にかぶせた白布は、差配の六兵衛が長屋のとむらいに使い回す木綿である。

祭壇に灯す二十匁の細身のろうそくは、町内の油屋が香典と一緒に届けてきた。線香の前に供えられた大きな落雁も、やはり町内の菓子屋からの供物だった。

三年間の看病だったが、おあきは弱音を吐かずに父親の世話を続けた。杉作は一年前から火熾しを会得して、おあきの手助けをした。

譲吉の容態が気がかりなおあきは、外に働きに出ることはせず、針仕事を回してもらって暮らしを支えた。

十年前に先立ったおあきの母親は、呉服の仕立てに抜きんでていた。母親からしっかりと手ほどきを受けていたおあきは、二日で一枚の着物を仕上げた。

仕事を回してくれたのは、母親が請負っていたのと同じ、箱崎町の呉服屋、藤屋である。浜町河岸の芸者衆を得意客に持つ藤屋は、上物を選り抜いておあきに回した。

お召し一着の仕立て賃が五百文。おあきは月に均せば、六貫文を超える手間賃を稼いだ。女手ひとつの稼ぎとしては、桁違いの実入りである。

六兵衛店の店賃が、月に六百文。ほかに米・味噌・醤油・塩代や、油・薪・炭などの費え、それに二日に百文の水代を払っても、充分に手元にカネを残せる稼ぎだった。が、譲吉の薬代が月に三貫文もかかった。

それも、治る見込みのない病の薬代である。事情が分かっている長屋の連中は、だれもがおあきに同情した。

長患いの果てに、譲吉は逝った。

通夜の参列客たちは、悲しむおあきに涙を流しながらも、これでおあきが楽になるだろうと、胸のうちでは安堵した。

六畳間に寝かされた譲吉のわきには、おあきと杉作が座っていた。

宿は六畳ひと間に、三坪の土間しかない。譲吉を悼んで顔を出した客は、六畳間にあがることもできず、土間からなきがらに手を合わせた。

長屋の連中は、だれもが普段着のままである。しかし、こころの底から譲吉を悼んで焼香した。

新吉はとむらいに顔を出して、長屋の住人がいかにおあき母子を大事に思っているかを肌身に感じた。

「野辺送りからけえったあと、これを長屋のみなさんで食ってくだせえ」

新吉が差し出した折り詰めは、ふたがうまく閉じていない。かんぴょうが、ふたのわきからはみ出していた。

受け取ったおあきは、宝物を抱えるように折詰を胸に抱いた。

雨脚が一段と強くなっている。

母親のわきを歩く杉作は、一歩を踏み出すたびに跳ねを上げていた。

二十三

おあきと杉作が、三ツ木鮨の店先を離れたのは五ツ（午前八時）のわずか手前である。長屋へ戻る親子が冬木町の木戸をくぐったところで、永代寺が五ツを告げた。

おあきたちがいなくなって、新吉は朝の仕込みに戻った。が、たったいま雨の中を戻って行った親子の姿が、新吉のあたまのなかを駆け回った。

なんでえ、いったい……。

おのれに舌打ちをしたが、あたまのなかに結ばれた像が消えない。消えないどころか、次第に大きくなった。

振り払おうとしてあたまを振ったが、一向に気持ちが鎮まらない。

この日まで、新吉は通りすがりの娘に、ひと目惚れをしたことは、何度もあった。町で見かけた娘の様子のよさに、気を取られてどぶ板を踏み外したこともある。

しかし、いまはそんな浮ついた気持ちではなかった。父親の野辺送りを控えていながら、わざわざ礼を伝えにきたおあきの気持ちに、あたまのなかと身体の動きとを、絡め取られたような気分だった。

新吉は仕込みの手を止めた。そして手早く着替えて、半纏を羽織った。外出をする気だが、出向く先は山本町の裏店だ。

格別の身支度もせず、足駄と番傘を土間の隅から取り出した。出かけようとした新吉が、慌てて座敷に駆け上がった。

長火鉢の引き出しを開き、無地の小袋を取り出した。祝儀・不祝儀のいずれにも使える、ポチ袋のような小袋だ。

文字を書こうとしたが、矢立が見当たらなかった。気持ちが急く新吉は、なにも書かない小袋に、一匁の小粒銀を三粒入れた。

亡くなったおあきの父親譲吉とは、新吉は一面識もなかった。おあき・杉作の母子とも、柿と柿鮨とを売り買いしただけの間柄に過ぎない。

しかし新吉は、仕込みの手を止めてでも、山本町に顔を出そうと決めた。どうしても、譲吉の野辺送りを長屋の木戸口で見送りたかった。

なぜそんな気になったのかは、おのれにも分からない。雨のなかを急ぎつつ、新吉は身体のうちから湧き上がる思いを持て余した。

跳ねをあげんばかりの急ぎ足だった。それでも母子には追いつけずじまいで、裏店の木戸口に着いた。

おあきが暮らす山本町の六兵衛店は、三軒連なった棟割（むねわり）長屋が、川の字に三棟並んで建っていた。長屋は水はけがわるく、木戸口の溝からは、汚水があふれ出している。浮き上がったどぶ板を踏んで、新吉は六兵衛店に入った。おあきの宿は、通夜に顔を出して分かっていた。真ん中の棟の、一番奥である。

新吉が着いたのは、出棺（しゅっかん）間際だった。おあきの宿の前では、長屋の住人と、町内鳶（とび）の連中が群れになっていた。

「あら……」

おあきの宿から出てきた長屋の女が、新吉を見て声を漏らした。通夜の手伝いをしていた、長屋の女房である。

裏店の住人は、不祝儀だといっても黒い長着を着たりはしない。ありあわせの、渋い色みの普段着姿だ。

襟元を合わせ直しながら、新吉のそばに寄ってきた。

「おまいさん、たしか……」

「三ツ木鮨の新吉でやす」

「そうそう、ゆんべも名前を聞いたっけねえ……そいで、今朝は？」

「いましがた、おあきさんと杉坊とが、うちに顔を出してくれたんでさ」

「なんだ、おあきちゃんがいないって探し回ったけど、おまいさんとこに行ってたのかい」

女房が顔を曇らせた。

「ゆんべの香典返しを、わざわざ届けてくれたんでさ」

「なにもこんなせわしないときに、冬木町まで行くことはないじゃないかね」

女房は、新吉に向かって口を尖(とが)らせ、両目に力をこめた。

「おれの気がそこまで回らねえで、すまねえことをしやした」

場を収めるために、新吉が詫(わ)びた。

女房も、いわれのないことで新吉に文句をつけたと、思い直したらしい。目から険しさが消えた。

「おまいさんも、野辺送りに付き合ってくれるのかい」

「付き合いたいのは山々でやすが、なにぶんにも店がありやすんで」

長屋の木戸口で見送らせてもらうと、女房に伝えた。

「へええ、そうかい……」

女房の目は、ここにいる新吉をいぶかしんでいた。亡くなった譲吉はもとより、おあきや杉作とも、新吉は格別の付き合いがあったわけではない。

「ひとりでも多くのひとが送ってくれりゃあ、譲吉さんだって嬉(うれ)しいだろうけどさ」

女房は、なぜ通夜に続いて野辺送りにまで顔を出したのかを、問いたげだった。

おあきとの間になにかあるのかと、妙な勘繰りをされたら、相手に迷惑がかかる。

「おあきさんが、おれのところから柿を買ってけえったんでさ」

青柿のことも、柿鮨のことも、女房はおあきから聞いていたらしく、顔つきが穏やかになった。

「その柿を、譲吉さんがえらく喜んだらしいんでやすが……」

「その通りさ。おとっつあんの笑顔を久しぶりに見たって、おあきちゃんが大層喜んでたからね」

「その柿を食ったあとで、譲吉さんの容態が変わったと聞きやしたが」

「それはめぐり合わせだよ。おまいさんの柿が、わるさをしたわけじゃないから」

女房の物言いが、すっかり親しげな調子に変わっていた。

「柿のことが気になって、二度もここに顔を出したのかい」

「そういうわけでも、ねえんでやすが……」

「だったら、どうしたのさ」

「雨んなかを、わざわざ香典返しを届けにきてくれたおあきさんを見たあとは、なんだかうっちゃっとくことができなかったもんで」

「そうだろうねえ」

おあきの誠実さに触れたら、だれでもそんな気になると女房が言葉を続けた。

「あたしも野辺送りには出ないで、とむらいの行列が長屋に帰ってきたときの支度をするからさ」

「そうでやすか。そいつあ、ご苦労さまなこって」

女房の口ぶりが親しげなので、新吉もお愛想を口にした。

「あんたさえよかったら、ちょっとの間、お茶でも呑んでいきなさいよ」

おあきの身の上を聞かせたいと、女房が口にした。

子連れなのに、おあきの亭主がいる様子がなかった。気持ちの動いた新吉は、女房に言われるままに、おあきの宿の前に進んだ。

読経が終わり、鉦が何度か鳴らされてから、僧侶が出てきた。裏店のとむらいにふさわしい、質素な身なりである。

僧侶のあとに、早桶を担いだ葬儀屋が続いた。身の丈六尺（約百八十センチ）はありそうな大男である。早桶はそれなりの大きさだったが、葬儀屋は苦もなく担いでいた。

最後におあきと杉作が出てきた。

長患いの床にありながらも、譲吉は孫の杉作を可愛がっていたようだ。おあきよりも、杉作のほうが目を泣き腫らしていた。

雨の戸口に立ち、おあきが野辺送りの参列者に、あいさつをしようとして顔を見回した。ひとの群れの後ろに立った新吉を見て、おあきが目を見開いた。

新吉はわずかに顔を動かして、おあきに応(こた)えた。目顔で、おあきが礼を言った。

町内鳶が木遣(きや)りを唄い、とむらいの列が動き出した。新吉のわきを通り過ぎるとき、おあきが軽い会釈をした。

新吉は木戸口を出て行く、野辺送りの列に合掌した。杉作が可愛がっているのか、一匹の子犬が、雨に濡れるのも構わずにあとを追って木戸を出た。

二十四

「鮨屋のおまいさんにこんなものを出すのは、きまりがわるいけどさあ」

石工(いしく)の女房おつるが、番茶と一緒にだいこんの糠漬(ぬかづけ)を運んできた。亭主は仕事を休んで、野辺送りについて行っている。

上がり框(かまち)に座った新吉は、おつると差し向かいになった。新吉よりもおつるのほうが、はるかに年上だ。しかし、いかに年増だとはいえ、亭主の留守にふたりだけで向き合うのは息苦しい。

新吉は宿に招き入れられたとき、入口の腰高障子戸を五寸（約十五センチ）ほど開いておいた。隙間風(すきまかぜ)が入ってくるが、おつるも新吉と同じ思いを抱いていたらしい。

風には知らぬ顔で、漬物を勧めた。

「こいつあ、うめえ」

だいこんの糠漬をひと口食べた新吉は、正味で美味さを褒めた。糠床の手入れがよくて、塩味と酸味とが見事に釣り合っている。

それでいて、だいこんの歯ごたえは失くしていない。年季の入った糠床ならではの、漬物の味である。

「あたしの糠漬は、ここの長屋でも一番だからさあ」

おつるは、半端な謙遜を口にしなかった。

「なんたって、この糠床の元を拵えたのは、譲吉さんたちが所帯を構えた翌年だからねえ。かれこれ、二十四年だわさ」

新吉と向かい合わせに座ったおつるが、胸のあたりをこぶしで叩いた。

「てえことは、おつるさんは二十五年もの間、六兵衛店に暮らしてるてえことなんで」

「うちだけじゃないわよ。亡くなった譲吉さんとこだって、おんなじさ。なんたって、おあきちゃんも杉坊も、ここで生まれたんだから」

おあきは譲吉の娘だが、杉作は孫である。裏店暮らしが何十年も続いているのは、さほどにめずらしいことではない。しかし、六畳ひと間の宿で、孫まで生まれたと聞いて、新吉は大いに驚いた。

「あら……勘違いしないでよ。おあきちゃんは、与助さんという職人と所帯を構えて、譲吉さんとこの隣に暮らしていたんだからさ」

おあきの連れ合いの名前が、初めて出てきた。新吉は座り直して、おつるに話の先を促した。

「譲吉さんとおちかさんがここで所帯を構えたのは、明和二（一七六五）年の夏だったのよ。うちもおんなじ年の春にここで所帯を構えたんだから、よく覚えているわよ」

おつるが二十五年も昔を思い出して、遠くを見詰めるような目になった。

明和二年の六月に、譲吉とおちかは山本町の六兵衛店に越してきた。大鋸挽き職人の譲吉が木場に通うには、六兵衛店は地の利に恵まれていたからだ。

暮らし始めて二年目、明和三年の十月におあきを授かった。譲吉三十一歳、おちか二十三歳の秋である。

「でかしたぜ、おちか」

赤ん坊が生まれるまでは、譲吉は毎日のように男の子がほしいと言い募った。しかし授かったのが女児と分かったあとは、おれは女の子がほしかったんだと言って、おちかの気持ちを楽にした。

「こんなにきれえな、秋晴れの朝に生まれた赤ん坊だ。おめえに似て、さぞかし器量よしの子に育つだろうさ」

高く晴れ渡った空を見て、譲吉は、生まれた子におあきと名づけた。目方は八百匁（約三キロ）の、丸々とした丈夫な赤ん坊だった。

六兵衛店は、子沢山の職人が暮らす裏店である。おあきは多くのこどもと一緒に遊びながら、健やかに育った。

年若くても、譲吉は大鋸挽きの腕に抜きん出ていた。大鋸ひとつで、檜や杉の丸太から三寸の薄板を挽いた。三寸板が挽ける職人は、当時の木場には譲吉のほかには、わずかふたりの年季の入った職人しかいなかった。

「てえしたもんだ。おれにも、大鋸の使い方を教えてくんねえな」

譲吉よりも年長の職人が、年の差にこだわりを捨ててあたまを下げた。

「がってんだ」

ひとりでも多くの職人が、大鋸を上手に使えるほうが、木場が繁盛する。

「親方から、ただで教わった技でやす。あにさんたちも、しっかりと身につけてくだせえ」

譲吉はえらぶるでもなく、大鋸の使い方を惜しまずに伝授した。その人柄のよさと、技量を慕って、多くの大鋸挽き職人が譲吉のもとに集まった。

女房のおちかは、針仕事が得手だった。仲町のみならず、高橋（たかばし）や本所の呉服屋もおちかの腕を見込んで、仕立て物を持ち込んできた。

両親ともに、腕と人柄の両方に秀でた職人である。長屋の住人からも、仕事先の職人や奉公人からも、大事にされた。

親の評判がよければ、こどもも好かれる。おあきは裏店の住人から可愛がられ、病気ひとつせずに成長することができた。

譲吉の稼ぎに加えて、おちかも手間賃の実入りがある。しかも譲吉は酒、女遊び、博打（ばくち）のどれとも無縁で、女房とこどもを大事にする堅い人柄だ。

おあきが十一歳になった安永五（一七七六）年には、いつでも表店（おもてだな）に移れるだけの蓄えができていた。しかしカネはあっても、譲吉とおちかは、六兵衛店から出ようとはしなかった。

「おあきがここまで達者に育ったのは、長屋のみんなが力を貸してくれたからだ」

長屋の面々に、譲吉とおちかは深い感謝の気持ちを抱いていた。おつるたち長屋の女房連中にも、その気持ちが伝わり、さらにあれこれと力を貸してくれる。譲吉一家は、六兵衛店の居心地のよさを存分に味わいながら、日々の暮らしを営んだ。

おあきが十二歳を迎えた正月から、おちかは娘に針仕事の手ほどきを始めた。十二歳は、おちかが自分の母親から縫い物を習い始めた年だった。

三年後の、安永九年六月三日。譲吉は下総茂原の山元の頼みで、先方の山まで杉の伐採に出向くことになった。

「どうでえ、みんなで遊山がてら、茂原まで出かけようじゃねえか」

十五歳になったおあきは、手を叩いて喜んだ。が、おちかは夏祭りに着る揃いの浴衣三十枚の、急ぎ仕事を抱えていた。

「せっかくの折りだから、おあきはおとっつあんと行っておいで」

江戸から一度も出たことのない娘に、おちかは父親との茂原行きを勧めた。行き帰り七日の道中である。十五歳の娘であれば、山仕事を終えたあとの譲吉の世話もできる。

母親に強く言われて、おあきは譲吉と連れ立って茂原へと出かけた。

「それがおちかさんとの、今生の別れになるなんて、だれも思わなかったからさ。あたしたちも一緒になって、譲吉さんとおあきちゃんを長屋の木戸口で見送ったんだよ」

当時を思い出したのか、おつるが声を詰まらせた。

「なにがあったんで……」

「鉄砲水だよ。おまいさん、安永九年の騒動を覚えていないのかい」

深川に暮らしていながら、あの大水を知らないのか……おつるが、きつい目で新吉を見た。

「そのころは、おれは京橋の親方のもとで、米研ぎの修業をしておりやした」

大川の西側は、安永九年の大水でも、さほどの被害には遭っていない。それゆえ、新吉は鉄砲水のことも知らなかった。

「京橋にいたんじゃあ、知らなくても仕方ないけどさ……あのときの深川界隈(かいわい)は、どこもかしこも、水浸しになったのさ」

「おちかさんは、その鉄砲水で亡くなられたんで？」

おつるが、つらそうな顔でうなずいた。

「六兵衛店で、おちかさんだけが駄目になったのよ……」

おつるは、すっかり冷めた茶に口をつけた。


譲吉たちが茂原に発(た)った翌日から、大雨が三日続いた。なんとか持ちこたえていた大川の堤防が、六月六日の八ツ（午後二時）過ぎに切れた。

ジャリジャリ、ジャリジャリ……。

仲町の火の見やぐらの半鐘が、出水(しゅっすい)を知らせる擂半(すりばん)を鳴らした。

山本町の住人のほとんどは、職人家族である。三日続きの雨降りで、どの家も亭主は仕事休みで家にいた。

「持ち出すのは、金目のものと着替えだけにしろ」

亭主にきつい調子で言われて、女房連中は身軽な格好で裏店から逃げ出した。深川はどこに逃げても高台がない。その代わりに、大水が出たときの用心に、どの町でも猪牙舟（ちょきぶね）を何杯も用意していた。

六兵衛店の家主は、店子（たなこ）を大事にした。もしもの備えで、長屋裏の納屋には九軒の住人全員が乗れるだけの、猪牙舟四杯を仕舞っていた。

擂半を聞くなり、男たちは舟を出した。そして女房には、身の回りの品だけを持って舟まで走れときつく指図した。

おちかには、その指図をする男がいなかった。仕立て途中の浴衣地と、譲吉の大鋸を抱えた。

「おちかさん、そんなもの、うっちゃっといて早くおいで」

舟に乗り込んだ女房連中が、声を合わせて呼びかけたとき、凄（すさ）まじい鉄砲水が、山本町に襲いかかった。

手一杯に荷物を持ち、おちかは身動きがとれない。なすすべもなく、水に運び去られた。

「おちかさああん……」

舟の連中は、懸命におちかを追った。が、猪牙舟も水にもてあそばれて、沈まないように保つのが精一杯だった。

江戸の大川が暴れたらしいと聞かされた譲吉とおあきは、急ぎ区切りをつけて茂原から駆け戻った。山本町に戻れたのは、大水が出て二日目の昼過ぎだった。

多くの長屋が流されて、町が平べったくなっていた。

「八方手を尽くしたんだけど、おちかさんのなきがらとは、出会えず仕舞いでさ。空(から)の早桶をお寺さんに埋めたんだよ」

おつるが、消え入りそうな声で話を閉じた。

「茂原にさえ行かなけりゃあと、譲吉さんもおあきちゃんも、落ち込んでしまって」

「さぞかし、気落ちしやしたでしょうね」

譲吉とおあきの落胆した様子を思い浮かべて、新吉は息苦しくなった。

「ふたりが元気を取り戻すには、それから三年もかかっちまってさ」

「三年てえと？」

「やっと元気になったおあきちゃんが、譲吉さんの弟子と所帯を構えたのよ」

おつるがまたもや、ふっと口を閉ざした。

静まり返った土間に、屋根を打つ雨音が強く響いた。

「あのひとと所帯を構えたときのおあきちゃんは、とっても嬉しそうだったし」

譲吉さんだって、めずらしく目を細めていたのに……と、おつるは当時を振り返った。

「うちの長屋じゃあ、久々のおめでたごとだったからさあ。長屋中のみんなが団子になって、譲吉さんにお祝いを言いに出向いたもんだよ」

おあきの相手は譲吉の弟子である。師匠の目にかなった相手はどんな男なのかと、祝いに出向いた女房連中は遠慮のない問いを譲吉に発した。

「腕も人柄もほどほどてえところで、娘にゃあ似合いというところでやしょう」

譲吉は、常から愛想の乏しい職人である。このときも素っ気ない口調は変わらず、おあきの連れ合いとなる男のことにはあまりふれず仕舞いだった。

「あのときの譲吉さんは、おあきちゃんがいつかはこうなると、どこかで察していたのかもしれないねえ」

「こうなるてえのは？」

新吉に問われたおつるは、しゃべり過ぎたと感じたらしい。ぎゅっと唇を閉じ合わせると、さっさと宿へと戻って行った。

板葺き（いたぶき）の屋根を雨が叩いている。新吉の胸の内に、鈍い雨音が響いた。

なぜおつるは、いきなり口を閉じて宿へ戻って行ったのか？

あれこれ思案をめぐらせていたら、半纏のたもとに手が触れた。なにかが収まっていた。

手を突っ込んで取り出したら、小粒銀三粒を納めたポチ袋だった。

急ぎ用意してきた気持ちを、渡せず仕舞いとなってしまった。

もしや、ご縁がねえてえことか……。

一気に気持ちが沈んだ。そんな新吉を嗤うかのように、雨音が強さを増していた。

二十五

新吉が冬木町に戻ったときには、すでに四ツ（午前十時）を過ぎていた。

座敷に上がった新吉は、手早く着替えを始めた。三ツ木鮨は食い物商売である。雨に濡れて跳ねの上がった長着を着たまま、仕事はできない。

お気に入りの茶帯を締めてから、紺だすきをかけた。茶帯と紺だすきは、新吉が気持ちを引き締めるときに選ぶ身なりである。

着る物をあらためなければ、こころの揺れが抑え切れなかった。六兵衛店で見たおあきの姿は、それほどに新吉の気持ちをかき乱していた。

なにをぐずぐず思ってやがる……。

両手で頬をひっぱたいて、気合を入れた。おあきのことをあたまから閉め出し、きゅっと結んだ茶帯をぽんぽんっと叩いた。小気味よい音が、大した家財道具のない座敷に響いた、そのとき。

気を込めて足を踏ん張っていた畳が、左右に大きく揺れた。三ツ木鮨の柱が、音を立てて軋んでいる。

立っていられなくて、新吉は畳に這いつくばった。柱が、風にそよぐ葦のような揺れ方を見せている。

土間では、棚から物が落ちる音がした。

揺れは、さほどの間をおかずに収まった。新吉が立ち上がったときに揺れがぶり返したが、揺れ方も揺れた間も、最初に比べれば大したことはなかった。

土間に駆け降りた新吉は、通りに出て冬木町の様子を見た。騒ぎ声は聞こえず、ひとの動きも見えなかった。

地震のときは、仙台堀川の流れを見ろ。

冬木町の長老から、いつも聞かされていたことである。三ツ木鮨の裏手に回り、川の流れを見詰めた。

なにごともなかったかのように、雨が降り続いていた。降り落ちる雨粒が、川面に無数の紋を描き出している。が、流れには際立った変わりようが見えなかった。

野辺送りは、なんともねえだろうな……。

またもや、おあきの様子を思っているおのれに気づき、新吉は胸のうちで舌打ちをした。季節は春だが、地べたに溜っていたぬくもりを、雨がすっかり消し去っている。

仙台堀川の流れを見ていた新吉が、身体をぶるぶるっと震わせた。そして、大きなくしゃみをした。鼻から水洟が垂れている。

右手を当てて、勢いよく手鼻をかんだ。

「新吉、いねえのかよ」

店先で、順平の声がした。

「いるぜ」

大声で答えてから、店に戻った。順平は天秤棒を肩から外し、盤台ふたつを地べたに置いていた。

「仕込みをほったらかしにして、なにをやってやがんでえ」

順平の物言いが乱暴なのは、いつものことだ。しかしいまは物言いだけではなく、目元もきつくなっていた。

「なんでえ、いきなり」

新吉もつられて、尖った声で応じた。

「いきなりじゃねえやね。もうさっき店の前を通りかかったときには、おめえ、どこぞに出かけてやがっただろうがよ」

新吉が六兵衛店に出向いたあとで、店の前を通りかかっていたようだ。

「山本町のとむらいに顔を出してたが、それがどうかしたのか」

「山本町だとう？」

順平が、一段といぶかしげな目を見せた。

「山本町のとむらいにわざわざ顔を出すような、義理ありの先がおめえにあったのかよ」

「ああ……あるさ」

ぶっきら棒に答えて、新吉は相手の口を抑えつけた。おあきの話をするのが、億劫だったからだ。

順平もそれ以上には問いかけをせず、盤台のふたを開けた。目の下一尺はありそうな、見事な真鯛が見えた。雨降りで、土間は薄暗い。そんななかでもウロコは光っていたし、皮は鮮やかな桃色を見せていた。

「てえした大きさじゃねえか」

「あたぼうさ。目一杯にいいのを、河岸が取り置きしといてくれたんだ」

「それを見せたくて、おれんとこに立ち寄ったのか」

順平が目元をゆるめてうなずいた。よほどに真鯛が自慢らしい。

「そんなでけえ鯛を、どこの小料理屋が仕入れようてえんだ」

「ばかいうねえ。こいつあ、売りもんじゃねえんだ」

「売りもんじゃねえって……おめえが自腹で仕入れたのか」

順平が、ますます嬉しそうな顔つきになった。仕入れ値でも銀十五匁もしたと言う。

銭に直せばおよそ一貫二百三十文、腕のいい大工ふたりの日当分の高値である。

それだけの儲けを出すには、順平の商いなら二日は入り用だった。

「そんな鯛を自腹で仕込むなんざ、よほどにいいことがあったのか」

「おおありさ」

大きく息を吸い込んでから、順平がわけを口にした。

先日の礼に、小西秋之助に届けるという鯛だった。

「おめえと小西様とは、命の恩人だ」

新吉にぺこりとあたまを下げてから、順平は続きを話した。

「毎日仕込みで見ているおめえには、鯛もめずらしくはねえだろうが、お武家といっても、こんな鯛は滅多に口にはしねえだろう」

秋之助の暮らしぶりを見知っている新吉は、きっぱりとうなずいた。

「あんとき小西様は、でけえ仕事が片づいたから六日は非番だと言っててただろう」

新吉も、はっきりと覚えていた。

「札差との難儀な掛け合いを、上首尾に果たした。六日は褒美代わりに一日骨休みをさせてもらうつもりだ」

非番をもらうと言いながら、秋之助の口調は重たかった。それが気になったがゆえに、新吉は今日の非番を覚えていた。

「それで……いまから行くてえのか」

「長屋を後回しにして、鯛が元気なうちに届けようと思ってさ」

順平は河岸で仕入れた魚を、冬木町から大和町にかけての小料理屋に納めている。担ぎ売りで長屋を回るのは、そのあとである。鯛のわきには、アジだのイワシだののの小魚が重なり合っていた。

「小西様に会えたら、おれもあとから顔を出してえと、そう言っといてくんねえ」

「がってんだ」

鯛を見せたことで、順平の用は済んだらしい。盤台に天秤棒を通すと、腰を使って肩に担いだ。その形で、順平は土間を見た。

「おめえよう、やっぱり今朝は様子がおかしいぜ」

順平は、土間に散らばったひしゃく、ざる、皿などを見ていた。つい先刻の地震で、棚からこぼれ落ちた品である。

「土間をとっ散らかしたままてえのは、おめえらしくもねえぜ」

「さっきの地震でこぼれ落ちたばかりだ。散らかしているわけじゃねえ」

「なんでえ新吉、地震てえのは」

盤台を担いだまま、土間で順平が身体を回した。盤台が、土間の水がめにぶつかった。

「おめえ、さっきの地震を知らねえのか」

「知らねえ。いつ揺れたんでえ」

つい今し方のことだと聞いて、順平は首をかしげた。

「そんときは、雨の地べたを歩いてたはずだが、揺れは感じなかったぜ」

「そうか……」

順平の答えを聞いて、新吉はふうっと安堵の吐息を漏らした。

棚からは、物がこぼれ落ちている。座敷の柱も左右に大きく揺れた。が、天秤棒を担いで往来を歩いていた順平は、地震に気づいていなかった。

店先から新吉が冬木町を見回したときも、様子に変わったことはなかった。仙台堀川の流れも、おとなしいままだった。

これなら山本町も、てえしたことはねえ。

六兵衛店に思いを馳(は)せる新吉は、順平がいるのを忘れて遠い目になっていた。

「おい……聞こえねえのかよ」

順平が声を尖らせた。

「なんでえ、また妙な目をしやがって」

天秤棒を担いだまま、順平がすぐそばまで寄ってきた。新吉は慌てて物思いを閉じた。

「おめえ、身体の具合でもわるいのか」

順平が真顔で問いかけた。

「なんでもねえ。ちょいと、ぼんやりしてただけだ」

場を取り繕(つくろ)うために、新吉はゆるんでもいない紺だすきを締め直した。

「おめえ、わけありの女に岡惚れしてやがんだろう」

「ばかいうんじゃねえ」

うろたえた新吉の声が裏返った。

「なんでえ……図星かよ」

岡惚れだろうと言った当人が、新吉よりも驚いている。順平の口が半開きになった。

「いつまで、ひとのつらを見てやがんでえ」

胸の内を見透かされた新吉は、照れ隠しに乱暴な物言いをぶつけた。

「ぐずぐずしてねえで、はええとこ鯛を届けねえかよ」

言葉で順平を土間から押し出そうとした。順平は両足を開いて、土間から動こうとしなかった。

「そんなひとがいたのを隠すてえのは、ずいぶんと水くせえじゃねえか」

「そんなんじゃねえ」

新吉がなにを言っても、順平は聞き入れない。最後には新吉のほうが根負けした。

「時期がきたら、おめえに話すからよ」

「時期てえのは、いつなんでえ」

順平が畳みかけた。

「おめえもせっかちな野郎だぜ。いつもなにも、まだなにも始まっちゃあいねえ」

隠さずに聞かせろと迫る順平を、やっとのことで追い出した。胸の内で、新吉がひとり勝手に想っているだけのことである。仔細(しさい)を聞かせろと詰め寄られても、話のできるわけがなかった。

間もなく四ツ半（午前十一時）の見当である。新吉は柿餡作りに気を入れようとした。

雨が屋根を叩いている。

雨音を耳にした新吉は、雨中の野辺送りは難儀だろうと、またもやおあきを想っていた。

二十六

新吉が秋之助の屋敷に顔を出したのは、夕刻七ツ（午後四時）過ぎだった。

朝方からの雨も、八ツ（午後二時）前にはきれいに上がった。西空の地平に映った夕日が、薄くなった雲を突き破っている。

夕焼けと呼ぶには、まだときが早い。しかし空の色味は、あかね色に近かった。

「ごめんくだせえやし」

屋敷の勝手口に回った新吉は、流し場に声を投げ入れた。すぐさま、下男の新兵衛が顔を出した。

「その節は、いろいろと世話になりやした」

新兵衛に深くあたまを下げたのち、持参した柿鮨の折詰を差し出した。

「商売もんで芸がありやせんが、新兵衛さんたちに食ってもらいたくて、ふたつ持ってめえりやした」

新兵衛には、新吉の思いが伝わったようだ。半端な遠慮は口にせず、折詰ふたつを気持ちよく受け取った。

「朝方には、あんたの仲間がでかい鯛を届けてきた。なぜ届けてきたのか、わけは一切言わなかったが、若いのに背骨のしっかりしたいい男だ」

「ありがとうごぜえやす」

順平は、かけがえのない友である。新兵衛から出た誉め言葉を、わがことのように喜んで礼を言った。

「新兵衛さんと船着場で別れて、あっしは日本橋に行きやしたが……」

船着場で新兵衛と話をしたとき、日本橋に向かうわけを新吉は聞かせなかった。新兵衛も問い質しはしなかった。

順平を誉められて嬉しくなった新吉は、昨日の次第をかいつまんで話した。

「そんなわけで、順平も小西様には大層な恩義を抱えておりやしたんでさ」

「そうだったのか」

得心顔になった新兵衛は、あごに手を当てて短い言葉を漏らした。

秋之助の助力がなければ、順平を市場の番所から無事に請け出すことはできなかっただろう。しかし武家が下男を相手に、その顚末を話すわけがない。

順平も余計なことは一切言わず、鯛を刺身にして帰っていった。

「あの鯛は、その順平が身銭で仕入れた魚だったのか」

鯛のいわれを知った新兵衛は、おのれに言い聞かせるような問い方をした。

「へい」

新吉も、ひとこと答えただけで口を閉じた。七ツを過ぎた土間は、もはや暗い。柿鮨の折詰ふたつを手にしたまま、新兵衛は土間から動こうとしなかった。

新吉も口を閉じて、新兵衛と向かい合わせに立っていた。

「新兵衛さん、だれか来てるんですか」

板の間の奥から、女中の声がした。新兵衛がやっと動いた。

「旦那様のところに、案内するようにと言付かっているお客さんだ。いま、みやげをもらったところだ。これを受け取ってくれ」

新兵衛が折詰を女中に示した。三ツ木鮨の様子を見に行ったことのある女中は、折詰がなにであるか、ひと目で分かったらしい。新兵衛から受け取るときは、暗がりで目を輝かせた。

「今日は到来物の多い日ですね」

土間にいるのは町人だけである。その気安さから、女中が物言いを弾ませた。

「お客さんの前で、はしたないことを言いなさんな」

女中を軽い調子でたしなめてから、新兵衛は新吉を連れて土間から出た。三月初旬の日暮れは駆け足である。空のあちこちでは、幾つもの星がきらめき始めていた。

「武家だろうが町人だろうが、ものごとをひけらかさない男は気持ちがいい」

庭を歩きながら、新兵衛がつぶやいた。秋之助の居室が、つつじの生垣の先に見えている。部屋には、まだ明かりが灯されていない。乏しい夕暮れの光を取り入れようとしているのか、障子戸が一枚開かれていた。

先を歩く新兵衛が立ち止まり、新吉を見た。

「鯛の身は、旦那様と御内儀様とで昼に口にされたが、かぶとと骨の身は、わしら奉公人に下された」

女中は骨でうしお汁を拵えた。大きなあたまは新兵衛が二つ割にして、甘がらく煮付けた。砂糖を使ってもいいと、秋之助の許しを得てのことだった。

「鯛の骨やかぶとが美味いのは、旦那様もご承知だ」

分かってはいても、かぶとと骨を奉公人に下げ渡した。アラを口にするのは、武家の作法から外れるからだ。

「もっともうちの旦那様は、アラを食べるのが武家の作法にもとるからというだけで、下されたわけじゃない」

新兵衛は暗くなった庭で、秋之助を強く称えるような眼差しを見せた。

「わしら奉公人の口を喜ばせようとの、お心遣いからなされたことだ」

それほどに行き届いた人柄の秋之助が、ここひと月ほど、顔つきがいつも曇っていると新兵衛は続けた。

「奉公人でもないあんたが相手なら、旦那様も気兼ねのない話ができるかもしれない。

旦那様の気が晴れるように、あんたの力を貸してくれ」

年長者の新兵衛が、新吉に向かってあたまを下げた。新吉はその振舞いを、重く受け止めた。

「おれになにができるか分かりやせんが、小西様のお役に立つことなら、骨惜しみはしやせん」

新吉は、両目に力を込めて請合った。

午後まで降り続いた雨で、庭の地べたがぬかるみになっている。安堵顔になった新兵衛は、足元を気遣いながら居室に向かった。

新兵衛たちの気配に気づいた秋之助は、立ち上がって障子戸のそばに寄った。来客の顔を見る目に、ぬくもりが宿されている。庭を歩く新吉も、それを感じ取ることができた。

新吉が笑みを浮かべて会釈をした。

応じる秋之助も、目元をゆるめていた。

二十七

「昼に食した鯛は、身の締まりもほどよく、まことに美味であったぞ」

向かい合わせに座るなり、秋之助が鯛を誉めた。

「届けてきおったのも、料理をしていたのも、わしはなにも知らずにおった」

秋之助の口に入るまでは内密にしてほしいと、順平は新兵衛に頼み込んでいた。新兵衛も頼みを聞き入れた。

「見事な鯛の礼を伝える折りを、わしから奪いおったわ」

口では順平を咎(とが)めつつも、顔つきは微妙にほころんでいる。順平の気持ちを、秋之助はしっかりと受け止めているようだった。

「ところでおまえが顔を見せたのは、格別の用があってのことか」

秋之助は、新吉の来訪をいやがっている様子はなかった。が、用もなしに町人が武家の屋敷をおとずれるのは、そうはないことだ。

「ええ……じつは……」

新吉には、さしたる用はなかった。

秋之助から分けてもらった柿を売った顚末は、魚河岸からの帰り道で伝えていた。今日、顔を出す気になったのは、順平同様に、過日の礼を言いたかったからである。

ところが庭伝いに歩く途中で、新兵衛から頼みごとをされた。新吉は役に立てることなら何でもと請合った。さりとて、おのれの口から武家に問いかけることはできない。

じつは……と言葉をつなぎつつ、どんな話を切り出せばいいかと思案した。勧められた座布団の上で座り直したとき、女中が茶を運んできた。

手土産の折詰が効いたらしい。秋之助は茶を、としか言いつけなかったが、皿には大きめの梅干二粒が載っていた。

小西家の庭には、柿のほかに梅の古木も二本植わっていた。毎年、見事な花を咲かせたあとには、大きな実を結ぶ。その梅を漬けた、自家製の梅干である。

顔見知りの客には、あるじの言いつけがなくとも女中は梅干を供した。新吉に出したことを、秋之助は女中を見る目で許していた。

皿には大きな楊枝が添えられていた。竹を削って秋之助が作り上げた、手作りの楊枝だった。先がふたつに割れており、梅干に刺して実をほぐすには格好の形である。

「この楊枝は、小西様がお作りになられましたので」

秋之助はうなずきで答えた。

手に持つ部分は、竹を平らに削ってある。秋之助は親指と人差し指とで挟み、梅干の実をきれいな所作でほぐした。新吉もそれを真似た。すこぶる使い勝手がよかった。

「こんな楊枝は、これまで見たことがありやせん」

「それは当然だろうの」

心底から感心している新吉を見て、秋之助の目元が一段とゆるんだ。

「使い勝手を思案しつつ、わしが小刀で削り出したものだ。世にふたつとはない」

よほどに嬉しかったらしく、秋之助がめずらしく胸を反らした。

「小西様にお許しをいただけるなら、この楊枝を京橋の親方に見せてえんでやすが」

「それは一向に構わぬが、見せてどうするつもりなのだ」

「柿鮨に、この楊枝をつけさせてくだせえ」

折詰の柿鮨を食べるときには、庖丁で切り分けなければならない。家で食べるなら、庖丁がなくて困ることはなかった。

しかし外で弁当代わりに食するには、箸で切り分けるしかない。固く詰めた鮨飯を箸で切るのは、なかなかに厄介だった。

「うちの柿鮨を買ってくれた客に、この楊枝をつけてやりてえんでさ」

「なるほどのう……それはいい思案だ」

秋之助も気持ちが動いたようだ。

「おまえの言い分を聞いて思いついたことだが、どうせなら、もう一工夫凝らしてみよう」

秋之助が手を叩いた。すぐさま女中が顔を出した。

「新兵衛に、小割にした竹を五つ、六つここに持たせなさい」

「かしこまりました」

秋之助の弾んだ声を耳にして、女中も顔をほころばせた。

女中が下がるなり、秋之助も居室を出た。戻ってきたときには、分厚い布の巻物を携えていた。

膝元に置いたとき、巻物はゴトンと鈍い音を立てた。秋之助は巻物を手に取り、紐をほどいた。そして膝元に戻すと、巻物を開いた。

幾つもの小袋が、布に縫いつけられていた。袋には小刀、長い柄のついたヤスリ、千枚通し、鋏、竹べら、小型の鉋、小型のノミ、小ぶりの金槌、それに小さな鉈が別個に収められていた。

「わしの道具箱での」

収められた道具をひとつずつ取り出し、新吉に使い道を教えた。いつもはいかめしい顔をくずさない秋之助が、長屋のこどものような、生き生きとした目を見せている。

「その巻物は、小西様がお作りになりましたので」

「いかにも。布だけではないぞ」

竹べらも、ヤスリの柄も、秋之助の自作だった。手渡された竹べらに新吉が感心していたとき、新兵衛がひと抱えの竹の小割を運び込んできた。

「乾き具合のよさそうなものを、選り分けてまいりました」

秋之助は五つ、六つと言いつけたが、新兵衛は真ん中で二つ割にされた竹を、十本運んできた。

「よくぞ気が回った。それだけあれば充分だ」

秋之助が下男の気働きを誉めた。新兵衛はあるじにあたまを下げたあと、新吉に笑いかけた。あるじを上機嫌にさせていることに、新兵衛の笑顔が礼を言っていた。

「明かりが入り用かと存じまして」

新兵衛がまだ座敷から下がらぬ前に、女中が行灯を運んできた。秋之助が嬉しそうな顔を女中に向けた。

「ひとつだけでは、手元の明かりにしかならぬ。あと一張を、わしの寝間から持ってきなさい」

「かしこまりました」

明るい声で応じた女中は、すぐさま部屋から出ようとした。それを秋之助が呼び止めた。

「今夜はここで夕餉を摂ると、奥にそれを伝えてくれ」

秋之助は、すっかり竹細工の思案に気がいっていた。細工に夢中になった秋之助が、ひとりで夕餉を摂るのはめずらしいことではなかった。

「かしこまりました。ほかにもご用はございましょうか」

「新吉の夕餉も、ここに出しなさい」

新吉の都合もきかず、秋之助が夕餉の支度を言いつけた。

「それでよいの?」

新吉に、格別の用があるわけではなかった。しかも秋之助が気を弾ませている元は、新吉が楊枝をほしいと言い出したことにある。秋之助と夕餉をともにすることに、異存があるわけがない。新吉は、きっぱりとうなずいた。

新兵衛と連れ立って下がった女中は、もう一張の行灯を運んできた。秋之助が用いる油は、明かりの強い上質の菜種油だ。

二張の行灯が灯されて、部屋に明るさが満ちた。

竹の小割を見詰めていた秋之助は、一本を手に取り、端に鉈をあてた。金槌を巧みに使い、竹を切り割った。その手つきは勘定方を務める武家のものではなく、年季の入った職人のようだった。

長さ五寸(約十五センチ)の小片を作り出したあとは、小刀で竹を削り始めた。竹に下絵を描いたわけではない。秋之助の目には、削り出す物が見えているかのようだ。

なにが出来るか見当もつかない新吉は、目を凝らして秋之助の手元に見入った。

竹を半分の厚みに削ったあと、秋之助は形を整え始めた。少しずつ、作られている物が形になっていく。

「あっ……そうでやしたか……」

秋之助の手元を見ている新吉が、甲高い声とともに膝を叩いた。

竹を巧みに細工して、秋之助は小さな庖丁を作り出していた。

「これと楊枝とを添えてやれば、どこにいても柿鮨を食することができるだろう」

「言われる通りでさ」

気を昂ぶらせた新吉は、礼儀を忘れて秋之助の手から竹の庖丁を奪い取った。秋之助は気をわるくした様子も見せず、新吉の好きにさせた。

「柿鮨を食い終わったあとも、この庖丁と楊枝は重宝しやす」

味のよさでは、京橋も冬木町も客から評判をもらっていた。それに加えて竹の庖丁と楊枝がつけば、より一層の好評を博するに決まっている。

江戸中の評判を呼ぶぜ……。

新吉は、京橋の親方が大喜びする姿をあたまに描いた。

「小西様」

秋之助を正面に見ながら、新吉が居住まいを正した。両の目が引き締まっている。

「どうした新吉。大層に気を昂ぶらせているようだが」

「おっしゃる通りでやす。おれはいま、いても立ってもいられねえほどに、気持ちがふわふわしておりやす」

一気に言ったあと、庖丁と楊枝を、竹細工の職人に作らせてほしいと頼み込んだ。

「お武家様の小西様に、職人仕事をお願いするなんざ、できやせん。なにとぞこれと同じ物を拵えることを、お許しくだせえやし」

新吉は畳に両手をついてあたまを下げた。

「そうまで、あらたまることはない。顔を上げなさい」

新吉は、秋之助と目を合わせた。新吉をいつくしむような眼差しだった。

「この場で思いついた思案をそこまで喜んでくれれば、わしも心持ちがいい。遠慮なしに、職人に作らせなさい」

「ありがとうごぜえやす」

新吉は、もう一度深々とあたまを下げた。

「物を拵えてひとに喜ばれるのは、まことによい心持ちだ。そうであろうが」

「へい」

あたまを下げたまま、新吉は即座に答えた。

「わしはおまえたちをうらやましく思うぞ」

秋之助の口調が変わっている。いぶかしく思った新吉が、あたまを上げた。

「わしら武家は、世のためになる物は、なにひとつ拵えてはおらぬ。ただただ飯を食らい、カネで物を購(あがな)うのみだ」

ひとりごとのように話す秋之助の目は、新吉を見ていなかった。

江戸に暮らす者は、武家と町民とが半々である。ところが土地は、武家屋敷と神社とで八割近くを使っていた。

それだけ広い土地を占める武家は、秋之助が口にした通り、なにひとつ物を作り出してはいなかった。武家の様式を守りながら、ただ物を消費するだけである。

「ここひと月ほど、武家とは一体なにであるのか、世のためになにに役立っておるのかと、毎日屈託を募らせておった」

秋之助が新吉に目を戻した。目の光が戻っていた。

「おまえが喜ぶさまを見て、わしもこれで町方の役に立つことができたと……その思いを嚙み締めることができた」

新吉、礼を言うぞと秋之助が言葉を続けた。

小西様は、奉公人に慕われるわけだ……。

秋之助を敬う気持ちが、胸の奥底から湧き上がってくる。

すでに庭は暮れている。

開かれたままの障子戸から、夜風が流れ込んできた。行灯の明かりをやさしく揺らして過ぎ去った。

二十八

深川黒江町の堀は、二町（約二百二十メートル）も西に流れれば大川につながる。水運に恵まれたこの町には、裏店の周りに、桶屋、竹屋、鍛冶屋、馬具屋が軒を連ねていた。

いずれの稼業も材料の運び込みと、仕上がった品の積み出しには、はしけを使う。堀に面した黒江町は、それらの稼業には打ってつけの町だった。

夜明けとともに、町にはさまざまの音が響き渡る。

桶屋と竹屋は、木槌の軽い音。

鍛冶屋は鉄を叩く固い音と、炉に風を送り込む鞴の音。

馬具屋は、皮を伸ばす槌の鈍い音。

裏店の住人は永代寺の鐘ではなく、日の出直後から町に立つ物音で目を覚ました。

「今朝も馬具屋は威勢がいいじゃねえか」

「なんでも久世様の屋敷から、二十もの鞍の誂えが舞い込んできたらしいぜ」

「そいつあ、豪勢だ。仲町の呑み屋も大喜びだろうぜ」

井戸端で口をすすぎながら、通いの職人たちがうわさを交わしている。黒江町に暮らす者は、町に響き渡る仕事の音で景気のほどを察した。

三月九日の明け六ツ（午前六時）過ぎ。

竹屋の宿は、いつも通りに四間間口の板戸がすべて開け放たれていた。両隣の桶屋と鍛冶屋も、すでに仕事の音を立てている。

竹屋がいつもと違っているのは、戸は開いていても物音がしていないことだ。仕事場では、棟梁の竹蔵と新吉とが向かい合わせに座っていた。

「お茶が入りました」

竹で編んだ大きな目のざるに、小僧が湯呑みふたつを載せて運んできた。

毎朝の仕事始めの手前で、熱々の茶をすするのが、竹蔵の決め事である。分厚い湯呑みからは、勢いよく湯気が立っていた。

「あんたもやんなさい」

竹蔵に勧められて、新吉が手を伸ばした。新吉も熱い玄米茶が好きだが、小僧が運んできた湯呑みは熱すぎて持てない。

「なんだ、あんたは猫舌か」

竹蔵は苦もなく湯呑みを手にすると、ズルッと音をさせてひと口すすった。

職人との掛け合いでは、どんなことでも弱みを見せるとあとがやりにくい。

「遠慮なしにいただきやす」

新吉は顔つきに出ないように踏ん張って、熱い湯呑みを手にした。相手が茶をすするのを見定めてから、竹蔵は莫蓙(ござ)の上に湯呑みを戻した。

「それで……」

竹蔵がキセルを取り出した。使い込んだ火皿(雁首(がんくび))は、脂(やに)まみれだ。羅宇(らう)(火皿と吸口とをつないだ竹管)も吸口も太く、いかにも竹屋の棟梁のキセルだった。

刻み煙草を火皿に強く押し込んでから、新吉に目を戻した。火をつけないままのキセルを手にしている。

「朝の口開けに、わざわざ冬木町から出向いてきたわけを聞かせてもらおう」

急ぎ仕事に追われているのか、竹蔵の素振りには愛想がない。茶を勧めたときとは、口ぶりが違っていた。

急かされても新吉はすぐには応えず、湯呑みの茶に口をつけた。鮨職人は、茶にうるさい。ひと口すすった新吉は、茶の美味さに目を見開いた。

「こいつあ、朝からうめえ茶をいただきやした。炒(い)った米がいい按配(あんばい)でやす」

話に入る前に、茶の礼を言った。

「掛け合いの前に茶を誉めるとは、さすが鮨屋だな」

物言いはぶっきら棒だが、ぬくもりが含まれている。一杯の茶が、竹蔵の調子を変えていた。

「折り入っての頼みがあって、朝っぱらから押しかけてめえりやした」

軽くあたまを下げてから、新吉は手拭いの包みを取り出した。包みをほどくと、秋之助が拵えた竹の小刀が出てきた。

やっと届き始めた朝の光が、竹の身の白さを浮かび上がらせている。新吉は小刀を竹蔵に手渡した。

竹蔵は煙草に火をつけぬまま、膝元にキセルを置いた。新吉から受け取ると、戸口から差し込む朝の光に竹をかざした。

色を見定めたあとは、指の腹で手触りを吟味した。右手の親指と人差し指ではさみ、手にした感覚を確かめてから新吉を見た。

「たいした拵えだ……」

竹蔵の表情が一変している。

「竹の筋に逆らわず、きれいに身を削いでいる。これは、あんたの仕事か」

「ちげえやす」

「だとしたら、あんたの知り合いの竹職人が拵えたのか」

「お武家さまが拵えやした」

竹蔵が、うっ……と息を詰まらせた。

「小西様とおっしゃる、百俵取りのお武家さまでやして。お屋敷に竹藪があるもんで、いろんな細工ものを拵えておられやす」

座り直した新吉は、ここまでの秋之助とのかかわりをかいつまんで話した。

青柿を竹に詰めたくだりになると、竹蔵が身を乗り出して聞き入った。小刀を拵えた次第を話し終えたときには、茶がすっかりさめていた。

「この小刀を拵えてもらいてえんでやすが、いかがでやしょう」

竹蔵は竹を手にしたまま、黙り込んでいる。拵えの見事さに感心しているらしく、矯（た）めつ眇（すが）めつ、小刀に見入っていた。

「親方……親方……」

宿の職人が、遠慮気味に呼びかけた。

「そろそろ、仕事にへえりてえんでやすが」

「分かった」

立ち上がった竹蔵は、新吉と連れ立って十畳の居室に入った。部屋の障子戸はすべて開かれており、心地よい朝の気配に満ちている。

表からでは分からなかったが、竹蔵の宿には五十坪見当の庭があった。そのほとんどを、竹藪が占めていた。

気づかぬ間に、仕事場で四半刻（しはんとき）（三十分）が過ぎていた。

三月九日、すでに春である。

昇り始めた朝日が、竹の葉に届いている。緑の笹が赤味の強い光を浴びて、黄緑色に見えた。竹蔵は座敷ではなく、濡れ縁に新吉をいざなった。

「竹の香りが、いい按配でやすねえ」

竹藪を渡ってくる朝の風は、笹の香りに満ちていた。

さきほどの小僧が、もう一度茶をいれ直して運んできた。今度は、ほどよい熱さである。茶には、糠漬の茶請けがついていた。

「この小刀で、あんたの柿鮨を切り分けようと言うのかね」

「へい」

気の入った竹蔵の顔つきを見て、新吉が身を乗り出した。

「こいつをつけりゃあ、お客さんはどこでも、好きなところで鮨を切り分けられやすから」

「それはそうだが、費えはどうする」

「儲けのなかでやり繰りして、売値は据え置きでいきてえんで」

新吉は、小刀ひとつをなんとか二文で収められないかと問いかけた。掛け合いがうまく運べば、新吉は本家にもこの小刀を勧める気でいた。

小刀ひとつが二文で収まれば、それほど痛みを負わずにすむ。小刀が評判を呼んで売り上げが伸びれば、二文の費えは飲み込めると算段していた。

「それは無理だ」

竹蔵は言下に断わりを口にした。

「二文では、竹代にしかならない」

できないとは言いつつも、竹蔵は細かな次第を話し始めた。

「身の厚い孟宗竹でなければ、小刀に強さが出ない」

長さ一丈（約三メートル）の孟宗竹は、仕入れ値で一本四百文だと、竹蔵は材料の元値を明かした。

「ざっとの見当だが、一本の竹からせいぜい拵えられても二百が限りだ」

取り方を間違えたり、節が詰まっていたりすれば、二百は取れない。二文で請負っては、吐き出しになると言い切った。

「親方の見当は、いったい幾らぐれえでやしょう」

竹蔵は深川で一番の竹屋である。それをわきまえている新吉は、断わられても引き下がりはしなかった。

「倍の四文で引き受けても、手間の割には大した稼ぎにはならない。しっかりした仕事をするには、ひとつ六文というところだろう」

新吉の胸算用の三倍である。売値を据え置きでは、呑める限りを超えていた。

さりとて、柿鮨の売値は本家の定めることである。小刀ひとつが六文もかかっては、到底本家がこの思案を受け入れるとは思えなかった。

なんとか竹蔵と、折り合いをつける手立てはないか。

朝風にそよぐ笹の葉音を聞きながら、新吉は正座したまま思案をめぐらせた。が、すぐに妙案が浮かぶわけもない。

気落ちしてふうっと吐息を漏らしたとき。

竹蔵が手を叩いて小僧を呼んだ。

「ようかんを一本、ここに持ってこい」

意外な用を言いつけられたらしく、小僧が指図を確かめた。

「その通りだ。切らずに一本のままを持ってこい」

小僧が運んできたのは、仲町やぐら下の老舗（しにせ）、『岡満津（おかまつ）』のようかんだった。竹の皮に包まれており、長さ五寸（約十五センチ）、幅一寸五分（約四・五センチ）の、肉厚のようかんである。

「うちから竹皮を納めてるもんでね」

問わず語りに言ってから、竹蔵はようかんに竹の小刀を当てた。やわらかなようかんに、竹の刃が気持ちよく入った。竹蔵は三切れを切り分けて、なかの一切れを新吉に手渡した。

研ぎ澄ました刃物で切ったかのように、切り口は滑らかだった。

「今年で竹屋稼業が四十五年目になるが、こんな趣向は考えてもみなかった」

竹蔵は竹藪を見ていた。

竹を知り尽くしているはずの自分が、小刀を思いつかなかった口惜しさ。それと、秋之助への敬いとが合わさったような目だった。

「ぜひとも、この小刀をうちの商いに使わせてもらいたい」

売り込む先は幾らでもあるというのが、竹蔵の言い分だった。

「商いごとに見合った小刀を工夫して、存分に売り込んでみる。差し当たり、岡満津さんから始めるが……」

細工物の形に応じて、売値は変える。この先は、小刀一本につき一文の思案料を新吉に払うと、竹蔵は申し出た。

「あんたへの納め代は、一文を差し引いて五文で請負わせてもらう。甘い見込みは言えないが、あんたから受け取る小刀代よりも、うちから払う思案料のほうがずっと多くなるだろうさ」

よほどに小刀の思案が気に入ったらしい。竹蔵は、気を昂ぶらせて上気していた。

「思ってもみなかった成り行きで、おれも面食らってやすが、この思案の元はさっきも言った通り小西様なんでさ」

今夜にでも秋之助をたずねて、許しを得る。竹蔵の申し出を受ける受けないは、秋之助に話してからにして欲しい……新吉の言い分に、竹蔵は得心した。

「ひとつだけ、あんたの口約束が欲しい」

竹蔵が居住まいを正した。新吉も背筋を張って相手を見た。

「この思案を使えるのは、うちだけのことにしてもらいたい。一文の思案料には、ひとり占めにする礼も含んでのことだ」

真正面から竹蔵に見詰められた新吉は、目を逸らさずに受け止めた。

「そのことも含めて、小西様にお話ししてきやす」

竹蔵がしっかりとうなずいた。

江戸には百軒を超える竹屋がある。なぜ竹蔵が商いで抜きん出ているか、新吉はその一端を見た思いがした。

笹の葉擦れが一段と大きくなっていた。

二十九

「わしの思案が役に立つならなによりだ」

秋之助は、ふたつ返事で快諾した。

「小刀ひとつにつき一文の謝金というのは、いつまでのことだ」

「竹蔵さんは、生涯、小刀を売り続ける限りはいつまでもと言ってやす」

「さようか……」

秋之助はふっと目を閉じた。思案をめぐらせる顔には、町人にはない威厳がある。目を開いたときの秋之助は、めずらしく目元をわずかにゆるめていた。

「その竹蔵なる職人は、見上げた了見を持っておる。一文はわしとおまえとで、折半といたそう」

「それでよろしいんで？」

許しを得た上に、思案料は山分けにするという。新吉の声がはずんでいた。

「それでは、明日の朝、すぐさま竹蔵さんをたずねやす」

「それはよいが」

秋之助が目元を引き締めた。

「おまえには朝の仕込みがあるだろう」

「へい」

新吉が顔を伏せた。秋之助の言う通り、新吉の仕込みは夜明けと同時に始まるのだ。二日続けて、朝の外出はつらかった。

「おまえの代わりに、新兵衛を差し向ける。ところを言いなさい」

下男を呼び寄せた秋之助は、明朝の明け六ツに竹蔵の宿に出向くようにと言いつけた。

「竹蔵なる者の人品のほどは、おまえの話からよく分かった。さりとて新吉、ことは商いの約定にかかわることだ」

一判を押した約定書を取り交わすのが、互いのためだと秋之助は言い置いた。

「口約束は、紙にしたためた約定よりも重きものだ。それを肌身にわきまえるためにも、約定書を交わす」

破る気になれば、約定書になにを記そうとも役には立たない。勘定方を務める秋之助は、だれよりもそのことを痛感している。

半紙にしたためた約定には、詳細はなにも書かれていなかった。

『約定のこと、互いの一身を以って固く守るべく候』

この文面に続けて、秋之助は署名・捺印をした。武家に許された朱肉が押してある。

「おまえも、わしの隣に署名をしなさい」

「おれは印形を持っておりやせんが」

「互いの信義を形にしたまでだ。印形の有無など、さほどのことではない」

秋之助に示されたところに、新吉はおのれの名を書いた。約定書が仕上がると、秋之助は新兵衛に酒を運ばせた。

「先夜も申したことだが、武家はなにひとつ世のために物を拵えてはおらぬ」

盃を干したあと、秋之助が徳利を新吉に差し出した。武家から酌をされるなどは、ないことである。新吉は盃を両手に持って、押し戴いた。

「わしは常からそのことを、負い目に感じておったが……おまえと竹蔵との働きで、いくばくかは世の役に立つことがかないそうだ」

秋之助は心底からそれを喜んだ。盃を干す速さに、秋之助の悦びがあらわれていた。

三月十日も夜明けから晴れた。

昨夜は、秋之助から快諾を得た。そして相伴にあずかった酒は、灘の下り酒である。心地よく酔って宿に帰った。すこぶる寝つきもよく、今朝は夜明け前にすっきりと目覚めた。

しかし、仕込みを始めた新吉の顔は曇っていた。あわびが駄目になっていたからだ。時季である限り、柿鮨の具にあわびは欠かせない。その大事なネタが、すべて使えなくなっていた。

潮水を汲みいれた瓶を生簀代わりに、新吉はあわびを活かしていた。ほぼ毎日、海辺橋のたもとまで出かけて海水を汲んだ。そして、瓶の水を取り替えた。

ところが昨夜は小西家に出かけることで、海水汲みには行けなかった。

温気の時分なら、潮水は毎日取り替えなければならない。しかし暖かいとはいっても、まだ三月中旬だ。

ひと晩ぐれえなら、どうてえこともねえ。

多少の不安はあったが、水を替えぬままに秋之助をたずねた。帰ってきたのは、町木戸が閉じる四ツ（午後十時）の間際だった。

灘酒の心地よさが、新吉の眠気をおびき出した。土間に入るなり、水瓶にひしゃくを突っ込み、一杯の水を飲み干した。

うめえ。酔い覚めの水、千両。

小刀がどれだけ売れるかを思い、新吉の声が弾んでいた。いつもなら寝る前に、あわびの様子を確かめる。が、昨夜はそれをやらずに敷布団に倒れ込んだ。

夜明け前には目覚めた。

振舞われた酒は上物だけに、一夜の眠りで酔いはきれいに失せていた。まだ暗い土間でへっついの灰をかき混ぜて、種火をほじくり出した。

種火は、商いの命綱である。どれほど外出を急いでいても、種火の備えだけは怠らなかった。

七輪に焚きつけをくべてから、種火を移して火熾しをした。火がしっかりと炭火に移ったころ、いつも通りに順平が顔を出した。

「おめえ、ゆんべは出かけてたのかよ」

縄のれんに誘う気で、順平は昨夜の五ツ（午後八時）前に新吉の宿をおとずれていた。

「小西様のところに用ありでね」

新吉の声が浮き浮きしている。

「なんでえ、その物言いは。夜明けから目尻まで下げて、気味のわるいやろうだぜ」

わけの分からない順平が毒づいた。が、ことのあらましを聞き終わったときには、新吉以上に顔をほころばせていた。

相手の好運を羨ましがったり、ねたんだりするのは、順平の気性とは無縁である。それを分かっているがゆえに、新吉もありのままを話したのだ。

「景気のいい話を聞かせてもらえて、おれまでいい気分だ」

盤台を担いだ順平は、戸口で新吉を振り返った。

「だったらよう、活きのいいあわびが出てたら、今日は高い安いを言わずに仕入れるぜ」

順平にこれを言われて、新吉は初めてあわびに思い至った。

「ちょいと待ってくれ」

瓶に手を差し入れて、あわびを摑もうとした。すぐさま、新吉の顔色が変わった。

「いけねえ」

新吉が甲高い声をあげた。

「なんでえ新吉、声がひっくりけえってるじゃねえか」

「あわびがお釈迦だ」

瓶から取り出したあわびは、ぴくりとも動かなかった。

「おめえらしくもねえしくじりだぜ」

先を急ぐ順平は、盤台を担ぎ直した。

「永代橋のたもとに、アサリ売りが出てるからよう。ここに顔を出すようにと、そう言っとくからよ」

今日は間に合わせにアサリを使ったらどうだと言い残して、順平は駆け出した。

アサリは本家で修業していたころ、あわびのない時季には何度も使ったことはある。しかしそれは、板場の者が日本橋まで出向いて吟味した貝に限られた。

順平が言ったアサリ売りからは、一度も買ったことがなかった。もちろん、味も分からない。

間に合わせに使うとは言っても、不見点で仕入れるのは気乗りがしなかった。

皮算用に浮かれたバチが当たったか。

新吉が、この朝五度目のため息を漏らした。

気が進まないとは言っても、貝がないことには仕込みができない。順平が出て行ってから、すでに四半刻（三十分）は過ぎている。

早く顔を出してくれと焦れつつ、新吉は表に出た。

新吉の顔を見て、こどもが手を振った。大きな魚籠のようなものを提げている。近づくにつれて、こどもの顔がはっきりと分かった。

杉作が、アサリを提げて駆けてきた。

三十

「おいらだって、アサリの剝き身をこしらえられるよ」

貝を届けにきた杉作は、帰ろうとしない。

アサリは貝殻の固さもほどよくて、粒も大きい。身を吟味するまでもなく、見た目で上物であるのが分かった。

「おめえ、早くけえらねえと叱られるだろうがよ」

杉作は永代橋東詰、大島町の漁師の手伝いをしていた。この町の漁師は、貝とアジ漁が得手である。腕利きが揃っているが、気の荒いことで深川に知れ渡っていた。

新吉は強い口調で、早く帰れとたしなめた。しかし杉作は、首を強く左右に振った。

「おいちゃんところに届けて貝剝きを手伝うって、親方に断わってきたもん」

杉作は魚籠と一緒に、貝剝きまで持参していた。

「そんなものを、どうしたんでぇ」

新吉がいぶかしげな目で杉作を見た。

薄い鉄の板に柄のついた貝剝きは、深川界隈の漁師ならだれでも持っている。しかし杉作は山本町の裏店暮らしで、しかも漁師の子ではない。

「親方が貸してくれた」

杉作は誇らしげに、目の前で貝剝きをひらひらさせた。使い込まれた道具は、鉄板の端が丸くなっている。

「分かったよ、杉作。一緒に表で剝こうじゃねえか」

「ちゃんと砂を吐かせてあるから、このまま剝いても平気だよ」

杉作が魚籠に入れてきた貝は、いずれも大粒のものを選りすぐっていた。数はおよそ百粒。今日一日の仕込み分には、充分の量である。

新吉は水を張った鍋に貝を移し、杉作と一緒に土間から出た。

「おめえのお手並みを拝見するぜ」

大き目のアサリひと粒を、杉作に手渡した。

「まかせといて」

顔をほころばせた杉作は、アサリを左手に持った。そして右手の貝剝きを、わずかに開いている貝の口の右端にねじ込んだ。

素早く右の貝柱をはずすと、貝の紐の下をぐらせて左端まで動かした。そのあとで、もう片方の貝柱をはずした。

貝剝きの握りを持ち替えるでもなく、あざやかな手つきで両端の貝柱をはずした。貝の口が大きく開いた。

「てえしたもんだ……」

新吉は正味で感心していた。

「いつから貝剝きの稽古を始めたんでえ」

「今年の八幡様の、豆まきが終わった次の日からだよ」

毎年二月三日の節分には、富岡八幡宮の境内で盛大な豆まきが催される。豆は大豆で、すでに炒られた豆を十俵も撒くのだ。

年男・年女が景気よくばら撒くことで、富岡八幡宮の豆まきは人気があった。

「おめえは豆を拾いに行ったのか」

「ちがうよ」

答えながらも、杉作は貝剝きの手をとめなかった。

「おっかさんは戌年生まれで、今年の年女だったんだよ」

年女なら、今年で三十七……いや、そんなわけはねえ。二十五、か。

こどもの話を聞きながら、新吉はおあきの歳を勘定していた。

「差配の六兵衛さんが、おっかさんに豆まきに出たらって言ったけど……じいちゃんの具合がよくなかったから……」

杉作が口ごもった。が、顔つきは明るい。その様子を見て、新吉は察しをつけた。

「おめえ、おあきさんの名代で豆を撒いたんだろうよ」

「おいちゃん、見てたの？」

「見ちゃあいねえが、おれは千里眼だ。なんでも見通せるぜ」

おあきはこどもを、伸び伸びと素直に育てているらしい。新吉の言った千里眼を、杉作はまともに受け止めて目を輝かせた。

「だったらおいちゃんは、ここんところおっかさんがいっつもおいちゃんのことを話してるのも、全部聞いてたの？」

新吉の顔を、こどもがのぞき込んだ。貝を剝いている新吉が、調子を乱した。

「どうしたの、おいちゃん……貝の口が開いてないよ」

「いいんだ、これは」

取り繕いを口にした新吉は、口を閉じたままのアサリを鍋に戻した。不思議そうな目をしながらも、杉作は貝剝きを続けている。

節分の翌日からであれば、杉作のアサリ剝きは、始めてまだひと月少々だ。しかも途中には、譲吉のとむらいもはさまっている。

アサリを剝き続ける杉作は、とても素人の手つきには見えない。うっかりすると、新吉よりも早く貝の口を開いていた。仕事もきれいで、身にも紐にも傷をつけていない。

生まれつき器用なのは、大鋸挽きだった譲吉さんの血筋なのか、針仕事の巧みなおあきさんの血なのか……。

さまざまに思いをめぐらせている間に、百粒のアサリすべてを剝き終わった。

「手伝ってくれて、ありがとよ」

剝き身を載せたザルを手にして、新吉は立ち上がった。すでに日が昇っており、店の前の通りにも朝日のぬくもりが届いていた。

「おいちゃん、その貝をどうするの」

「どうするって……これから仕込みをするに決まってるじゃねえか」

「おいら、ここで見ててもいい？」

「それは構わねえが、幾ら親方に断わりを言ってきてても、いつまでもはうまくねえだろうがよ」

新吉の本音は、杉作をそばに置いておきたかった。仕込みをしながら、杉作からおあきの様子も聞きたかった。

しかし、大島町の漁師に雇われているこどもを、いつまでも置いておくことはできない。

無理に顔をしかめて、こどもを追い返そうとした。

「平気だって。今朝のアサリは、ここにくる前に、おいらが全部売ったから」

「ほんとうか」

「ほんとだよ」

杉作がきっぱりと言い切った。黒い瞳(ひとみ)には迷いがない。その目を見て、新吉は無理に帰すことをやめた。

「おめえ、火熾しはできるか」

問われた杉作は、むっとした顔で頬を膨らませた。

「おいら、おまんまだって炊けるし、おみおつけもこさえるよ」

「そうか。そいつあ、すまねえことを言ったぜ。勘弁してくんねえ」

「千里眼のくせに、おいらのことは見えなかったのかなあ」

心底から不思議そうな顔のまま、杉作は七輪を抱えてきた。

「火が熾(お)きたら、この鍋の殻を捨てて湯を沸かしてくれ」

「分かったけど……どれぐらい沸かせばいいの。たっぷりなのか、少しなのかをおせえて」

新吉は、虚をつかれたような顔つきになった。杉作が、湯を沸かしたあとの仕事を考えていたからだ。

「たっぷりの湯を、目一杯に沸かしてくれ」

「はい」

素直な返事のあと、杉作は火熾しを始めた。すでに別の七輪には、炭火が熾きている。真っ赤になった炭をふたつ七輪に移し、その上に新しい炭を載せた。

炭は火つきのよい楢炭（ならすみ）である。バチバチッと爆（は）ぜて、火の粉が舞い上がった。

杉作は炭を手にしただけで、楢炭だと分かっていたらしい。火の粉が飛び散っても、まるで慌てずに、うちわで追い払った。そして火の粉がおさまったところで、七輪を抱えて土間から出た。

風を送り込むと、新しい火の粉が舞い上がった。うちわで巧みに払いながらも、風を送り込むのをやめない。

てえしたガキだぜ。

流しで剝き身を洗いながら、新吉はひとりごとをつぶやいた。

火をしっかり熾こしてから、杉作は七輪を土間に運び入れた。そして水瓶から鍋に水を汲みいれ始めた。

目一杯と指図したが、杉作は鍋の上端から一寸五分（約四・五センチ）ほどのところで水汲みをやめた。煮立った水が鍋から吹きこぼれない、絶妙の量である。鍋を見て、新吉はまたもや感心した。

杉作は、うちわを使い続けた。たちまち、鍋一杯の水が沸き立った。

「おいちゃん、沸いたよ」

「がってんだ」

新吉の威勢のよい返事は、こども相手のものではなかった。

「流しのところから、アサリを持ってきてくんねえ」

「はいっ」

きびきびとした返事とともに、杉作はザルに載った剝き身を運んできた。百粒のアサリが、小山を築いていた。

新吉は、剝き身全部を一度にいれた。煮立っていた湯が鎮まった。

「もう一度沸き立ったら、すぐに鍋からあけるからよう。おめえは流しのわきで、冷やし水をかける備えに立っててくれ」

用を言いつけられるのが、嬉しくてたまらないらしい。目を輝かせた杉作は、すぐさま流しのわきへと移った。

おとなしくなっていた湯が、再び勢いを取り戻した。鍋の中では、アサリの剝き身が躍っている。

揚げるころあいを見誤ると、アサリの旨味が湯に溶け出してしまう。ぷくっと最初の泡が破裂したのを見定めてから、新吉は鍋を持ち上げた。

ザルを流しに敷き、真上で鍋をあけた。熱い湯気が、新吉の顔にぶつかっている。それでも、表情も変えずに湯を捨て終えた。

「ひしゃく一杯分でいい」

四尺（約百二十センチ）の杉作は、背伸びをしてアサリに水をかけた。ひしゃく一杯分の冷やし水を、ザルに載ったアサリにむらなくかけている。

新吉は、あえてひしゃく一杯としか言わなかった。それなのに杉作は、その水をていねいに、そしてむらなく剝き身にかけている。

この子なら、仕込みがいがある……。

杉作を見詰めながら、新吉はおあきと話をしようと決めていた。

三十一

杉作が帰り支度を始めたとき。

明け六ツ（午前六時）から竹蔵の宿に出向いていた、秋之助の下男が顔を出した。

アサリの仕込みがうまく運んで、ひと息ついていたところだった。

「どうぞ、上がってくだせえ」

新兵衛を招き上げてから、魚籠(びく)を手にした杉作を外に出した。

「明日は、譲吉さんの初七日だろう」

「よく知ってるね」

やっぱりおいちゃんは千里眼だと、こどもが甲高い声で応じた。

「明日の夜、譲吉さんのお参りに寄らせてもらう。けえったら、おあきさんにそう言っておいてくんねえ」

「おっかさん、きっと大喜びする」

杉作も、手を叩いて喜んだ。右手に提げた魚籠が大きく揺れた。

「これは、手伝ってもらった駄賃だ」

新吉は六枚の一文銭を握らせた。杉作の目が、一段と大きく見開かれた。

「おっかさんに見せてから、うさぎ屋でお菓子を買ってもいい？」

「おあきさんがいいと言ったらな」

左手にしっかりと六文を握り、杉作が大島町に向かって駆け出した。町木戸をくぐり抜けたのを見定めて、新吉は土間に戻った。

杉作が上手に熾した炭火が、まだ勢いを保っている。新しい炭をくべてから、新吉はやかんを載せた。

湯が沸騰したところで、急須に玄米茶をいれた。昨日、竹蔵の宿で飲んだ茶と同じ品である。竹蔵の宿からの帰り道に、仲町の土橋屋で買い求めた玄米茶だ。茶の葉を惜しまずに、たっぷり急須にいれた。そして、沸き立った湯を注いだ。玄米の香ばしさが土間に漂った。

「お待たせしやした」

新兵衛に茶を出してから、向かい合わせに座った。大して所帯道具のない座敷である。六畳間でも、男ふたりは楽に向かい合うことができた。

「竹蔵さんという棟梁は、大した男だ」

茶をすすった新兵衛は、袱紗から半紙を取り出した。昨夜、秋之助と一緒に署名をした約定書である。

秋之助は、同じ文面の約定書を三通拵えた。秋之助、新吉、竹蔵がそれぞれ手元に置くための三通である。

「これはあんたの分だ。大事に仕舞っておきなさい」

新吉に手渡してから、新兵衛は朝の次第を話し始めた。

「竹蔵さんは昨日のうちに、二軒も店をおとずれたそうだ。しかも、しっかりと売り込みを成し遂げている」

話しながらも、新兵衛の物言いは棟梁としての竹蔵の器量を称えていた。

新吉が黒江町の宿を辞したあと、竹蔵はすぐさま動いた。最初におとずれたのは、やぐら下の岡満津である。

「いい趣向だ」

岡満津のあるじは、膝を打って喜んだ。深川名物、岡満津の『本練りようかん』は、大納言のあずき餡と寒天とで拵える。

「五分（約一・五センチ）の厚みで食べるのが、うちのようかんは一番おいしい。この小刀さえあれば、庖丁がなくても気持ちよく美味い厚みに切り分けられる」

本練りようかんは、ひと棹百二十文だ。

「六文の費えを飲み込むのは骨だが、この小刀なら評判を呼ぶのは間違いない」

岡満津は、日に三十棹のようかんを売るという。竹蔵は最初の掛け合いで、一年一万本を超える小刀の商いを決めた。

「尾張町の虎屋さんにも、この小刀の思案を持ち込みます」

竹蔵は岡満津に断わりを伝えた。

「尾張町と深川とでは、お客様が重なることはない」

岡満津のあるじは、異を唱えなかった。

のっけから大きな商いをまとめた竹蔵は、軽い足取りで虎屋をおとずれた。

「まことに結構な趣向ですが……」

竹蔵と向き合った虎屋の二番番頭は、趣向を誉めながらも思案顔になった。

「うちも仲町の岡満津さん同様、売れ筋は本練りですが、商いの数が違います」

大名諸家御用達の虎屋は、一日で五百棹の本練りようかんを拵えていた。大きさは岡満津よりも大きく、長さ六寸（約十八センチ）である。

日に五百棹ということは、一年では十八万棹もの途方もない数になる。小刀ひとつ六文として、百八万文。一両五貫文の両替相場でも、売値を変えないままでは、二百十六両の儲けが減る勘定である。

二番番頭では即答できないのも、無理はなかった。

「少々の間、ここでお待ちください」

小刀を手にした二番番頭は、帳場の奥に戻った。出てきたときには、頭取番頭が一緒だった。

「まことによろしい趣向ですが、六文はいささか高い。うちがやると決めれば、一年に十八万本はかならず仕入れます」

なんとか四文にならないかと、頭取は切り出した。

二番番頭が引っ込んでいる間に、竹蔵は肚を決めていた。

安易に値引きしては、新吉に払う一文の思案料がきつくなる。さりとて、言い値を突っ張るだけでは掛け合いがまとまらないかもしれない。

あれこれ考えているうちに、隣の鍛冶屋の仕事振りがあたまに浮かんだ。竹蔵は胸のうちで手を叩いた。

「虎屋さんの誂えだけで、孟宗竹を九百本も仕入れることになります。これだけの確かな竹を集めるには、半端仕事では無理です」

竹の運び代、仕上がった小刀の横持ち（配送）代を考えれば、六文が限りだと竹蔵は値引きを断った。

「その代わりに虎屋さんの小刀には、こちら様の紋を焼印させてもらいます」

小刀の柄に、虎屋の家紋を焼印して別誂えとする。これが竹蔵の思いついた思案だった。二番番頭は、再び帳場に引っ込んだ。そして細かに算盤を弾いたようだ。

戻ってくると、頭取番頭に一枚の半紙を示した。紙には、細かな数字が書き込まれていた。むずかしい顔で、頭取番頭は紙を見詰めていた。が、竹蔵に目を戻したときには、目つきがやわらかくなっていた。

「竹蔵さんの思案を受けさせてもらいましょう。それで、いつから取り掛かってくださるのでしょうかな」

焼印の誂えと、孟宗竹の仕入れには、内輪に見積もってもひと月はかかる。

「五月一日からの納めでいかがでしょう」

虎屋はそれを受け入れて、商いが調った。

岡満津への納めが、一年で一万八百本。

虎屋が一年で十八万本。

二軒を合わせれば、じつに一年十九万八百本の商談が調ったことになる。

小刀一本が六文。竹蔵は三月九日の一日だけで、年に二百三十両近い新たな商いを成立させた。

秋之助と新吉が手にできるのは、一年で十九万八百文。小判に直して三十八両を上回る大金である。この大きな商談は、竹蔵ひとりが成し遂げていた。

にもかかわらず竹蔵は、気持ちよく約定書に署名し、印形を押した。

「虎屋さんは仕入れの額が大きいだけに、月ぎめで支払いを起こしてくれるそうだ」

新吉には、虎屋から勘定を受け取った翌日には支払うという。

「五月の月末からは、うちの旦那様とあんたとが、毎月一両二分ずつの思案料を受け取ることになる」

料亭が青柿の仕入れを取りやめているだけに、旦那様にあらたな実入りが調ってなによりだと、新兵衛は目を細めた。

「蕎麦屋の一件では、旦那様は相当に気落ちしておられたが、あんたがうっとうしさを追い払ってくれた」

新兵衛は畳に両手をついて礼を言った。

「そんな……新兵衛さんに手をつかれるなどは、滅相もねえことでさ」

慌てて手を差し出した新吉は、膝元の湯呑みをひっくり返した。が、素早い手つきで約定書を膝元からどけた。

「いい動きじゃないか」

新兵衛が笑った。秋之助と新吉のふところが大きく潤うことを、本心から喜んでいる笑顔だった。

三十二

昨日までの上天気が失せて、三月十一日は朝方から雨がきた。

食い物商売は、天気次第である。ほどよく暖かく晴れた日が、三ツ木鮨の商いには一番だった。

夜明けから重たかった空が、五ツ（午前八時）には雨をこぼし始めた。雨降りは、晴れの日に比べて二割方は客足が落ちる。

それを肌身で分かっている新吉は、米の研ぎ方を加減した。たとえ一合といえども、炊いた鮨飯を無駄にはしたくないからだ。

『売れ残りを出すよりは、売り切れ御免を詫びることをとれ』

新吉は親方から、商いのあり方をこう仕込まれた。

「宵越しのできない鮨が売れ残りそうになると、さばくために投売りを始める。一度でもそれをやると、客のなかには投売りが始まるまで待つ者が出てくる」

丹精をこめて拵えた鮨を投売りしたら、ふたつの可哀そうなものを生み出してしまうというのが、親方の口ぐせだった。

「言い値で買ってくれた客と、投売りされる鮨。どっちにも、申し開きができねえ」

売れ残りを案じなくてもすむように、天気のわるい日は拵える数を加減しろ……。

新吉は親方の教えを守っている。仕込みの前に降り始めたことで、米の研ぎ方を二割減らそうとした。

五合枡で米を量っているところに、順平が駆け込んできた。

「もう仕込みは終わったのかよ」

順平が笠をとったら、しずくが垂れ落ちた。

「見ての通り、いま米を量っているところだ」

「そいつあ、間がよかった」

柿鮨を二十折り、誂えてほしいとの注文を順平がつないできた。

「仲町の武州屋さんに、今日の昼間、急な客がくることになったらしい」

順平と新吉の間柄を知っている武州屋の内儀は、柿鮨を振舞おうと決めた。銘々に一折りを供し、あとは汁と小鉢ぐらいを出せば、昼には充分と考えての誂えだった。

「数を減らそうかと、かんげえていたさなかだ。嬉しい誂えだぜ」

順平に礼を言ってから、新吉は米の量りに戻った。米の研ぎ方を減らすのは、新吉の性に合わなかった。売れ残りを作らないためとはいえ、定まった数を減らすのは縁起がわるいからだ。

順平が取り次いできた注文で、炊く米の量がいつも通りに戻った。嬉しくなった新吉は、うかつにも米の量り方を間違えた。

二十折り分の米を、余計に研いでしまった。

いつもの新吉なら、たとえ枡の数を量り間違えたとしても、研ぐ前には気づいただろう。ところがこの日は、店仕舞いのあとで譲吉の初七日に出向く算段をしていた。

「おっかさん、きっと大喜びする」

昨日アサリを届けにきた杉作も、新吉が顔を出すと知り、手を叩いて喜んだ。

今夜はおあきに会えると思うと、つい頬がゆるんだ。枡の数を数えながら、おあきの潤んだ瞳を思った。

さらにもうひとつ、竹の小刀の商いが、すこぶる上首尾に運んだ喜びが重なった。

いままでになかったことだが、新吉は二升も余計に米を研いだ。

呆れたことに、釜に水を加えるまで、研ぎすぎたことに気づかなかった。


八ツ半（午後三時）を過ぎてから、新吉はかんぴょう、しいたけなど、柿鮨の具作りを始めた。研ぎ過ぎた米二升で、二十折りの柿鮨を作ろうと決めてのことである。

譲吉の霊前と、六兵衛店の住人に振舞えれば、とむらいを手伝ってもらったおつるの顔も立つ……。

そう思案しての、柿鮨作りだった。

売り物ではないが、譲吉の供養のための鮨作りである。具の煮方にも、鮨飯作りにも、新吉は充分に気を配った。

春とはいっても、三月中旬の雨の日である。

七ツ（午後四時）を過ぎると、足早に夕暮れが迫ってきた。

「ちょいと、邪魔するぜ」

雨の店先に半纏姿の男が立ったのは、七ツの鐘が鳴り終わったころである。番傘を手にしているが、傘の大きさが小さいようだ。男が着た紺色の半纏の肩が雨で濡れていた。

新吉は土間で柿鮨作りのさなかだった。見慣れない男に呼びかけられて、いぶかしげな顔を向けた。

「ここに残ってる鮨だがよう」

男は台に載った柿鮨の折りを指差した。

初めて店先に顔を出した男で、冬木町では見かけたことのない顔である。

しかし男からは、町に通じているような様子が感じられた。

「半値でよけりゃあ、総ざらいで引き取るが、どうでえ」

横柄な物言いをする男は、新吉に向かってあごを突き出した。

六兵衛店への手土産に拵えている鮨を、男は残り物だと思い込んだらしい。

「この雨で、間もなく日暮れだ。半値でも総ざらいなら、おめえさんにもわるい話じゃねえだろうがよ」

男の顔に笑いが浮かんだ。相手を見下したような笑い方だった。

男の背丈は、五尺三寸（約百六十一センチ）の見当である。店の軒から垂れ落ちたしずくが、男の首筋に入った。

「なんでえ、この店は……」

傘を手にしたまま、軒を見上げた。

「雨漏りがしてるじゃねえか」

男は、土間の新吉に尖った目を投げつけた。

「どうでえ、にいさん。黙ってねえで、売るかどうか、返事をしねえな」

「返事とは、なんのことだ」

　鮨飯を折りに詰めていた手をとめて、新吉は男のそばに寄った。

「半値で総ざらいとかなんとか言ってたようだが、おめえさんが欲しがってる返事てえのは、そのことかい」

　新吉の物言いは、格別に強い口調ではなかった。が、答えるのも億劫だという調子の返事になった。

「決まってるじゃねえか」

　男の目つきがきつくなった。

「見ず知らずのあんたと、雨降りの店先で世間話をしてえわけじゃねえ。聞こえてたんなら、返事をしねえな」

　背丈は新吉のほうが勝っている。男は相手を見上げつつ、答えをせっついた。

「この鮨は、売り物じゃねえ。たとえうちの言い値でも、売る気はねえやね」

　新吉はぞんざいな口調で応じた。男の顔つきが、荒々しいものに変わった。太い眉の両端が吊り上がった。

「なんでえ、売り物じゃねえてえのは」

　男は一歩、台のほうに詰め寄った。

「おめえんところは、鮨屋だろうがよ。ここに置いてある折りは飾りか」

「見ての通りの鮨屋だが、それがどうかしたかい」

「てめえ……だれに向かって、上等な口をきいてやがんでえ」

男が手にした番傘を、地べたに投げつけた。店の内側に立った新吉は、垂らした両手をこぶしに握った。

「なにを騒いでいる」

別の男が、軒下に入ってきた。鹿皮でできた羽織を身につけた、五十年配の大男だった。

「ひとさまの店先で、大きな声を出すんじゃない」

新吉とのやり取りを、雨のなかで見ていたようだ。六尺近い男が着た茶色の鹿皮には、雨のしずくが染みを拵えていた。

「あたしは、住吉町の仕舞い屋だ」

男の声は、大きな身体つきに釣りあった野太いものだった。

「この界隈にきたのは初めてだが、そこの鮨は行き先が決まっているのかね」

新吉を真正面から見詰めて、大男が問いかけた。

仕舞い屋とは、食べ物の売れ残りを買い集める稼業である。安値で仕入れた品を竹皮に包み直して、人足たちに売り歩く。

江戸には十軒を超える仕舞い屋があると言われており、多くは日本橋に近い住吉町に集まっていた。

門前仲町や佃町の煮売り屋、一膳飯屋（いちぜんめしや）には、仕舞い屋が出入りをしていた。しかし冬木町にあらわれたのは初めてだった。

「そこのにいさんにも言ったばかりでやすが、この鮨は売り物じゃあねえんでさ」

大男の物腰は、明らかに元締め風である。新吉の物言いも、ていねいになっていた。

「それはすまないことを聞いた」

大男は羽織のたもとから、紙の小袋を取り出した。祝儀を渡すポチ袋のような拵えで、富田屋伝兵衛（とみたやでんべえ）と屋号が刷られていた。

「これからは、冬木町にも顔を出させてもらうつもりだ」

顔つなぎにと、伝兵衛はポチ袋を新吉に差し出した。

「せっかくですが、うちは仕舞い屋さんと付き合わせてもらう気はありやせん」

新吉はポチ袋の受け取りを拒んだ。

投売りをきつく禁じた親方の戒め（いまし）を守る新吉には、仕舞い屋との付き合いなどは考えられなかった。

「てめえ、元締めのあいさつを断わるてえのか」

半纏の男が、またもや声を荒らげた。が、伝兵衛にひと睨み（にら）されて口を閉じた。

「付き合うかどうかは、あんたの好きにすればいいが、これは店先で大声を出したことの詫びだ。受け取るだけは、受け取ってくれ」

伝兵衛はポチ袋を引っ込めようとしない。押し付けがましくはないが、相手を従わせる強さが、伝兵衛の物言いから伝わってくる。

「分かりやした」

新吉は、こわばっていた顔つきをやわらげた。

「そういうことなら、遠慮なしにいただきやす」

新吉は差し出されたポチ袋を受け取った。

袋の手触りから、なかに入っているのは一分金（四分の一両）だと察せられた。一貫文以上のカネである。

受け取ったものかどうか、新吉の顔に戸惑いが浮かんだ。

「鮨の美味（うま）さが感じられる、いい店構えだ」

静かな目で新吉を見た伝兵衛は、それだけを言い残して軒下を離れた。すぐさま配下の者が駆け寄り、伝兵衛に傘を差しかけた。

半纏姿の男が、伝兵衛を追った。

大きな杉の箱を載せた大八車が、あとに続いた。

『仕舞い屋伝兵衛』

箱に描かれた墨文字が、雨に打たれている。したたかに濡れてはいたが、文字にはわずかなにじみもなかった。

三十三

「おっかさん、炭火が熾きてきたよ」

杉作の声が弾んでいる。雨降りの路地でうちわをあおぐ手つきにも、勢いがあった。ひっきりなしに、軒を伝わって雨のしずくが落ちてくる。せっかく熾きた炭火にかからぬように、杉作は七輪と身体とを入れ替えた。

雨があたまにこぼれ落ちた。杉作はまるで気にせず、うちわをあおぎ続けた。

譲吉の容態がひどくなって以来、おあきは父親の看病にかかりきりになった。洗濯は続けたが、食事の支度はおろそかになった。

飯だけは炊いたが、毎日のおかずを作るには気力が届かなかった。限られたカネをやり繰りしつつも、おかずは近所の煮売りから買い求める日が続いた。

出来上がった惣菜が傷まないように、煮売り屋の味付けは濃い。毎日そんな惣菜を口にすると、気持ちがざらざらになった。

しかし譲吉も杉作もひとことの文句も言わず、豆だの芋だの、いわしの煮付けだのを食べた。

父親とこどもに申しわけないと、おあきは胸のうちで詫びた。が、料理をするには、材料選びから始めなければならない。

大した手間ではないのだが、それをする気力が湧かなかった。さらに加えて、長屋の流しは、料理をするには狭すぎた。

わずか三坪の土間に、流しとへっついが置かれている。へっついで薪を燃やすと、煙が宿のなかに満ちた。寝たきりの父親を煙で苦しめるのは、おあきには耐え難い。

隣家で種火をもらい、七輪に炭火を熾して鍋で飯を炊いた。茶も沸かした。

支度ができたのは、飯と茶だけだ。あとは三、四日に一度、縫い物のはかどり具合がよいときに、味噌汁を拵えたぐらいだ。

譲吉の通夜の支度は、長屋の女房連中がすべてを受け持った。

「あんたはなんにも気にしなくていいから、そばについていてやんなさい」

おあきの誠実な気性は、長屋のだれもが知っている。とむらいの支度を進める住民たちは、だれひとりとして顔をしかめる者はいなかった。

父親のとむらいを出したあとも、おあきは料理を拵える気にはなれなかった。億劫に思ったわけではない。亡くなる手前のひと月以上も、おあきは父親に料理を拵えてやれなかった。

それを思うと、こどもとふたりだけの暮らしで、料理をすることがはばかられた。父親に申しわけないと思うあまりに、流しに立つ気がしなかった。

新吉が初七日にたずねてくると聞いて、おあきはやっと庖丁を手にする気になった。料理を始めることが、父親への供養にもなると思い直すこともできた。

おとっつあんの好物だった、里芋を煮てみよう。お味噌汁には、ネギとお揚げをたっぷり刻んで……。

流しに立ったおあきは小気味よい音を立てて、まな板でネギを刻んだ。


流しから、まな板を叩く音が聞こえている。夕餉の手伝いができるのが、杉作は嬉しくてたまらないのだ。あたまを濡らす雨ぐらいは、なんともなかった。

流しの音が消えた。

うちわを使い続ける杉作は、母親が出てきたことに気づかなかった。

「あら……上手に火熾しができたわね」

背中越しに誉められた杉作は、びくっとして手をとめた。が、しゃがんだまま、すぐに胸を張った。

「おっかさんはお味噌汁を拵えているさなかだから、干物はおまえが焼いてくれる?」

「まかせてよ」

勢いよく立ち上がった拍子に、杉作は七輪を蹴飛ばした。おとなの足なら、七輪がひっくり返っただろう。

が、達者に火熾しができたといっても、まだ六歳のこどもである。七輪は揺れただけで転がりはしなかった。

ところが杉作は、右足の親指を真っ赤に火が熾きた七輪のわきにぶつけた。

「痛いっ……」

熱さと痛みとを同時に感じて、うちわを手にしたまま杉作が飛びのいた。朝からの雨で、長屋の路地はぬかるみになっている。

足を滑らせた杉作は、勢いよく尻餅をついた。はねた泥が、おあきのそばに飛び散った。

「ごめんなさい」

素早く立ち上がった杉作は、尻に泥をつけたまま母親に近寄った。

「おっかさんに、泥が飛んじゃったけど平気かなあ」

尻の汚れを気にする前に、母親に飛び散った泥を案じた。

杉作が尻餅をついたとき、ちょうど新吉は長屋の路地に足を踏み入れていた。

尻餅をついた杉作も、戸口に立ったままのおあきも、長屋に入ってきた新吉に気づかなかった。

「おっかさんは大丈夫だけど、おまえのお尻を見てごらん」

振り返った杉作は、木綿の着物の尻に泥をべったりとつけていた。

「新吉さんがくる前に、着替えなさい」

叱(しか)りもせず、優しい物言いでこどもの肩を抱き、着替えを言いつけた。

「ごめんね、おっかさん」

「いいわよ、そんなこと」

おあきはこどもに笑いかけた。

「怪我をしなくてよかったわね」

こどもの肩に手をおいて、母子は土間に入った。

陽はとうに沈んでおり、長屋の路地は暗い。軒下に置かれたままの七輪からは、炭火が赤い光を放っていた。

二十の折りを包んだ風呂敷を提げたまま、新吉は立った場所を動かなかった。動けなかった、というほうが合っていた。

夕餉作りの手伝いをしていた子が、おのれのしくじりでぬかるみに尻餅をついた。まだ六歳のこどもである。泣きべそ顔になるか、泣き声をあげるかするのが普通だろう。

素早く立ち上がった杉作は、自分の汚れを気にする前に、母親に飛び散った泥を案じた。

こどものしくじりを、母親はひとことも咎めなかった。優しい声と笑顔とで、杉作の肩を抱いた。

母と子が互いに相手を思いやっているのが、新吉に強く伝わってきた。

杉作の性根が優しいのは、おあきさんの血だろう……。

熱いものがこみ上げてきた新吉だが、両手は傘と風呂敷とでふさがっている。目を拭うこともできず、こどものように鼻をすすった。

おあきの宿のなかでは、杉作が着替えの真っ只中だろう。おあきも飛び散った泥を、拭い取っているかもしれない。

宿のなかの様子を思い描いて、新吉は潤んだ目元をゆるめた。早く顔を出したいのだが、いま声をかけたら、おあきは大慌てをするに違いない。

新吉は路地の軒下に移り、顔を出すのをしばし待った。雨を避けるようにして、一匹の猫が軒下を歩いてきた。

見かけない新吉を見ても、猫は知らぬ顔でわきを通り抜けた。

雨脚が、わずかに強くなっている。

雨が七輪の炭火にかかった。

ジュジュッと音を立てて、炭火が黒いしみを作った。

三十四

六兵衛店の住人には、新吉と杉作が一緒に届けて回った。

「あらまあ……まるごと食べられるなんて、豪気(ごうき)じゃないか」

「なにより嬉しいおみやげだわさ。今夜の支度はどけて、すぐにいただくから」

女房たちは、譲吉の通夜で新吉とはすでに顔を合わせていた。町は離れていても、柿鮨の評判は山本町にも聞こえているようだ。

どの家の女房も、遠慮をせずに折りを受け取った。

「杉坊、ありがとうね」

新吉の手を握った杉作を見て、女房のなかには目を潤ませる者もいた。

長屋をひと回りして帰ったときには、芋の煮付けの鍋が甘がらい香りを放っていた。

「ごめんなさい、アジの干物がまだ焼けてないんです」

杉作が七輪で焼くはずだったアジである。尻餅騒ぎで、焼かれないまま素焼きの皿に載っていた。

「おれが焼きやしょう」

おあきから皿を受け取り、新吉は一枚の干物の尾を摑んだ。

「これは、てえした干物だ」

稼業柄、魚の目利きには長けている。新吉が感心したのを見て、おあきが目を輝かせた。

雨をもいとわず永代橋を渡り、霊岸島の漁師から買い求めた干物である。

「昨日までは日和が続いたからさあ。干物の仕上がりは上々だよ」

身が厚く、ほどよく湿り気が残っている。漁師の女房は、飛び切り上出来の干物を選んでくれていた。

「おいらも一緒に焼きたい」

杉作が新吉の帯を摑んだ。

「いいとも。一緒に焼こうぜ」

ふたりは軒下に出た。火を熾してから、ずいぶんと時が経っている。燃え尽きた炭が、白い灰をかぶっていた。

「新しい炭を、ふたつばかり持ってきな」

「はいっ」

威勢のよい返事とともに、杉作は流しのわきから炭をふたつ持ってきた。柔らかい楢炭である。

火つきがよくて火熾しも楽だが、すぐに燃え尽きる炭だ。七輪にくべると、バチバチッと爆ぜて火の粉が飛んだ。が、まだ雨は降り続いている。どれだけ火の粉が飛び散っても、火事を案ずることはなかった。

「おいら、火熾しは得意だよ」

おあきに誉められたと言って、杉作が得意顔になった。

「そいつあ大したもんだ」

干物の載った皿を地べたに置き、新吉はうちわをこどもに手渡した。

「おめえがやってくれ」

「まかせといてよ」

杉作は、うちわで巧みに風を送り込んだ。炭が爆ぜて、火の粉が舞った。暗がりの路地に飛び散る火の粉は、夏のホタルのようだ。

「おいら、これを見るのが大好きだよ」

七輪を飛び出した火の粉が光るのは、ほんのつかの間だ。うちわの手をとめて、杉作は粒々の光を目で追った。

「今日は雨だから構わねえが、晴れのときは飛び散った先から目を離すんじゃねえぜ」

「分かってる。いっつもじいちゃんに、おんなじことを言われたから」

譲吉のことを口にして、祖父は亡くなったのだと、あらためて思い知ったようだ。

ふっと黙り込んだあと、気を取り直すかのようにうちわであおいだ。

新しい炭に、火はしっかりと燃え移っている。あおいでも火の粉は飛ばなくなっていた。

「いい火加減だ」

新吉は七輪に網を載せた。炭火で網が焼かれたのを見定めてから、身を下に向けてアジを載せた。

魚の脂が炭火に落ちて、煙が立ち昇った。新吉は手早く干物を裏返しにした。

「おいちゃんは干物を焼くときは、身のほうから焼くの？」

「そうと限ったわけじゃねえ。川は皮から、海は身から焼けばいい」

川魚は皮から、海の魚は身から焼く。

追い回し小僧のころに、新吉は板場の年長者からそれを教わった。

「黒く焦がさねえように、まめに引っくり返すのが、干物を焼くときのコツだ」

玄人の料理人から干物の焼き方を伝授されて、杉作は目を見開いてうなずいた。

「川は皮からって、おもしろいね」

杉作は、新吉のそばから離れようとしない。七輪のわきにしゃがんだまま、新吉に寄り添うようにして手元に見入っていた。

三十五

「おいら、おいちゃんと湯に行きたい」

食べ終わった器をおあきが流しに下げているとき、杉作が大声で望みを口にした。

「だめよ、そんなこと……」

めずらしく、おあきが強い口調でこどもをたしなめた。

「新吉さんは朝が早いんだから」

「おれなら平気ですぜ」

杉作が、畳の上で飛び上がって喜んだ。

「そんな……よその町のお湯屋さんに行くなんて、ご迷惑でしょう」

「どうてえことはねえ。知らねえ湯にへえるのも、楽しいかもしれやせん」

手拭いだの糠袋だのは、備えがあった。

譲吉が達者なころは、毎晩のように三人で湯に出かけていたからだ。

「ありがとうございます」

新吉が本気で行きたがっていると分かり、おあきも遠慮を引っ込めた。

「じいちゃんが使ってた桶（おけ）だよ」

湯屋に出かけるとき、杉作は小さな湯桶を手にした。新吉はこどもから、桶を受け取った。

長年使い込まれた桶だが、銅（あかがね）のタガはびくともゆるんではいない。

「腕のいい職人が拵えた桶だぜ」

作りの確かなことに、新吉は感心した。

鮨屋は幾つも桶を使う稼業である。桶の拵えの良し悪しは、新吉にはしっかりと目利きができた。

「おとっつあんが、自分で拵えたんです」

おあきが照れくさそうに答えた。小さな声だったが、目には喜びの色が宿っていた。

譲吉は腕のよさで名の通った、大鋸挽き（おがひき）職人だった。挽く木は選ばなかったが、とりわけ杉が得手だった。

杉作と名づけたのは、譲吉である。

仕事休みの日には、宿で木を削って桶を拵えた。道楽半分の桶作りだったが、根が凝り性（こりしょう）なだけに、桶屋に通って教えを受けた。

半年通ったころには、差し渡し一尺（直径約三十センチ）の桶が作れるほどに上達した。

「ひとつことに抜きん出たやつは、なにをやっても腕が立つもんだ」

桶屋の親方が正味で感心したほどに、譲吉の桶は出来栄えが見事だった。

「おめえさんなら、桶屋をやっても繁盛するだろうよ」

親方は、下職(したしょく)として仕事を請負わないかと持ちかけた。が、譲吉は断わった。

「道楽だからやってられる。おれの生業(なりわい)は大鋸挽きだ」

譲吉は桶作りを道楽にとどめた。

長屋の住人から頼まれると、手間賃は取らず、木口とタガ代だけで桶作りを引き受けた。

「手間賃を取ったりしたら、桶屋の仕事を横取りすることになる」

譲吉の気性が分かっている住人たちは、芋の甘がら煮を手間賃代わりに持参した。秋になると、甘柿や干し柿を材料代と一緒に届けてきた。

いずれも、譲吉の大好物だった。

寝込んだあとも身体の具合のよいときは、自分で拵えた桶の手直しをした。

譲吉の逝去は、長屋のだれもが心底から悼(いた)んだ。

「おとっつあんの桶を持って、初七日の夜にお湯屋さんに行けるなんて……」

いい供養になりますと、おあきは宿の戸口であたまを下げた。

「おれのほうこそ。久々に職人の確かな仕事を見させてもらいやした」

おとなふたりがあたまを下げあうのを、杉作は笑いをこらえて見ていた。

番傘をさして湯屋に向かう道で、新吉は両国の軽業（かるわざ）を見に行かないかと誘った。

「今月の十四日は、魚河岸（うおがし）が休みでやしてね」

一年に二度、三月と九月の十四日は日本橋の魚河岸が商いを休んだ。仲買人（なかがいにん）たちはこの日は一日魚を口にせず、魚供養をした。

「おれも十四日は、休みにするんでさ」

雨の道で、新吉が立ち止まった。おあきは湯桶を小脇にかかえて、新吉に目を合わせた。

「譲吉さんの初七日も、済ませたことでさ。杉作を連れて、三人で気晴らしに出かけやせんかい」

おあきが返事をためらっていると、杉作が母親のたもとを強く引っ張った。こどもの両目が、行きたいとせがんでいた。

「ありがとうございます」

誘いを受け入れられて、新吉は杉作以上に嬉しそうな顔つきになっていた。

三月十四日は、気持ちのよい晴天で明けた。

「なんでえ、朝っぱらからよう。しまりのねえ顔をしやがって」

順平もこの日は休みである。それでも早起きは変わらず、新吉の店に茶を呑みに顔を出していた。

「五ツ（午前八時）になったら、けえってもらうぜ」

「念押ししなくても、分かってるって」

新吉から邪険に言われて、順平が口を尖らせたとき。

杉作が三ツ木鮨に飛び込んできた。

「たいへんだよ、おいちゃん」

差し迫ったこどもの声を聞いて、新吉が駆け寄った。

「ちゃんが……」

「なんだとう」

「ちゃんが帰ってきた」

杉作が土間に座り込んだ。

三十六

三月十四日、朝の五ツ（午前八時）前。春の朝日が、深川冬木町に注いでいた。町の北側を流れるのは、川幅十間（約十八メートル）の仙台堀川だ。大川につながる仙台堀は、木場に材木を運ぶための重要な水路である。

まだ五ツ前だというのに、川面をすでに長いいかだが走っている。川並（いかだ乗り）が棹を持ち上げると、しずくが杉の丸太に飛び散った。

両岸には、いまが盛りの桜並木が連なっている。やわらかな朝日を背中に浴びながら、新吉は杉作を連れて仙台堀河岸を歩いていた。

すっかり新吉になついていた杉作が、今朝は顔をこわばらせている。先を歩く新吉も、眉間にしわを寄せていた。

「どうしたよ、新吉。朝っぱらからむずかしい顔をしてるじゃねえか」

ときどき柿鮨を買いにくる川並が、いかだの上から新吉に話しかけてきた。新吉が黙ったままでいると、川並は棹を使って木場へと丸太の列を急がせた。

大川から吹き渡ってきた風が、枝に群れた桜を舞い散らしている。幾ひらもの花びらが、新吉と杉作の髪に落ちた。

亀久橋のたもとで、新吉は足を止めた。

「そこに座りな」

新吉は、河岸の石垣を指し示した。杉作が神妙な顔で腰をおろした。次々に花びらが、杉作の髪に舞い落ちている。

右手の人差し指で桜をつまむと、杉作はふうっと吹いた。ひとひらが、仙台堀の川面へと飛んだ。

「前触れもなしに、いきなりきたのか」

髷(まげ)に落ちる花びらを手で払いながら、新吉は杉作と並んで石垣に座った。

杉作が、こくっとうなずいた。

「おあきさん……」

新吉は名前で呼ぶ途中で、おっかさんと言い直した。

「おっかさんはおめえのちゃんがきたとき、どんな様子だったんだ」

「すごく困った顔になってた」

「いやそうだったのか」

杉作はつかの間黙ったあと、ためらい顔でうなずいた。こどもが見せたためらいが、新吉の胸に痛みを覚えさせた。

ふたりは口を閉じたまま、川面に舞い落ちる花びらを見詰めた。

「なんでえ新吉、こんなところで」

思いがけない場面に出くわして、順平の声には戸惑いがあった。

「かれこれ五ツだぜ」

店の支度はいいのかと、目が問うていた。

「分かってらあ」

ぞんざいに新吉が応じたとき、永代寺が五ツを撞き始めた。

おあきと杉作のことを、おれは隠してきたわけじゃねえ……自分にそう言いわけしつつも、ひとことも話してこなかったのだ。

順平は戸惑い気味だが、新吉は後ろめたさを感じていた。その裏返しで、物言いがぞんざいになっていた。

順平がさらに問いかけようとしたとき、ひときわ強い風が吹いた。

こどもが脇にいる新吉は、無言のままで突っ立っていた。

「おれは宿にけえってるぜ」

順平はこれだけ言うと、桜吹雪のなかを長屋へと帰って行った。

新吉から声は出ずのままだった。

「それでおめえは……」

順平の姿が見えなくなってから、新吉はこどもに問いかけた。

「おれにどうさせたくて、うちに駆けてきたんでえ」

「おいらと一緒に、うちまできて」

　この朝初めて、杉作がきっぱりとした物言いをした。新吉は、真正面からこどものの顔を見た。杉作は目を逸らさず、新吉を見詰め返した。小さな吐息が新吉から漏れた。

「行くのは構わねえが、おめえがうちにきていることを、おっかさんは知ってるのか」

「知ってるよ」

　杉作の返事に淀みはなかった。

「おいちゃんところへ行ってこいって言ったのは、おっかさんだもん」

「おあきさんは、おれを連れてこいって、そう言ったのか」

　新吉は構わずに、おあきさんと呼んだ。杉作が返事に詰まった。

「なんでえ杉作、おあきさんはおめえになんと言ったんでえ」

「ちゃんがきたから、すぐには出られないと言ってくれって」

「だったら、おれにきてくれと言ったわけじゃねえだろうが」

「でも……」

「でもがどうしたよ」

「おっかさんも、きっとおいちゃんにきてもらいたがってるから」

新吉は返事をしなかった。

おあきと杉作を残したまま、宿からいなくなった男だ。そればかりではない。譲吉のとむらいにも、初七日にも、一度も顔を出さぬままだった。

身勝手な男だが、さりとておあきと夫婦別れをしたわけではない。そのことが、新吉の口を重くしていた。

いまの杉作は、新吉になついている。いきなり戻ってきた父親よりも、新吉を頼りにしているような様子だ。

しかしおあきは、新吉を呼んできてくれとこどもに言いつけたわけではなかった。口では愛想尽かしを言いながらも、男と別れられない女を、新吉は数限りなく見てきた。

それを思うと、頼まれもしないのにおあきと男が一緒にいる宿に、のこのこ出向くのは気乗りがしなかった。

黙ったままの新吉に、杉作は焦れたようだ。石垣から立ち上がると、小石を拾って仙台堀に投げた。こどもの怒りが、川面に何重もの紋を描いた。

「おめえは、おれとおめえのちゃんとを会わせて、どうしようてえんだ」

「あんなひと、ちゃんじゃないもん」

杉作の目から、涙がこぼれた。

「一緒にいたときは、いっつもおっかさんとじいちゃんをいじめてた。おいらだって、なんども殴られたんだから」

おいちゃんが、あのひとを追い出してくれると思ったのに……。

杉作は、泣きながら駆け出した。

ひと息おいて、新吉は立ち上がった。杉作を追う足取りに、ためらいはない。また も強い風が吹き、花びらが新吉自慢の髷に落ちた。

振り払おうともせず、新吉はこどもを追って足を速めた。

三十七

杉作と連れ立って、新吉は六兵衛店の木戸をくぐった。おあきの宿の前で、おかねとおつるがひたいを寄せ合っていた。

「いいところにきてくれたわよ」

六兵衛店で最年長のおつるが、新吉のそばに駆け寄ってきた。

「杉坊から聞いたでしょう」

おつるは右手の親指を立てて、おあきの宿を差した。新吉は、顔つきを引き締めてうなずいた。

「与助さんというんだけどさあ。平気な顔して、おあきさんところに上がり込んでるんだよ。杉坊の前だけど、ほんとうにしょうがない男さ」

おつるが目一杯に顔をしかめた。

「あんたが中に入ってくれるの？」

おかねが声をひそめて問いかけた。

「あいにく、長屋の男連中は仕事でみんなが出払っててさあ。差配の六兵衛さんは、朝早くから出てったきりだし、あたしら、困り果ててたとこなんだよ」

いいところにきてくれたと、おかねとおつるが口を揃えた。

「おれがなかにへえっても、構わねえんですかい」

「いいに決まってるじゃないかね」

おつるが声を大きくした。

「はやく入って、おあきさんを助けてあげてちょうだい。きっといまごろは、途方に暮れてるはずだから」

「分かりやした」

新吉はこどもを従えて、おあきの宿の腰高障子戸に手をかけた。

「ごめんくだせえ」

「だれでえ、朝っぱらから」

戸の内側から、男の尖った声が応えた。

「こっちはいま、取り込み中なんでえ。急ぎじゃなけりゃあ、出直してくんねえ」

与助は、渡世人のような物言いである。その声を聞いて、新吉が思案顔になった。声に聞き覚えがあるような気がしたからだ。

「冬木町の新吉でやすが、杉作が一緒なんでさ。へえってても構いやせんかい」

新吉は、わずかに語気を強めた。なかでひとが動き、内側から戸が開かれた。困惑顔のおあきが立っていた。

「わざわざ来てくださったんですか」

「杉作の話だけじゃあ、どうにも要領を得なかったもんでやすから」

「そうでしたか……」

おあきの語尾が下がった。戸口に立ったまま、新吉をなかに入れたくはなさそうだ。

「戸口でぐじゃぐじゃ言ってねえで、なかにへえんな……おあき、そこをどきねえ」

与助が声を荒らげた。戸口からおあきがどいたら、杉作が先に駆け込んだ。狭い土間に立って、こどもが手招きしている。

大きな息をひとつ吸い込んでから、新吉は土間に入った。

あぐらを組んだ与助が、新吉を強い目で見詰めている。その顔を見て、新吉の目が見開かれた。

六畳間に座ったままの与助の顔に、あざけりの色が浮かんでいた。

「やっぱり、おめえかよ」

ぞんざいな口調で話しかけてきたのは、仕舞い屋の半纏男だった。

「あんときおれに売れねえって言ったのは、この長屋への手土産だったからだろう」

与助は唇を舐めて、あごを突き出した。まるで新吉に挑みかかっているかのようだ。

「鮨折りでおあきと長屋の女房連中を手なずけようなんざ、随分とお手軽なことをやってくれるじゃねえか」

与助はわざと言葉で、新吉の怒りを煽り立てている。土間に立ったまま、新吉は両の手に力をこめて、こぶしを握った。

「ちょいと与助さん、いい加減なことを言わないでちょうだいよ」

戸の外から、おつるが強い調子の声を投げ込んできた。

「新吉さんは、損得ずくで長屋にお鮨を持ってきてくれたわけじゃないんだよ。もっとも、損得ずくでしかものが見られないひとには分からないだろうけどさ」

「そいつあ、ごあいさつだと笑い飛ばしてえところだが……聞き捨てならねえことを言うじゃねえか」

薄ら笑いを浮かべた与助が、ゆっくりと立ち上がった。が、土間には降りず、新吉を見据えた。

「おあきとおれとは、まだ夫婦別れをしたわけじゃねえ。長屋の女房連中を尻押しにつけたとしても、ことはおめえの思う通りには運ばねえぜ」

「ほんとに下司な男だねえ」

おつるが大声で言い返した。新吉は、戸口の外を振り返った。

「このうえ、なにか言うのはよしなせえ。こんな男に怪我でもさせられたら、ばかばかしいやね」

「なんだとう、この野郎」

与助が土間に飛び降りた。新吉は五尺七寸（約百七十三センチ）、与助は五尺三寸（約百六十一センチ）で、上背では新吉が四寸勝っている。

詰め寄った与助は、燃え立つ目で新吉を見上げた。

「ひとの女房に勝手なことをしやがって、そのうえ開き直るてえのか」

「勝手な真似とはなんのことだ」

「身寄りでもねえ赤の他人のおめえが、とむらいだの初七日だのと、ひとの宿に入り浸ってるだろうが」

「ばかばかしい」

「なにが、ばかばかしいんでえ」

与助が殴りかかろうとして、右手を振り上げた。新吉が一歩下がって身構えると、与助は鼻をならして手を下げた。

「今日だっておあきと杉作を連れて、お楽しみに出ようとしてやがっただろうが」

「それがわるいか」

「おあきは、おれの女房だ。亭主がいる女にちょっかいを出しながら、わるくねえとでも言う気かよ」

杉作が泣き顔で、おあきにしがみついた。その姿を見て、新吉はなんとか気持ちを抑えつけた。

こどもの見ている前である。どれほど煽り立てられても、殴り合いはまずいと踏みとどまった。

「おれは冬木町で、小さいながらも所帯を張っている」

新吉はひとことずつ、区切るような物言いをした。

「おれと話がしたいなら、いつでも顔を出してくれ。こどものいないところで、突き当たりまでケリをつけようじゃねえか」

言い終えた新吉は、杉作に目を移した。

「杉作、おれと一緒に出かけるか」

問われた杉作は、しがみついたまま母親を見上げた。おあきを見たあと、首を振った。

「そうか……」

短く言い残して、新吉は土間から出た。女房連中にあたまを下げると、振り返りもせずに長屋の木戸を出た。

やはり、出向くんじゃなかった。

歩きながら、新吉は悔いた。

おあきがなにを思っているか、察することができなかったことへの苛立ち。

杉作に断わられたことでの気落ち。

そして中途半端なままで出てきた、おのれに対する腹立ち。

右手をこぶしにして、左手の手のひらを強く叩いた。立った音が虚しく響いた。

三十八

新吉が冬木町の町木戸をくぐったのは、四ツ（午前十時）を過ぎてからだ。

「随分とごゆっくりじゃねえか」

木戸番の庄八が、しわのよった顔で近寄ってきた。手には薪を持ったままだ。番太郎（木戸番）小屋の煙出しからは、白く濁った煙が立ち昇っていた。

「ちょいとわきに用があったもんでね」

新吉は愛想のない物言いをした。

庄八は新吉の拵える柿鮨が大好物で、三日に一度は買いにきた。それも一折り丸ごとを、である。ありがたい得意客だが、去年還暦を迎えた庄八は、話好きで知られていた。

うっかり返事をすると、いつ話が終わるか分からなくなる。新吉に限らず、先を急ぐ折りの町内の者は、庄八には愛想のない応じ方をした。

「今日は三ツ木鮨は休みだろうが」

この日の休業は、五日前から張り紙で知らせている。新吉は黙ったまま、わずかにうなずいた。

「天気も上々だし、大川の桜も今日あたりが限りだ。おめえ、わけありと一緒に花見としゃれこむ気だろう」

庄八が目ヤニのついた両目をゆるめた。

「そんなわけはねえだろう」

新吉当人が驚いたほどに、返事の声が尖っていた。言ってから、きつい物言いを木戸番に詫びた。

「詫びるこたあねえが、おめえ、なんだか気が荒れてるようだぜ」

番小屋の前に新吉を待たせたまま、庄八は小屋に戻った。出てきたときには、芋の切り身を手にしていた。

「これでも食いねえ。甘いもんを口にすりゃあ、ひとは気が落ち着くというぜ」

差し出された切り身は、美味そうな焦げ目がついている。新吉はあたまを下げて、芋を受け取った。

食べたくもなかったが、わざわざ庄八が取りに戻った芋である。無愛想な物言いを続けた負い目もあり、新吉は芋を口にした。

「うめえ……」

正味の声が新吉からこぼれ出た。

朝からなにも口にしていない。本来なら、五ツの鐘の前に、味噌汁と飯とを食べるはずだった。

顔を出した順平と話をしていて、食べるのが遅れた。そしていきなり杉作が駆け込んできて、新吉はなにも食べずに山本町まで出向いた。

怒りで忘れていたが、口にした芋の切り身が、空腹を思い出させた。

「滅法（めっぽう）な甘さだ」

「それが、おれの自慢だ」

庄八は曲がり気味の腰を伸ばし、新吉の前で胸を張った。

各町の木戸番は、町の費(つい)えで雇うのが決まりだ。明け六ツ（午前六時）に木戸を開き、深夜の四ツ（午後十時）に大木戸を閉じるのが木戸番の仕事である。

ひとたび木戸を開いたあとは、格別にすることがない。四ツに閉じたあとは夜回りをするわけでもなく、明け六ツまでは眠っていられる。

体力はいらず、同じことを繰り返す仕事である。雇う側も、若い者よりは年寄りのほうが安くてすむ。ゆえに木戸番は、どこの町内も年配者が占めていた。

木戸番には、住まい兼用の小屋が与えられる。店賃(たなちん)（家賃）は不要だが、給金は月に銀二十匁（千六百四十文）程度だ。腕のいい大工なら、二日で稼ぐカネだ。

安い給金を補うために、木戸番は小屋で駄菓子だの雑貨品だのを売った。それらに加えて焼き芋も、木戸番小屋の大事な売り物のひとつだった。

番太郎のなかには安い芋を仕入れて、一文でも儲(もう)けを多く取ろうとする者も少なからずいた。しかし庄八は、当人が川越(かわごえ)の農家まで出向き、自分の目で芋を選(え)りすぐった。

現地で車を雇い、大八車からこぼれ落ちそうなほどの芋を仕入れた。それだけの量を買い付けても、焼き芋は売り切れた。

庄八は芋を斜め切りにして、大きな切り身を拵えた。それを大鍋に敷き詰め、ふたをして焼き上げた。一個丸ごとよりも安値である。しかも食べやすくて、芋が甘い。

よその番小屋では売っていない、庄八が編み出した名物である。切り身の焼き芋の美味さは、深川界隈に知れ渡っていた。

他町から買いにきた客のなかには、庄八相手に、町内のうわさ話をする者もいた。話好きの庄八は、調子を合わせて相手から細かなことを聞き出した。

庄八は、目明し以上に深川各町のうわさに通じていた。

「おめえ、おれと少しだけ話をするひまはあるかい？」

「なくもねえが……」

切り身の残りを呑み込んでから、新吉は言葉を濁した。

「長話をする気はねえから、案じなくてもいいぜ」

長い話はごめんだと思っている、新吉の胸のうちを察したのだろう。庄八は先手を打ってから、番小屋に戻った。土間には駄菓子が並んでおり、奥には芋を焼く大鍋と、薪が燃えるへっついがある。

「そこに座りねえ」

腰掛を勧めてから、庄八は茶をいれ始めた。鮨職人の駆け出しのころ、新吉は毎日客に供する茶をいれた。

庄八は、新吉がいれるのと同じ手つきで手早く湯を注いでいる。

「その茶のいれ方は……」

「やっぱり分かったかい」

庄八が相好を崩した。

「わけえ時分に、三年ばかり鮨屋に奉公したことがある。四十年も昔のことだが、わけえころに覚えたことは、身体が忘れねえもんだ」

茶のいれ方も、芋を切る庖丁の持ち方も、この歳になっても役に立ってくれる……。

庄八が笑うと、顔がしわで埋まった。

「話てえのは、山本町の親子のことだ」

茶をひと口すすったあと、庄八は真正面から話を切り出した。思いも寄らなかったことを言われて、新吉は口元を引き締めた。

「おれの芋は、てめえで言うのもおかしいが、界隈では評判がいいんだ」

町内だけではなく、仲町や佐賀町辺りからも買いに来ると、気負いなく言った。初めて口にして芋の美味さに驚いた新吉は、庄八の言い分に得心してうなずいた。

「その親子は、おあきさんと杉作てえんだろう？」

庄八は、亡くなった譲吉が時季外れの柿を口にして大喜びしたことも知っていた。耳に入っていたうわさは、驚くほどに正確だった。

譲吉のとむらいに新吉が出向いたことも、初七日のお参りをしたことも、尾ひれなしの正味の話が庄八に伝わっていた。

「おめえのことをわるく言う話は、これっぱかりも聞こえてこねえ。妙な下心なしに振舞っているのは、いかにもおめえらしい」

庄八は本気で新吉を誉めてから、顔つきをあらためた。

「おあきさんてえひとも、近所でわるく言う者がいねえらしいが……」

庄八は、新吉の目を見て口を閉じた。

「どうしやした。続きを聞かせてくだせえ」

新吉の物言いが、ていねいになっていた。

「出て行った亭主てえのは、ろくなもんじゃねえらしい。おあきさんと深いことになると、後々やっけえごとが起こりそうな気がするぜ」

余計なことだとは思うが、耳に入れといたほうがいいだろうからと言って、庄八は話を閉じた。

「腕ずくなら、おめえはまず負けねえだろうが……」

話を始めたものの、いわば他人の悪口である。庄八もどこかに引っかかりを覚えたらしい。

「与助という男だけを、わるく言うのも筋違いかもしれねえが、あれは食えねえ野郎だったらしいぜ」

新吉から目を外した庄八は、遠くを見て小さな吐息を漏らした。

大鋸の扱いでは、与助はまぎれもなく譲吉の一番弟子だった。

大鋸引き職人の寄合には、譲吉が出られないときは与助が名代で出向いた。

「与助さんとおあきさんが所帯を構えたら、譲吉さんもあとを案じなくてもいいね」

周囲はおあきと与助の祝言を祝った。

おあきも与助との祝言を喜んでいた。それがあかしに、ふたりは祝言前にはすでに肌を合わせていたからだ。不慮の事故でおちかを亡くしておあきの心も弱っていたのかもしれない。

しかし与助はカネぐせと女ぐせの両方がよくなかった。

所帯を構えたあとは、手間賃の掛け合いから集金まで、与助がすべてを差配した。とりわけ集金にはかならず与助が出向いた。

「あたしが代わりに行ってもいいのに」

何度おあきがそれを申し出ても、与助は拒んだ。挙句、大方のカネをふところに入れて行方をくらませた。

「おれのめがね違いだった」

譲吉は一度、おあきに詫びた。娘に与助を添わせた責めを感じてのことだった。

「おとっつあんのせいじゃないわ」

祝言の手前で、すでにおあきは杉作を身ごもっていた。

「あたしも針仕事で働きますから」

つぶやいたおあきの手を、杉作は強く握っていた。

「杉作は、おれが親父代わりにしつける」

譲吉は白くなるほどに唇を噛んでいた。

杉作は祖父を見て、しっかりとうなずいた。


「与助がいなくなったあとで、長屋のなかには妙なことを言い出す者もいたんだ」

庄八は新吉に目を戻した。

「祝言からこどもの誕生まで、日にちの勘定が合わねえてんだ」

あんなふうに見えても、おあきにもどこか危ないところがある。亭主が出て行ったのは、女房にもわけがあるに違いない。

「したり顔でそんなうわさを口にするやつも、何人もいたらしいぜ」

話し終えた庄八は、ふうっとため息をついた。よくないうわさ話を新吉に聞かせるのが、よほどしんどかったらしい。

「ようこそ、おせえてくれやした」

新吉は真顔で礼を口にした。庄八の顔に笑いが戻った。

「わざわざ遠くに目を向けなくても、おめえのことを想っている娘は、目と鼻の先にいるだろうが」

謎かけの言葉を結びにして、庄八が立ち上がった。

「なんのことですかい、それは」

「てめえで答えを見つけるほうが、楽しいだろうがよ」

へっついの前にしゃがみ込んだ庄八は、薪を振って新吉を小屋から追い出した。

春の陽が、空をゆっくりと昇っている。思案をめぐらせながら歩く新吉の髷に、花びらが群れになって舞い落ちた。

三十九

冬木町を歩きながら、新吉は何度も立ち止まった。六兵衛店の出来事と、いま庄八から聞かされたことが、あたまのなかを走り回っているからだ。

与助は根っからの半端者だと、新吉は断じた。先日、三ツ木鮨にあらわれたときの物言いからも、今朝のいちゃもんづけからも、卑しい性根が透けて見えた。

それを思うと、なぜおあきが与助を宿に迎え入れたのか、それが分からなくなった。

祝言を挙げたときは、おあきは歳が若くて与助の本性が見抜けなかったかもしれない。分からないがゆえに、こどもまで授かった。

しかし与助がおあきと譲吉にひどい仕打ちをしていたのは、杉作が見ている。譲吉が病に倒れたあとはおあきが針仕事で、父親の薬代と、暮らしの費えを稼いで支えた。譲吉のとむらいにも初七日にも顔を出さず、好き勝手に暮らしていた男が、よりにもよって、新吉と気晴らしに出ようという朝にあらわれた。

顔も見たくもないと思っていたなら、たとえ与助が乱暴な振舞いに及んだとしても、宿には入れなかったはずだ。もしも与助が無理やり押し入ったとしたら、長屋の女房連中が黙ってはいなかっただろう。

新吉と杉作が顔を出したとき、おつるとおかねは、いいところにきてくれたと喜んだ。早く与助を追い出して欲しいと、新吉に頼み込んだほどだ。

ところがおあきは、心底から与助をいやがっているようには見えなかった。新吉が中途半端な形で長屋を出たのも、つまりはおあきがそうさせたも同然だった。

長屋に戻るまでの杉作は、新吉を頼りにしていた。

「あんなひとは、ちゃんじゃない」

新吉の前で、杉作はこう言い切った。その杉作が、新吉の誘いなのに首を振って断った。

あれは杉作の本心じゃねえ。おあきさんの顔色を見て、行かないと言ったにちげえねえ。

冬木町の路地で足をとめた新吉は、杉作の胸の内を思ってため息をついた。

女てえのは、どうなってやがるんでえ。

おあきの本心が分からない苛立ちで、新吉は大きな舌打ちをした。わきを通り過ぎようとしていた野良犬が、前脚を突っ張って身構えたほどに、大きな舌打ちだった。

「おめえに腹を立てたわけじゃねえ」

犬に言いわけをしてから、新吉は歩みを戻した。

材木屋が軒を並べる通りの先に、亀久橋が見えてきた。つい今朝方、杉作と並んで座ったのは、橋のたもとの石垣だ。

朝よりも高く昇った陽は、仙台堀河岸をくっきりと照らし出していた。両岸の桜並木の枝は、いまも風を受けて揺れている。飛び散った無数の花びらが、川面に薄桃色の模様を描いていた。

三ツ木鮨に戻ったところで、休みの今日は格別にすることがない。さりとて、両国まで出かける気はすっかり失せていた。

新吉は長屋のこどもたちのように、石垣に座り込んだ。朝は隣に杉作が座っていたことで、格別に人目をひくことはなかった。

いまはいい歳をした、五尺七寸も上背のあるおとなが、ひとりで石垣に座り込んでいるのだ。しかも小石を拾っては、仙台堀に投げ込んでいた。

力を加減して投げた小石は、弓なりの弧を描いて川に落ちた。陽が高くなった仙台堀からは、いかだの姿が消えていた。代わりに荷を積んだ何杯ものはしけが、櫓を使って行き交っている。

新吉の投げた小石のひとつが川面には落ちず、はしけに積んだ味噌樽にあたった。船頭が石垣に座ったままの新吉を睨みつけた。

「すまねえ、すまねえ」

詫びながら月代を掻いていたとき、背後にひとが近寄ってきた。びんつけ油と紅の香りを含んだ風が、新吉に向かって流れた。

「なにしてるの、そんなところで」

新吉の真後ろに、順平の妹おけいが立っていた。おけいは、春の陽を背にしている。まぶしくて、新吉は目を細くした。

「こどもみたいに、石なんか投げたりして」

おけいは呆れながらも、目元をゆるめていた。今年で十九になったおけいは、胸の膨らみと、尻の丸みを隠し切れなくなっている。

三ツ木鮨の土間でしか見ることのない娘が、弾けるような春の陽を背にして立っていた。風が、おけいの前髪を揺らした。

薄く紅をひいただけなのに、娘盛りの女の色香までもが漂い出ていた。

「おにいちゃんが言ってたけど……」

おけいは、新吉のすぐわきにしゃがみこんだ。

「ひょっとしたら、今日の両国行きが駄目になったんでしょう」

おけいが発する娘盛りの、むせ返るようなにおいを、新吉は強く感じている。その艶を含んだ香りが、新吉を落ち着かなくさせた。

返事に詰まっていると、おけいがさらに顔を寄せてきた。

「かわいそうだから、あたしが一緒に行ってあげる」

戸惑った新吉は、思わず目を伏せた。

陽を浴びて光り輝いている花びらが、風のなかで舞っている。おけいの結った髷をいつくしむかのように、ひとひらがひそやかに落ちた。

四十

冬木町を出た新吉とおけいは、仙台堀沿いの道を西に歩いた。春の日差しはやわらかく、風も頬を撫でて流れ去るそよ風だ。

堀の両岸は、満開の桜並木である。枝一杯に、花びらがたわわに実っているかのようだ。川面を渡るのは微風でも、花びらは枝を離れて舞い散った。

「堀沿いの道がこんなに気持ちいいって、新吉さん、知ってた？」

先を歩くおけいが、新吉のほうに振り返って笑みを浮かべた。髷をきれいに結っただけではなく、唇には薄く紅をひいていた。

顔の作りが小さいおけいは、細くても濃い眉が顔を引き締めている。

「あいつがもう少し、相手の気を惹くような物言いをしてくれりゃあ、おれから魚を仕入れようてえ板前も増えるだろうによう」

兄の順平が時折りこぼすほどに、おけいは好き嫌いがはっきりとしている。濃い眉と、黒くて大きな瞳に、おけいの気性があらわれていた。

目の前に大路が見えてきた。南に折れれば、火の見やぐらの建つ仲町の辻である。先を歩いていたおけいが、新吉のそばに戻ってきた。

「お昼には乗合船が出るんだから。いつまでもそんな顔をしてないで、もうちょっと早く歩きましょう」

新吉の手を取って、おけいが歩みを速めようとした。新吉は順平と同じ二十七歳、おけいは八つ年下である。新吉の手を取ったおけいの振舞いには、あたかも兄に対するかのように遠慮がなかった。

が、手を摑まれた新吉は戸惑った。

昼の陽が降り注ぐ往来で、多くのひとが通りを行き交っている。人前もはばからず、若い娘に手を握られたのだ。

「よしねえ、おけいちゃん」

新吉はつい声を尖らせて、手を振り解こうとした。おけいも、おのれの振舞いに気づいたようだ。

「ごめんなさい……」

小声で詫びると、新吉の後ろに回った。

「おめえが詫びることはねえ」

「だって……花びらにつられて、つい浮かれちゃったから……」

「おめえの手のひらがあんまりやわらけえんで、ちょいと驚いただけさ」

新吉の口調から、尖りが失せている。きまりわるそうだったおけいの目元に、笑みが戻った。

「乗合船は、なんどきに出るてえんだ」

「お昼よ」

「だったら、急ぐしかねえか」

「だから、そう言ったでしょう」

すっかり調子の戻ったおけいが、また先に立って歩き始めた。

道幅が十間（約十八メートル）もある大通りだ。気持ちよく晴れた、三月中旬の昼前である。北に行けば、新大橋から本所へとつながる大路だ。

ブヒヒーンと鼻を鳴らした馬が、醬油樽を満載した荷馬車を引いている。馬車の後ろには、小枝を手にしたこどもたちがついていた。

御者の隙を見て、荷台に飛び乗るつもりらしい。地べたの小さな穴に荷馬車の車輪がはまり、荷台が大きく揺れた。

御者が手綱を引き、驚いた馬をなだめている。その隙に、ふたりのこどもが飛び乗った。いずれも目方は六貫（約二十二・五キロ）ほどの、腕白盛りの男児だ。

馬はその程度の重さが増えても、気にもとめないらしい。それまでと同じ調子で、荷台を引いた。

新吉は、こどもたちの様子を見て歩みを止めた。荷馬車に飛び乗ったこどもふたりを見て、今朝方の杉作を思い出したのだ。

荷馬車に乗ったふたりは、得意顔で小枝を振り回している。目には、なんの怯えの色も心配の色も浮かんでいない。仲間に向かって突き出したあごは、見るからに誇らしげだ。

今朝、五ツ（午前八時）前に顔を出した杉作は違った。こどもなのに、目の色は深く沈んでいた。

醤油樽の陰にひそんでいるこどもふたりは、杉作と同じ年格好である。ところが目の輝きは、憂いに満ちた杉作のそれとはまったく違っていた。

大きなため息が、新吉から漏れた。

「どうしたの、新吉さん」

通りに立ち止まった新吉を案じたのだろう。おけいが、心配そうな目で新吉をのぞき込んだ。

「なんでもねえよ。目にゴミがへえっただけだ」

「そんなに風は強くないのに」

いぶかしげに言ったあと、おけいはたもとから汗押さえを取り出した。桃色の木綿で、隅には紅色の糸で「おけい」と縫い取りがしてある。生地も糸も、ともにぬくもりのある色味だ。

「これで目を拭いて」

おけいは、心底から新吉の目に入ったゴミを心配していた。

「ありがとよ」

形だけ、新吉は目を拭った。汗押さえには、おけいの香りが染み込んでいた。

「手間を取らせちまった。すまねえ」

汗押さえを返したあとは、新吉が先を歩き始めた。女連れで通りを歩くことに、新吉は慣れていない。歩みの加減が分からず、ずんずんと歩いて行く。

おけいは、下駄を鳴らしてあとを追った。

仲町の辻には、高さ六丈（約十八メートル）もある火の見やぐらが建っている。大川の東側では、一番高いやぐらだ。

空は真っ青に晴れ上がっている。青空を背にした黒塗りの火の見やぐらは、色味が引き締まって堂々としていた。

新吉とおけいは、辻を西に折れた。永代橋から富岡八幡宮までの、広い参道である。一ノ鳥居の先には、永代橋が見えた。

大川に架かる永代橋は、長さが百二十間（約二百十八メートル）もある大橋である。一ノ鳥居の下からでも、真ん中が高く盛り上がった橋板が見えた。

通りを歩くひとの群れは、多くが富岡八幡宮へと向かっている。永代橋のたもとの船着場に向かう新吉とおけいは、人波に逆らって歩いた。

「どきねえ、邪魔だ」

前方から、車力（しゃりき）の怒鳴り声が聞こえた。三台の大八車が、米俵を満載して新吉たちのほうに向かってきた。

「あぶねえや、どこうぜ」

新吉は、われ知らずにおけいの手を握ってわきにどいた。三台とも、十五俵の米俵を積んでいる。車はそれぞれが二人引きで、さらにふたりの後押しがついていた。

三台目についた後押しのひとりが、意味ありげな笑い顔を新吉とおけいに向けた。はっと気づいた新吉が、慌てて握っていたおけいの手を離した。

「すまねえ、うっかりしてた」

新吉は気づかぬまま、おけいの手を握りっぱなしにしていた。はにかんだような顔になったおけいは、新吉を残して船着場へと向かった。

永代橋までの途中には、一筋の小さな流れがある。深川につながる堀で、幅は三間(約五・四メートル)だ。堀には、御船(おふね)橋という名の小橋が架かっている。

堀の両岸は、桜並木だ。とはいえ、植えられて十年ほどの若木で、幹も枝もまだ細い。それでも見事に花を咲かせていた。

永代橋に向かって、おけいが足を急がせている。大川が近くなって、川風を頬に感じ始めた。流れてきた風が、御船橋のたもとの桜の枝を揺らした。

おけいは御船橋を渡り始めた。風に舞った花びらが、きれいに結ったおけいの髪に落ちた。あとを歩く新吉の目には、幾ひらもの花びらが、髪飾りのように見えた。

橋を渡ったおけいが、新吉のほうに振り返った。舞い躍る花びらを背にして、ひとりの娘が立っていた。

新吉は息を呑んで立ち止まった。思ったこともなかったおけいの美しい姿が、目の先に立っていたからだ。

陽を浴びた黒髪に、花びらが舞い散っていた。まるでおけいを慈しみ、寄り添うかのような舞い落ち方だった。

その姿を見て、新吉はひとつを悟った。

おけいは兄を慈しみ、骨惜しみをせず、真っ正直に相手のために尽くしてきた娘だと。

そのおけいが、いまは新吉のために身繕いをし、沈んだ気を奮い立たせようと尽くしてくれている。

内から湧き出るおけいの正直さ、相手を思う気持ちの大きさが、娘盛りの美形と重なり合っていたのか……。

立ち尽くした新吉のあたまの内で、おけいへの新たな想いが走り回っていた。

「はやく行きましょう」

おけいが呼びかけてきたとき、火の見やぐらが半鐘を打ち始めた。

ジャラジャラッ、ジャラジャラッ。

火元が近いことを報(しら)せる擂半(すりばん)である。新吉のそばに、おけいが駆け寄ってきた。

通りを行き交う者の足が止まった。

「あそこだ、火元は」

ひとりが指差した方角から、真っ黒な煙が立ち昇っている。新吉の顔色が変わった。

六兵衛店は、火の見やぐら近くの山本町である。黒煙は、その方角に見えた。

「あれは六兵衛店の見当だ」

新吉から、浮ついた気分が吹き飛んでいた。

「すまねえがおけい、おれは様子を見に行ってくる」

あとをどうしろとも言わず、新吉は駆け出した。

ひとり取り残されたおけいは、両手を強く握った。また、ひとひらの花びらが、おけいの髪に舞い落ちた。

四十一

火元は新吉が見当をつけた通り、山本町だった。

「邪魔だ、邪魔だ。用もねえのに、へえってくるんじゃねえ」

町木戸のわきに立つ番太郎（木戸番）が、町内に入ろうとした新吉を乱暴な手つきで押し留めた。

「用がねえわけじゃねえ」

気が急いている新吉は、木戸番の手を払いのけた。右足の不自由な番太郎が、身体をよろけさせた。

「その先の、六兵衛店に知り合いがいるんだ。様子を見に行かせてくんねえ」

「六兵衛店だとう？」

新吉に手を払いのけられて、木戸番は気をわるくしていた。

「六兵衛店の、だれをたずねようてえんだ」

右足をかばうようにしながら、番太郎は新吉の前に立ちふさがった。

「見ての通り、六兵衛店にはまだ火は回っちゃあいねえ」

黒煙が町の空におおいかぶさってはいるが、確かに六兵衛店は火元から離れていた。

「それでも様子を見たくて町にへえるてえなら、だれの宿をたずねるのか、しっかりと聞かせてもらうぜ」

「この忙しねえときに、のんびりしたことを言うんじゃねえ」

新吉が声を荒らげた。木戸番は、さらに意固地になったようだ。右足をひきずりながら、新吉に詰め寄った。

「火事場泥棒てえのが、このところ方々ではびこってるからよう。おれが知らねえ顔は、一歩も通さねえ」

番太郎があごを突き出した。新吉は言葉に詰まった。

おあきの宿だといえば、番太郎は通してくれるかもしれない。しかし宿には、与助が帰っている。うっかりおあきの名を口にしたら、さらに番太郎に問い詰められそうだった。

「なんでえ、にいさん。いきなり口がきけなくなったのかよ」

火事場騒ぎを背にして、番太郎が薄笑いを浮かべた。

町木戸の番人は、年寄りというのが通り相場である。番太郎の費えは、雇った町が負担するのが定めだからだ。

住む小屋が得られて、給金までもらえる。身寄りのない年寄りには、木戸番は願ってもない仕事だった。

ところが山本町は、事情が違った。

木戸番は、町内で生まれた蛾次郎（がじろう）である。まだ二十七歳の蛾次郎は、元は通いの大工だった。

両親（ふたおや）も一緒に暮らしていたが、十年前の大水にさらわれて行方知れずとなった。蛾次郎は、親方に連れられて川崎の普請場（ふしんば）に出張（でば）っていて難を逃れた。

が、一度に両親を失った。

とむらいは町が出した。

「気を落とさずに大工の腕を身につけるのが、亡くなった両親への供養だよ」

町の肝煎になぐさめられた蛾次郎は、気を取り直して修業に励んだ。ようやく親方から金槌を持たせてもらえたのが、二年前の夏である。

出面（日当）二百文の手間賃がもらえるまでになったとき、蛾次郎は普請場の屋根から転げ落ちた。一命は取り留めたものの、右足を骨折した。

「災難続きでおまえもつらいだろうが、うちの町内にいるなら、木戸番をやってみないか。大した稼ぎにはならないが、生涯、食い詰める心配はしなくていい」

片足が不自由な身となっては、元の大工職人に戻るのは無理だ。さりとて、ほかにできる仕事はなかった。

「おねげえしやす」

肝煎にあたまを下げて、蛾次郎は木戸番に就いた。が、当時まだ二十五歳だった男には、木戸番の仕事は枯れ過ぎていた。次第に蛾次郎の性根が歪み始めた。

二年も続けたいまでは、よそ者を見咎めることを楽しみにしていた。

「どこの宿に行くかも言えねえなら、とっととけえってくんねえ」

蛾次郎が、勝ち誇ったような口調で言い放った。火の見やぐらは、相変わらず擂半を打ち続けている。風が運んでくる黒煙のきな臭さが、新吉の鼻をついた。

「いまにも、六兵衛店まで火が燃え広がりそうじゃねえか。頼むから通してくんねえ」

新吉があたまを下げたが、蛾次郎は聞き入れようとしない。押し問答を繰り返しているわきを、多くの住人が殺気立った顔で通り過ぎた。

「あんた……新吉さんじゃないか」

石工(いしく)の女房おつるが、新吉のそばに駆け寄ってきた。

「こんなところで、なにをやってるのさ」

「番太郎さんが、おれを通してくれねえんでさ」

「通さないって、あんたいったい、なにをやってんのさ」

おつるは眉間にしわを寄せて、蛾次郎を睨んだ。

「知らねえ顔を通さねえのが、おれの仕事だからよう」

「ばかいってんじゃないよ。いまは火事場じゃないか」

蛾次郎を怒鳴りつけてから、おつるは新吉の手を握って町内に引っ張り込んだ。

「おあきちゃんところが心配なんだろ」

「へい」

新吉は正直に即答した。

「いやなやつが戻ってきてるけど、構うもんかね。おあきちゃんのためにも、手伝ってあげてちょうだい」

新吉に言い置いてから、おつるは火元の様子を確かめに駆け去った。

火元と六兵衛店との間には、幅二間（約三・六メートル）の堀が横たわっていた。

それに加えて昼火事ゆえに、火消しの動きが敏捷だった。

立ち昇っている黒煙の色味が、わずかに薄くなっているようだ。さりとて、まだ火は消えていない。

新吉は、六兵衛店へと駆けた。長屋の路地に入ると、住人たちが浮き足立って大騒ぎをしていた。新吉は人ごみを巧みによけつつ、おあきの宿へ近寄った。

「でえじょうぶだ、おあき。この煙の具合なら、もうじき湿るぜ」

宿まで十歩のところで、与助の大声が耳に届いた。新吉の足が止まった。

「そんなこと言ってないで、荷造りを手伝ってくださいな」

おあきの声も、路地にこぼれてきた。物言いには、与助をいやがっている調子が感じられない。むしろ、与助の働きをあてにしているかのようだ。

「杉作も、おとっつあんを手伝いなさい」

おとっつあん……。

おあきが口にした言葉を聞いて、新吉はいたたまれなくなった。

知らぬ間に、擂半が鳴り止んでいた。

四十二

三月十六日は、朝から雨になった。

春雨と呼ぶには、降り方が強過ぎた。しかし風はなく、雨はまっすぐ地べたに落ちた。

屋根を打つ音が聞こえるほどに、雨脚は強い。五ツ（午前八時）前には、道幅五間（約九メートル）の通りに水溜り（みずたま）りができていた。

その雨をかき分けるようにして、順平が三ツ木鮨に飛び込んできた。

「いいお湿りてえわけには、いかねえや」

順平の着ている蓑（みの）から、雨粒がしたたり落ちた。

「そんなものを着てねえで、脱いですっきりしろよ」

「いや、そうもしてられねえ。はええとこ、平野町のお客にアジを届けなきゃあならねえんだ」

昨日も今朝も、順平は茶の一杯も呑もうとはしない。どこか新吉と話をするのを、避けているような節があった。

「先を急いでるんじゃあ、しゃあねえな」

新吉も、無理に引き止めようとはしなかった。頼まれていた魚介を流しに置くと、順平はまたもや雨のなかに飛び出した。

亀久橋を渡り切るまで、新吉は順平の後姿を見詰めた。橋を渡って見えなくなると、小さな吐息を漏らした。

おけいのことで、わだかまりを抱えているにちげえねえ……。

順平が妙によそよそしいわけはあれだと、新吉は確信していた。

二日前の十四日、おあき母子との外出が駄目になった。新吉を気遣ったのか、両国まで一緒に行こうとおけいから誘ってきた。

新吉は深い考えも持たず、おけいと連れ立って佐賀町へと向かった。おけいが御船橋を渡ったとき、仲町の火の見やぐらが擂半を鳴らし始めた。

黒煙が立ち昇っているのは、山本町の見当だった。煙を押しのけるようにして、擂半が鳴り響いた。

それを耳にするなり、新吉はおけいが一緒にいることを忘れた。あたまのなかに浮かんだことは、すぐさまおあきの宿に駆けつけたいという思いだった。

新吉はおけいひとりを通りに残して、山本町へと走り出した。御船橋のたもとに立ち尽くしたおけいを、振り返りもしなかった。

おけいにすまねえことをした。

そのことに思いが及んだのは、山本町の木戸に差しかかったときである。

「なんでえ、にいさん。六兵衛店の手伝いに行ったんじゃあねえのかよ」

木戸番小屋の前に立つ蛾次郎が、皮肉な口調で問いかけてきた。

「手は充分に足りてたよ」

「へええ……妙な話があるもんだぜ」

蛾次郎は、木戸を通す通さないで揉めたことを根に持っているようだ。新吉は相手にせず、番小屋の前を通り過ぎようとした。

「おせっかいが過ぎると、ありがた迷惑てえこともあるからよう」

新吉の背中に、つぶてのような言葉が投げつけられた。新吉は足を止めて振り返った。

「なんでえ、いまのは」

「なんでえって……言った通りさ」

蛾次郎は相手を見下すように、またもやあごを突き出していた。気持ちがささくれ立っていた新吉は、聞き流すことができなかった。

「妙な当てこすりを言ってねえで、はっきり口にしてみねえな。おれのなにが、おせっかいなんでえ」

新吉は蛾次郎に詰め寄った。ふたりとも、二十七の同い年である。背丈は新吉のほうが一寸（約三センチ）高いが、ほぼ同じ目の高さだ。

詰め寄った新吉は、真正面から蛾次郎を睨みつけた。蛾次郎は一歩も引かず、新吉を睨み返した。

「にいさんが駆けつけた宿には、ちゃんと男手があったてえことさ。なにか違うことを言ったかい」

新吉が六兵衛店に出向いた間に、蛾次郎はおあきの話を聞き込んでいたのかもしれない。図星を指された新吉は、相手を睨みつけるほかはなかった。

「見たところ、火事場の手伝いに駆けつけてくるような身なりじゃねえやね。そっちを、うっちゃっといてもいいのかい？」

おけいと両国に出かけるために、新吉は唐桟の長着に着替えていた。雪駄も、尻金を打ち替えたばかりである。

蛾次郎に言われるまで、おけいのことはすっかり忘れていた。

いけねえ、御船橋におけいを置き去りにしてきた……。

「いいことを、おせえてくれたぜ」

軽く蛾次郎にあたまを下げると、新吉は御船橋に向かって駆け出した。

睨みあっていた相手から、いきなりあたまを下げられたのだ。呆気にとられた蛾次郎は、木戸番小屋の前から動かなかった。

　新吉は、息を切らして御船橋まで駆け戻った。橋のたたずまいにも、風に舞う桜の花びらの様子にも、変わりはなかった。

　が、おけいの姿は消えていた。


　おけいにすまねえことをしたと、新吉は胸のうちで詫びた。まさにそのとき、与助が前触れもなしに店先にあらわれた。

「雨だてえのに、ご精がでるじゃねえか。また、山のように売れ残りをこせえて、おあきに届けるてえのか」

　店先に立った与助は、わざと大声を投げ込んできた。雨降りが幸いして、通りを行き交うひとの姿はなかった。

「ここはおれっちの店先だ。朝から与太を飛ばしてえなら、よそでやってくれ」

　夜明けから、うっとうしい雨降りである。

　それに加えて、順平はよそよそしさを隠そうともせずに出て行った。

　申しわけないことをしたと、おけいには胸のうちで何度も詫びた。

　順平とおけいの兄妹に、いやな思いをさせる元になった男が、店先で怒鳴っているのだ。我慢がきれた新吉は、喧嘩腰で応じた。

「今朝はえらく機嫌がわるそうだが、開き直りはいただけねえぜ」

与助が薄い唇を歪めている。その顔が、新吉の怒りを煽り立てた。

「なんでえ、開き直りてえのは」

尖った声で応じながら、新吉は店の外に出た。一尺（約三十センチ）幅の軒が、雨をさえぎってくれている。店先の地べたは、まだ濡れてはいなかった。

「そんなことをおれに訊くてえのが、そもそも開き直りだてえんだ。おめえは正味で、そんなことも分からねえのか」

五尺三寸（約百六十一センチ）の与助は、四寸（約十二センチ）高い新吉を見上げながら毒づいた。

「分からねえから訊いてるんだ。余計なことをぐだぐだ言ってねえで、なにが開き直りかを言いねえ」

「聞きてえなら、おせえてやる」

与助は新吉の胸元に向けて、右手の人差し指を突き出した。

「おめえはひとの女房に手を出した。そればかりじゃねえ、図々しくも、この前の火事騒ぎのときにゃあ、亭主のおれがいると分かっていながら、手伝いなんぞに駆けつけてきやがった。番太郎が呆れてたぜ」

与助は突き出した人差し指で、新吉の胸板を押した。痛みはないが、相手を見下した仕草である。

「それなのに、おれに詫びも言いやしねえ。どうでえ、突き当たりまで聞かされて、得心が行ったかよ」

「ふざけんじゃねえ」

新吉は右手に力を込めて、与助の人差し指を払いのけた。

「おれはおあきさんにゃあ、指一本だって触れちゃあいねえ。おめえみてえな下司野郎と、一緒にするんじゃねえ」

「なんだと、この野郎」

店先に顔を出したときから、与助は喧嘩を売る気だったのだろう。怒鳴り声とともに、新吉の顔面めがけて殴りかかった。

新吉は、顔をわずかに動かしただけで、与助のこぶしをかわした。空振りになって、与助の上体が崩れた。

新吉はそれを見逃さず、右手のこぶしを与助のわき腹に叩き込んだ。

うっ……。

息を詰まらせて、与助は地べたにしゃがみこんだ。怒りが抑えきれなくなっている新吉は、手加減をせず、与助の顔面に右足で蹴りを食らわした。

悲鳴もあげず、与助は後ろ向きに倒れた。その与助に、新吉はさらに蹴りを食らわせようとした。

「やめてっ」

降りしきる雨をついて、杉作が軒下に駆け込んできた。我に返った新吉は、足を戻した。

「ちゃんに、ひどいことをしないで」

新吉を見詰める杉作の目は、怒りに燃えている。力さえあれば、殴りかかってきそうだ。

杉作は与助にしがみついた。こどもを払いのけて立ち上がると、与助は地べたに唾を吐いてから雨の中に出た。

杉作があとを追って行く。あれだけ慕っていた新吉を、見ようともしなかった。

与助が吐いた唾は、血に染まって真っ赤になっていた。

四十三

朝から降り始めた雨は、十七日の七ツ（午後四時）になってもやまなかった。

雨降りは、ひとに外出をさせる気を萎えさせる。しかも三月中旬は、まだ地べたが充分にあたためられてはいない。桜の盛りは過ぎてもひと雨降ると、たちまち肌寒さを覚えてしまうのだ。

日のめぐり合わせがよくないのか、七ツを過ぎても店先には二十折りの柿鮨が売れ残っていた。

ふうっ……。

折詰を店先から引っ込める新吉が、深いため息をついた。雨の日は七ツを過ぎたら、鮨を求めにくる客はいない。それが分かっているだけに、新吉はため息をつきながら折詰を引っ込めた。

七ツを過ぎても店先に積んだままでは、柿鮨が売れなかったと大声で触れているのも同然である。商いには、見栄も大事だった。

とりわけ新吉は、『柿鮨』という生ものを商っている。いつまでも売れ残りを店先に並べていては、どんな陰口を叩かれるか分かったものではない。

『売切れ御免』

二十個の折詰をすべて引っ込めたあとで、新吉は売切れ札を店先に吊るした。薄い杉板を真っ赤に塗り、太い墨文字で描いた売切れ札である。

夕方が近くなって、一段と雨脚が強くなった。風も出ている。赤い売切れ札が、次第に暮れ始めた店先で、ゆらゆらと揺れた。

「ごめんよ」

新吉が折詰を座敷に運んでいたとき、店先から年配者の声がした。新吉は急ぎ折詰を座敷の隅に重ねて、店先に出た。

「新兵衛さん……」

思いがけない顔を見て、新吉が棒立ちになった。小西秋之助の下男新兵衛が、女中を伴って三ツ木鮨をたずねてきた。

「急な頼みで、すまないが」

新兵衛の顔つきには、いつになく困惑の色が深い。目の前では、風を浴びた真っ赤な売切れ札が揺れていた。

「なんでやしょう」

新兵衛が頼みごとを口にするなど、これまでになかったことだ。新吉は朝からのうっとうしい気分を払いのけて、明るい声音（こわね）で問いかけた。

新兵衛の後ろに控えている女中が、新吉に向かってあたまを下げた。

「旦那（だんな）様の上役とご同輩が七人も、屋敷にお見えになるというんだ」

「七人も、でやすかい」

新吉は思わず新兵衛の言葉をなぞった。売切れ札が、大きく揺れた。

秋之助が仕えるのは、禄高（ろくだか）四千五百石の旗本、稲川忠邦である。秋之助が就いているのは勘定方で、差配役は大木靖右衛門という。

「ところで小西……」

雨降りの中食どき、大木は勘定方の面々を前にして雑談を始めた。

「おまえの屋敷には、大層見事な竹藪があるそうだの」

唐突に言い出したのは、秋之助が昼の弁当に『たけのこめし』と、たけのこと昆布の炊き合わせを食していたからだ。

「いささかですが、竹藪はあります」

秋之助は当たり障りのない物言いをした。そこに同輩の石田六右衛門が、話に割って入ってきた。

「小西屋敷の竹藪は、大層に見事でして」

石田は棄捐令が発布された日、小西に告げに出向いたことがあった。その折り、秋之助から青柿を供されたと、ぺろりと喋った。

「時季外れに口にしたにもかかわらず、あの柿は、なかなかに風味に富んでおりました」

「青柿だと？」

大木の目の色が変わった。大木は水菓子のなかで、ことのほか柿を好んだ。

「おまえの屋敷には、まだその……青柿なるものは残っておるのか」

問われた秋之助は、小さくうなずいた。

内心では、石田の口の軽さに強い腹立ちを覚えていた。が、生来の一本気ゆえに、秋之助は問われたことに偽りの答えができなかったのだ。

「おもしろい」

急ぎ弁当を食べ終えた大木は、執務後に小西邸に出向くと言い出した。

「今日は十七日だ、格別の用務はない」

大木は、部屋の一同を見回した。

「殿にも今日は向島にお出かけある日だ」

毎月十六、十七日の二日間、忠邦は向島の寮（別邸）に出向いた。わずかな供だけを連れて、息抜きの滞在である。忠邦のいない二日間は、屋敷の気配はゆるんだ。

「一刻（二時間）ほど後に、そのほうの屋敷の竹藪を見に行くぞ」

大木は小西の都合も訊かず、執務後に出向くと言い出した。石田が、その尻馬に乗った。

「久しく小西邸に出向いておりませぬゆえ、同道させていただきたく」

「構わぬとも。ほかにも望む者があらば、遠慮は無用だ」

日ごろから大木は、秋之助に意趣を隠し持っていた。しかし、稲川家の米を一手に扱う札差備前屋長八は、秋之助に格別の好意を寄せている。秋之助なくしては、米担保の資金融通は果たせないのだ。

それが分かっているだけに、秋之助を重用せざるを得ない。大木の屈折した思いが、唐突な小西屋敷訪問へとつながった。

「格別の支度は無用だ。竹藪を見て、その青柿とやらを口にできれば充分だ」

大木はほかにも行きたい者はいるかと、大声でたずねた。勘定方差配は、屋敷内でも重みのある任務である。

直属の上役ではなくても、追従する者が何人も出た。結果、七人もの不意の客が小西邸に押しかけることになった。

前触れもなしに大人数での訪問は、武家の作法から大きく外れた振舞いである。それゆえに大木は、格別の趣向は無用だと言明した。

しかし受け入れたからには、茶と青柿だけの接待では、秋之助の面子（メンツ）が立たない。あれこれと思案をするなかで、秋之助は柿鮨に思い至った。

深川名物だが、大木以下の七人は口にしたことはないと秋之助は断じた。かつて一度も大木たちは、柿鮨を話題にしたことはなかったからだ。

あの鮨であれば、不意の来客のもてなしになる。女中に椀物（わんもの）を調（ととの）えさせれば、それなりに接待の体裁も整う……。

「柿鮨を急ぎ調えられぬものか、新吉に質（ただ）してまいれ」

「かしこまりました」

急な言いつけだったが、新兵衛はすぐさま応じた。

「ぜひにも、間に合わせて欲しいとな」

滅多なことで秋之助は、ひとに無理な頼みごとをしない。それが今日は、ぜひにも

と強く口にした。新兵衛は女中を伴い、三ツ木鮨をおとずれた。

「いい按配にてえのも、おかしな言い方になりやすが」

新吉は売れ残った二十折りの山を、新兵衛に見せた。新兵衛は怪訝そうな顔つきで、揺れている売切れ札を見た。

「あれは、おれの見栄でやすから」

新吉が笑うと、新兵衛も目元をゆるめた。

「これでよけりゃあ、持ってってくだせえ」

「そいつは願ってもないが……」

新兵衛は顔つきを元に戻すと、言葉を濁した。相手の顔つきから、なにが言いたいのかを新吉はすぐに察した。

「でえじょうぶでさ。いまの時季なら、一日おいたって傷むもんじゃありやせん」

手早くひとつの折詰を開いた新吉は、食べやすい大きさに切り分けた。それを新兵

衛と、供の女中に味見させた。

新吉が調理したのは、四ツ半（午前十一時）前である。柿鮨は、折詰のなかでしっかりと熟れていたのだろう。酢飯にしいたけなどの具の味が染み込んで、格別の美味さが生まれていた。

新兵衛は、心底から味に感心していた。

「まだ、十九折りも残っておりやす。入用なだけ、持ってってくだせえ」

「旦那様から言付かったのは七つだ」

新兵衛は、七折りの柿鮨があれば充分だという。

「そんなことを言ってねえで」

新吉は三折りだけ取りおき、十六折りの折詰を新兵衛と女中に差し出した。

「お客さんに出した残りは、みなさんで食ってくだせえ」

「分かった」

新兵衛は余計な遠慮は口にせず、十六折りの柿鮨を女中と手分けして抱え持った。

「代金は、あらためて払いにくる」

「がってんでさ」

新吉は威勢のいい返事で、新兵衛の言い分を受け入れた。新吉も余計な遠慮は口にしなかった。店先に出ると、新兵衛たちが亀久橋を渡り終わるまで見送った。

昨日からいやなことが続いたが、夕刻近くになって様子が大きく変わった。熟れると、あんな味になるのか。

新兵衛たちと口にした鮨の美味さを、新吉は思い返した。いままで、残り物の柿鮨を口にしたことは何度もあった。が、調理してから二刻半（五時間）も過ぎた鮨を食べたことはなかった。鮨は生ものである。二刻半もの間、放っておくことはしなかった。

いまの時季なら、一日おいても平気だと言いつつ、それを食べたことはなかった。ことによると、新しい美味さと出会えたのかもしれねえ……。

鮨の仕上げを、明日から一刻（二時間）ばかり早めてみようと、新吉はあれこれ段取りを思い描いた。

晴れた日と雨降りとでは、熟れ方が違う。

春夏秋冬、季節ごとに熟れ方が違う。

この工夫をしっかりやれば、いままでにない柿鮨の美味さがでるかもしれない。

気持ちの昂（たか）ぶった新吉は、土間から出て雨を顔に浴びた。暮れなずむ通りを行き交う者はいない。

雨の心地よい冷たさを、新吉は存分に味わっていた。

四十四

順平とおけいが暮らすのは、亀久橋を北に渡った先の平野町である。平野町は寺社と検校屋敷、それに墓地の多い町だ。

順平たちが住んでいるのは、長屋の木戸が仙台堀に面した要助店だった。

要助店には三軒続きの棟割長屋が三棟、川の字に並んでいた。真ん中の棟のなかほどには井戸とかわや、それにごみ捨て場が設けられている。

順平兄妹が住んでいるのは、真ん中の棟の北端だ。三坪の土間と、六畳ひと間が普請された大きめの部屋だった。

長屋の路地は、水はけがよくない。朝から降り続く雨で、地べたはすっかりぬかるみになっていた。

要助店の木戸をくぐった新吉は、足を急がせて順平の宿へと向かった。左手で番傘をさしており、右手には柿鮨の折詰を包んだ風呂敷を提げている。

長屋の路地の端には、汚れ水を流す溝が掘られている。何枚ものドブ板がはずれていたが、路地が暗くて分からなかった。急ぎ足の新吉は、うっかり溝に足を突っ込んだ。

「うわっ」

声を漏らしたのは、順平の宿の目の前である。新吉の声が聞こえたらしく、おけいが腰高障子戸を開いた。

「新吉さん……」

思いもよらなかった顔を見て、おけいはあとの言葉を詰まらせた。驚き顔のおけいと、きまりわるそうな新吉の目がからまり合った。

「ざまあねえや」

溝に足を突っ込んだまま、新吉がおのれをののしった。

「うちにきてくれたんでしょう？」

驚きがひいたあとのおけいは、明るい調子でたずねた。先日の一件には、いささかもこだわってはいない口調である。両目がゆるみ、新吉がきたことを心底から喜んでいるようだ。

おけいの明るい様子を見て、今度は新吉があとの言葉を詰まらせた。

年頃の娘を往来の真ん中に置き去りにして、新吉は別の女の宿に駆けつけたのだ。

身勝手きわまりない振舞いが、どれほどおけいの娘ごころを傷つけていたか……。

ところがおけいは、気にもとめていないという様子で接してきた。そんなおけいを見た新吉は、いまさらになって、おのれのひどい振舞いに思い当たった。

しかし詫びは言わなかった。

ここで詫びたりしたら、なおさらおけいを傷つけるだけだ。知らぬ顔をしてくれているおけいに、調子を合わせるほかはなかった。

「残りもんですまねえが、順平とおめえと三人で、食いてえと思ったからよう」

おめえのところがぎこちなかった。

おけいもつかの間、ふっと息をとめた。が、すぐさま顔つきを元に戻した。

「早く足をあげないと」

おけいに言われて、新吉は慌てて溝から足を上げた。汚れ水が雪駄と足首にからまりついている。足元からは、いやなにおいが漂っていた。

「ちょっと待ってて」

受け取った風呂敷包みを上がり框に置いたおけいは、傘もささずに井戸端に出てきた。そして雨に打たれながら、手早く赤いたすきをかけた。

「濡れちまうぜ」

急ぎ近寄った新吉は、おけいに番傘をさしかけた。

「あたしなら平気よ。ちゃんとさしてないと、新吉さんが濡れちゃうから」

相手を気遣ってから、おけいは手早く井戸水を汲み上げた。埋立地の深川の井戸は、どこも潮水である。煮炊きや飲み水には使えず、住民たちはもっぱら洗い物に用いた。

井戸水を新吉の足首にかけると、おけいは両手で洗い始めた。新吉は番傘をおけいにさしかけつつも、洗うにまかせた。おけいの手のひらは柔らかく、ていねいな洗い方が心地よい。

つい目を細めたあとで、新吉は慌てた。足首の汚れ物をおけいが自分の手のひらでどけていることに、はっと思い至ったからだ。

「そんなこたあ、よしてくんねえ」

手をどけさせようとして、おけいの肩に手をおいた。なで肩のやわらかさが、新吉の手に伝わった。驚いて手をどける新吉を、足首に手をあてたまま、おけいが見上げた。

「すまねえ、おけいちゃん。洗ってもらって、大助かりだ……」

新吉が口にした礼には、気持ちがこもっている。おけいは笑顔でそれを受け止めた。

「たしかに、おめえの言う通りだ」

柿鮨をひと切れ口にするなり、順平が声を弾ませた。

「しいたけの煮汁が染み込んで、鮨飯が滅法に美味くなってらあ」

順平は箸（はし）がとまらない。しいたけを誉めながら、錦糸（きんし）卵を口に運んだ。

「お待ちどおさま」

おけいが椀を運んできた。手早く拵えた味噌汁で、具はしじみだ。明日の兄の朝飯にと、おけいが用意していた貝である。

「すまねえな、順平」

「なんのことでえ」

「おめえの朝飯のしじみを、横取りしちまったようで」

「水くせえことを言うんじゃねえ。せっかくの鮨が、まずくなるじゃねえか」

乱暴な物言いをしながらも、順平は柿鮨から箸を放さなかった。

「しいたけだけじゃねえ」

順平は箸に挟んだ白身を新吉に見せた。

「切り身も、飯や具といい按配に馴染んでるじゃねえか」

柿鮨に散らした魚の白身も、鮨飯とうまく馴染み合っている。拵えてから半日近くが過ぎていたが、鮨はいささかも傷んではいない。それどころか、順平が目を見開いたほどに美味さが増していた。

「明日っから、鮨を拵えるのを少し早めようと思ってるんだ」

ここに来るまでの間に考えたことを、新吉は順平とおけいに聞かせた。

「いままでより一刻（二時間）早く拵えりゃあ、口開けで買ってくれるお客さんにも、味が馴染んだ鮨を食ってもらえるからよ」

拵えてからときが過ぎた『売れ残り』を、この日までに新吉は何度も食べていた。しかし今日のように、味が馴染んで美味くなっていると思ったことは一度もなかった。

「少々、肌寒くてさ。雨が降ってて、周りが湿ってるぐれえのほうが、鮨の具が按配よく馴染むのかもしれねえ」

新吉は、今日一日のことを思い返しながら話を続けた。

「これから夏場に向かうなかで、肌寒さを作るてえのは、おれにはできねえ」

「あたぼうじゃねえか、そんなこたあ」

順平が真顔で口を尖らせた。

「夏場に肌寒さを拵えるなんざ、将軍さまにだってできねえだろに」

「おにいちゃん」

おけいが順平を軽く睨んだ。

「いまは新吉さんが、大事なお話をしているさなかじゃないの」

「なんでえ、おめえは」

順平は尖った口調のまま、妹に目を移した。

「新吉さんなんて、もうしらないって目の端を吊り上げてたのは、どこのだれでえ」

順平は、からかうような目で妹を見ている。おけいは、頬を赤らめて立ち上がった。

「お茶をいれてきます」

妹が土間に降りるのを見て、順平は新吉に向き直った。

「余計な口をはさんじまった」

あたまをかきながら、順平は話の先を新吉に促した。

「おけいちゃんが、茶をいれてくれてるじゃねえか。いれ終わるまで、待っててくんねえ」

「ふううん、そうかよ……」

兄の答え方を聞いて、土間にいるおけいが目元をゆるめた。

雨脚が一段と強まっている。閉じた障子戸越しに、冷えた夜気が忍び込んできた。

四十五

おけいがいれた茶は、米の味わいが香ばしい玄米茶である。新吉がこの茶を好きなのを、おけいは知っていた。

「うめえ茶だ」

おけいの顔をまっすぐに見て、新吉は玄米茶の美味さを誉めた。

「ありがとう……」

おけいは、身体の正面で新吉の誉め言葉を受け止めていた。

「ばかやろう、やってらんねえ」

一度そっぽを向いた順平が、なにかを思い出したような顔で、新吉に目を戻した。

「さっきの風呂敷包みのわきにへえってたのは、ことによるとあれじゃねえか」

「ちげえねえ」

溝に足を突っ込んだ騒ぎで、新吉はおけいのために買ってきたみやげを、すっかり忘れていた。竹皮の包みを見て、順平はそれを察していたらしい。

「これを食ってくんねえ」

風呂敷に残っていた包みを、おけいに差し出した。手にしただけで、おけいには中身が分かったようだ。

「ありがとう、新吉さん」

おけいがさらに目元をゆるめた。新吉が持参したのは、仲町伊勢屋（いせや）の名物、淡雪まんじゅうである。ほどよい甘さの漉し餡（こしあん）がたっぷり詰まったまんじゅうは、皮の白さにちなんで淡雪と名づけられていた。

「お茶請けにして、みんなで食べましょう」

竹皮の包みを手にして、おけいが急ぎ土間に降りた。皿に盛るためである。

「ばかやろう」

順平が小声で毒づいた。新吉が首をすくめて詫びを口にした。

新吉は下戸で、甘いものには目がない。しかし順平は根っからの上戸で、なによりもまんじゅうが苦手だった。

兄がまんじゅう嫌いであるのは、おけいも充分に分かっていた。ところが不意にたずねてきた新吉は、おけいのために好物の淡雪まんじゅうを持参してきた。

それが嬉しくて、おけいは兄のまんじゅう嫌いを忘れたようだ。

「お持たせで、ごめんなさい」

おけいは新吉と順平の膝元に、淡雪まんじゅうを一個ずつ出した。皿を置きながらも、まだ兄のまんじゅう嫌いに思い至ってはいない様子だ。

「そいじゃあ、相伴にあずかりやす」

新吉は淡雪まんじゅうをふたつに割ると、わざと餡を順平に見せつけた。順平は新吉を睨みつけた。

「おにいちゃん、どうしたのよ」

「なにが、どうしたんでえ」

強い目つきのまま、妹を見た。おけいも目に力をこめて兄を見た。

「おみやげまで持ってきてくれた新吉さんを、そんな目で睨んだりしてるじゃない」

「そんな気は、さらさらねえんだが」

言いながら立ち上がった順平は、わざと膝を新吉の肩にぶつけた。

「気に障ったんなら、勘弁してくんねえ」

順平がにやりと笑った。新吉は笑いを受け止めて、同じように立ち上がった。

「順平よう、しょんべんだろう」

「おめえもか」

「付き合わせてもらうぜ」

ふたりは、傘も持たずにかわやに立った。井戸端のかわやで用足しをする順平と新吉が、声高に笑い合っている。

ふたりの仲のよさが嬉しくて、おけいはくすっと笑い声を漏らした。

「ひええ……ひでえ降りだぜ」

土間に飛び込んできた男ふたりの髷には、雨のしずくが溜っていた。おけいは、手拭い二本を差し出した。

「ありがとうよ、おけいちゃん」

受け取った新吉は、座敷に上がって濡れたあたまを拭き始めた。ひと通り濡れたあたまを拭き終わったところで、新吉は順平とおけいを交互に見た。

土間に立っていたおけいが、座敷に上がってきた。

「話が途中になっちまったが」

新吉は立ったままで、先刻の話の続きに戻った。

「明日っから、鮨の仕込みを一刻ばかり早めようと思ってるんだが」

新吉が話に戻るなり、順平は顔つきを真顔に戻した。

「そいつあ、おれに魚をもっと早く届けろと言いてえのか」

「そうじゃねえ。黙って聞いてくんねえ」

新吉は相手の早飲み込みを抑えた。

「一刻早く仕込むためには、飯炊きからしいたけ煮までの支度も、一刻は早くしなけりゃあならねえ」

「そんなこたあ、あたりめえだろうが」

またもや口を挟んだ順平のたもとを、おけいが強く引っ張った。順平が口を閉じた。

「まだ夜が明けねえうちの早仕事てえのは、口で言うほど簡単じゃねえ」

米を研いだり、しいたけやかんぴょうを煮る下拵えも相応に早くなる。しかし大変なのは分かってはいても、美味い鮨づくりのためには早仕事を始める……新吉は肚に決めたことを、順平とおけいに話した。

新吉が口を閉じたあと、ひと息おいておけいは膝に重ね置いた両手を強く握った。

「あたし、その下拵えをやりたい」

新吉を真っ直ぐに見ながら、おけいは手伝いをしたいと申し出た。

「うちでお米を研ぐのとはわけが違うと思うけど、あたし、ちゃんと覚えます」

物言いからは、迷いが感じられない。順平は口を開き気味にして、妹を見た。

「火の始末を確かめてきます」

言うなりおけいは土間に降りた。履物をカタカタ鳴らしたあと、腰高障子戸を開けて路地に出た。

「おれの半端な振舞いを見てて、おめえはさぞかし気をわるくしたことだろうよ」

おけいが外に出るなり、新吉は順平に向かって詫びを口にしはじめた。

七輪は座敷に出ている。火の始末というのは口実で、おけいはふたりだけにするために路地に出たのだ。

「今日までのおれは、あっちこっちと気持ちがよれてたが、いまはそうじゃねえ」

あぐらを組んでいた新吉が、正座に座り直して順平と向き合った。

「おれは本気で、おけいちゃんに手伝ってもらいてえと思ってる」

話しているうちに口にたまった唾を、新吉はごくっと音を立てて呑み込んだ。

「思ってるどころか、それを頼みたくて顔を出したんだ」

路地で出会ったとき、身勝手きわまりない先日の振舞いを、おけいはひとことも責めなかった。そんなおけいを見た新吉は、手伝いを頼むのはあまりに虫がよすぎると、深く思い知った。

切り出すのをためらっていたら、おけいは自分の口から手伝いを申し出てくれた。

「おけいちゃんには、心底あたまが下がる。きんたまぶら下げてながら情けねえが、おれにはあの娘のような、度量の大きさは備わってねえ」

新吉は正味で詫びた。

順平は、ただうなずいただけだった。

が、新吉の詫びと、妹への想いの両方を、身体の芯で呑み込んだという、気持ちのこもったうなずきかただった。

「ほんとうにすまねえ」

新吉がもう一度あたまを下げたとき、長屋が大きく揺れた。

「地震だ」

順平が差し迫った声を発したときには、新吉はすでに土間に飛び降りていた。外に出たままの、おけいの身を案じてのことだ。

裸足で土間を出ようとしたとき、おけいが駆け戻ってきた。

「おにいちゃん、火を始末して」

おけいの言ったことに、順平はすぐさま応じた。揺れている畳にしゃがみ込むと、行灯ににじり寄った。油皿を取り出したあと、芯を摘んで火を消した。

宿が真っ暗になった。

闇のなかで、おけいが新吉の手を握った。

土間の真ん中には、七輪が出しっぱなしになっている。熾きた炭火が、赤い光で闇を切り裂いていた。

四十六

散り残りの桜が、夜明け直後の風に吹かれて舞っている。今日も上天気に恵まれそうだ。朝日はまだ町に届いていないが、東の空の根元は鮮やかなダイダイ色に染まっていた。

「いつまでおめえは、そんなことをやってやがんでえ」

妹の身繕いの遅さに焦れて、順平が口を尖らせた。天秤棒から吊り下げた、空の盤台が大きく揺れた。

「明け六ツ（午前六時）が鳴ってから、もうずいぶんと過ぎてんだ。いい加減にしねえと、おれが魚河岸をしくじっちまうぜ」

「だったらあたしに構ってないで、先に行ってよ」

滅多に口答えをしないおけいが、兄に向かって言葉を返した。

「初めて新吉さんの手伝いに出るんだもの。あたしにだって、少しぐらいは身繕いをさせてくれてもいいでしょう」

「へっ」

妹にやり込められた順平は、短く吐いて土間から出た。長屋の路地は狭く、向かい合わせになった棟と棟の軒が重なり合っている。

順平が路地に立つと、向かい側の宿から石工の女房おたねが顔を出した。

「おはよう、順さん」

「おはよっす」

順平は肩から天秤棒をはずして、愛想のよいあいさつを返した。

おたねは、要助店で一番のうわさ好きな女だ。うっかりしたことを話すと、たちまち尾ひれがついて長屋中に広まってしまう。

さりとて無愛想に接すると、ありもしない話をばら撒かれたりもするのだ。妹とふたりで暮らしている要助店は、担ぎ売りの大事な得意先でもある。

妙なうわさを広められると、商いに障りを生じてしまう。ゆえに順平もおけいも、努めてこの女房には愛想よく接していた。

「おけいちゃんが、身繕いがどうとか言ってたように聞こえたけど」

「めえったなあ。おたねさんの耳に、もうへえっちまったのか」

「なによ、その言い草は」

おたねは口を尖らせて、路地に出てきた。

「あたしに聞かれたのが、いやそうじゃないのさ」

「そんなことはねえけどさ」

順平が返事に詰まっているところに、おけいが出てきた。紺絣に紅色の細帯をきゅっと締めて、赤い鼻緒の塗り下駄を履いている。唇には薄く紅がひかれていた。

「あらまあ……」

おけいの身なりを見て、おたねが息を呑んだ。器量よしで通っているおけいが、身なりを調えて薄く化粧をしているのだ。

順平も目を見開いて妹を見た。

「どうしたの、おたねさん。あたしの顔に、なにかついてた？」

明るい声で問いかけたが、おたねから返事はなかった。

「今日からあたし、亀久橋の三ツ木鮨さんにお手伝いに行くんです」

あれこれ詮索される前に、おけいは自分の口から話を切り出した。

「おたねさんも、三ツ木鮨さんは知ってるでしょう？」

おたねは小さくうなずいてから、おけいに近寄った。

「柿鮨を売ってるお鮨屋さんだよね」

「そう、そのお店」

おけいは両目をゆるめて、おたねの手を取った。

「うんとおいしいお鮨ができるように、あたしもがんばるから。おたねさん、よかったら買いにきてね」

「それはいいけど、おけいちゃんが鮨屋の手伝いに出るとはねえ」

おたねはあたまのなかで、すでにあれこれと話を作っているような顔つきである。

おけいは余計なことは言わず、兄に目配せをした。順平はすぐさま天秤棒に肩を入れた。

「そうだ……」

歩き始めてから、大事なことを思い出したという調子でおけいは振り返った。

「三ツ木鮨の新吉さんは、おにいちゃんとは同い年で、すごくウマが合うの。だからあたしも、安心して手伝いに行けるの」

勝手な勘繰りをされないように、おけいは愛想のよい口調で太い釘をさした。

「ふうん……そうなんだ……」

おたねの不満げな声が路地に漏れた。

長屋の木戸口では、大家の飼い猫が大きなあくびをして順平とおけいを送り出した。

四十七

「おけい、見てみろ」

亀久橋の途中で、順平が橋の南詰の先を指差した。

「新吉さんなのかしら」

「決まってるじゃねえか」

橋の上で足をとめた順平が、わざと顔をしかめた。

「あいつのほかには、朝からあんなに間抜け面（づら）をしてるやつなんぞはいねえ」

「おにいちゃんったら」

おけいが兄の半纏（はんてん）の袖（そで）を引っ張った。

「そんな大声を出したら、新吉さんに聞こえるから」

「いいじゃねえか。聞こえるように言ってるんでぇ」

橋を南に渡ってまっすぐに歩けば、冬木町の町木戸である。三ツ木鮨は木戸の手前の、橋のたもとだ。新吉は竹ぼうきを手にして、三ツ木鮨の店先に立っていた。

掃除は新吉の日課だが、いつもなら順平が顔を出したあとで始めた。今朝はすでに、竹ぼうきを手にしていた。

とはいえ、掃除をしている様子はない。人待ち顔をして、ときどき空を見上げている。順平が毒づいた通り、今朝はいつもの新吉ではなかった。

「野郎、よっぽどおめえが手伝うのが嬉しいらしいぜ」

盤台を揺らしながら、順平は大声で「おうい、新吉」と呼びかけた。

新吉が橋を見た。おけいと目があった。

「おはようございます」

三ツ木鮨に近いとはいっても、まだ亀久橋の真ん中である。女の小声では聞こえるわけがないのに、おけいは新吉に向かってあいさつをした。

「そんな声じゃあ、聞こえねえぜ」

妹に言い置いた順平は、盤台の綱を両手で摑んで橋を渡った。おけいは足を急がせて、あとに従った。

駒下駄が橋板にぶつかり、カタカタと鳴った。まだひとが通っていない、明け六ツ過ぎである。下駄の音が軽やかに響いた。

「朝から随分と、好き勝手なことを言ってくれるじゃねえか」

店先で待っていた新吉は、順平に向かって尖った物言いをした。しかし目つきは口調のように尖ってはいなかった。

「なんでえ、好き勝手とは」

「ほかにはいねえ間抜け面だの、おけいちゃんの小声はおれには聞こえねえだのと、言いてえ放題じゃねえか」

「なんでえ、聞こえてたのか」

「おめえの根性のわるさとは違って、おれの耳は滅法（めっぽう）いいんだ」

ふたりが乱暴なやり取りをするのは、いつものことである。おけいは新吉にぺこっとあたまを下げると、ふたりには取り合わずに土間に入った。

通りにもかすかに漂い出ていたが、土間に入ると、かんぴょうを煮る香りが押し寄せてきた。

「とっても、おいしそう」

おけいが鼻をぴくぴくさせているところに、新吉が入ってきた。

「そのうち、この下拵（したごしら）えはおけいちゃんに任せてえんだ」

「嬉しい」

手を叩（たた）いて喜んだあと、おけいは新吉の顔を正面から見た。

「新吉さん」

「なんでえ、いきなり」

思い詰めたようなおけいの顔を見て、新吉は思わず一歩下がった。

「あたしのことを、おけいちゃんだなんて呼ばないで」

「呼ばないでって……だったら、どうすりゃあいいんだ」

「新吉さんの手伝いをさせてもらうんだから、おけいって呼び捨てにして」

おけいは、新吉のわきに立っている順平を見た。

「おにいちゃんだって、そう思うでしょう」

「まあ……そうだろうな」

順平の返事は歯切れがわるい。

「おにいちゃんったら」

おけいに強く迫られて、順平は新吉の顔を見た。

「おけいと呼び捨てにしてやってくれ」

言うなり順平は通りに飛び出した。

「今朝は河岸に向かうのが随分と遅れてんだ。妹のことは、よろしく頼んだぜ」

順平は、あとも見ないで駆け出した。

三ツ木鮨の土間には、新吉とおけいが向かい合わせに突っ立っていた。

七輪にのった鍋が、ぐつぐつと音を立てている。かんぴょうの煮汁が吹きこぼれそうになった。

「あら、大変」

おけいが急ぎ、七輪に近寄ろうとした。新吉も慌ててしゃがもうとした。ふたりの身体がぶつかり、ともに尻餅をついた。

新吉はいつものお仕着せ姿だが、おけいは仕立ておろしのような紺絣である。それを着たまま、地べたに尻餅をついたのだ。

「でえじょうぶか」

着物を汚してはいけないと焦った新吉は、おけいの身体に手を回した。勢いよく立ち上がらせようとして、我知らずに右手をおけいの尻にあてた。

十九歳の、娘盛りの柔らかな尻だ。新吉の手のひらに、ぬくもりのある桃のような手触りが伝わった。

「あっ……」

息を呑んで、新吉が手を離した。立ち上がったおけいは、きまりわるそうな顔でうつむいている。

「すまねえ……おけい……」

五尺七寸の新吉が、背中を丸めて土間に目を落とした。

「出来心があって、狙ってやったわけじゃあねえんだ」

「分かってます、そんなこと」

おけいは顔を伏せたままだ。気まずい気配が、新吉とおけいの間に漂った。鍋は相変わらず、ぐつぐつと音を立てて煮えている。

新吉はふうっと大きく息を吸い、そして勢いよく吐き出した。

「それにしても、おけい……」

新吉が両目をゆるめておけいを見た。

「いい手触りだった。慌てて手を離して、惜しいことをしたぜ」

新吉のおどけた口調で、おけいの顔がほころんだ。

「新吉さんなんて、大っきらい」

あかんべえをしたおけいは、かんぴょうのそばにしゃがんだ。朝の光が冬木町に届き始めていた。

地べたで跳ね返った明かりが、三ツ木鮨の土間にも差し込んでいた。おけいの紺絣と紅帯が、土間の彩りになっている。

寛政二（一七九〇）年三月十八日、朝の六ツ半（午前七時）前。いままでにはない華やぎが、三ツ木鮨に漂っていた。

四十八

おけいが手伝いを始めて二日が過ぎた、三月二十日。数日続いていた晴天がかげり、夜明け直後から分厚い雲が冬木町の空に垂れ込めた。

「おはようございます」

おけいが顔を出したのは、いつも通り明け六ツ過ぎである。要助店で永代寺の鐘を聞いてから手伝いに出るというのが、おけいと新吉との取り決めだった。

新吉はかんぴょうとしいたけの煮付けを始めていた。これも、いつもの朝通りである。しかし下拵えの様子を見て、おけいの顔にはいぶかしげな色が浮かんだ。

「新吉さん……」

おけいが小声で問いかけた。新吉には、なにを訊かれたかがすでに分かっているようだった。

「どうしたよ、おけい」

初日の朝のやり取りを経てからは、新吉は普通の調子でおけいと呼び捨てにできていた。

「鍋の中身が少ねえって言いてえんだろう」

先に答えを言われたおけいは、こくっと力なくうなずいた。

「毎日、おんなじ味をこさえていても、天気次第で売れ行きは大きく違うのさ」

今朝のように分厚い雲がかぶさっている日は、売り上げが半減する。晴れの日と同じ数を拵えたのでは、売れ残りの山を築くだけである。

「今日みてえな日は、いつもより二割がた減らしてちょうどぐれえだ」

「だって……あんなに、おいしくなっているのに」

おけいは正味で柿鮨の味を気に入っていた。それゆえ、曇りだからといって仕込む数を減らすことには、得心がいかない様子である。

「おめえのようなお客さんばかりなら、商売も楽だがよう。そうはいかねえんだ」

新吉は、こどもをあやすような言い方をした。おけいは頬（ほお）を膨らませたが、まるで取り合わなかった。

「味の良し悪しよりも、天気のいいわるいのほうが、この商いにはずっとでえじだ」

昼を過ぎたら、曇りだの雨だのの日がどんな商いになるか、はっきりと分かる……

新吉はそうおけいに言い置いて、柿鮨の仕込み数を二割減らした。

ところが……。

いつもの曇天（どんてん）や雨天の日なら、正午を過ぎても客足はぽつり、ぽつりなのだ。それなのにこの日は、晴れの日以上の客が九ツ（正午）の鐘が鳴り終わると同時に買い求めにきた。

「なんだか、とっても美味しくなったって、うちの職人さんたちに評判なのよ」

「うちもおんなじ。今日はふた折りもらって行くから」

多くの客が、いつも以上の折詰を買って帰った。拵えたのは、昨日より二割も少ない数である。正午から四半刻（しはんとき）（三十分）も経（た）たないうちに、仕込んだ鮨は売り切れた。

「相すみません。今日はもう、売り切れちゃったんです」

「申しわけございません。明日は、もっと多くの数を拵えますから」

新吉とおけいは、ふたり並んで客に詫びを言い続けた。

「美味しくなったからって、売り惜しみなんかしないでね」

真顔で文句をつける客も、少なからずいた。おけいと新吉は、深々とあたまを下げた。

八ツ（午後二時）を過ぎると、さすがに客足はまばらになった。ふたりは、ほぼ一刻（二時間）の間、店先に立ちっぱなしだった。

「やっぱりお客さんは、柿鮨が美味しくなったのが分かってるのよ」

「そうだったよ……」

新吉は困り果てたという顔で、あたまを掻いた。

「ドジな話だが、てめえで美味い鮨をこせえときながら、うっかりそれを忘れてた」

新吉は鮨飯と具を馴染ませるために、春真っ只中のいまは、半刻（一時間）早い仕込みを始めたばかりである。おけいが手伝いにきたからこそ、それができることになった。

ところが曇天に見舞われたことで、柿鮨の美味さが増していることをすっかり忘れた。いままでと同じように、雨と曇りは売れ行きがわるいと思い込んでしまった。

鮨の美味さが違ったことを分かっているおけいは、新吉の言い分に得心しなかった。

新吉はおけいの疑問に耳をかさず、仕込みの数を大きく減らした。

なまじ長い間、同じ商いをやってきたばっかりに、おけいの言ったことを鼻先であしらっちまった……。

おけいの手伝いをありがたいと思いながらも、こころの奥底では所詮は素人だと決めつけていた。それゆえに、おけいが抱いた素朴な疑問にも耳をかさなかった。

一刻もの間、客にあたまを下げ続けて、新吉はおのれの頑迷さを思い知った。

「おめえの言うことを、もっと素直に聞くからよう。これからもおかしなときは、遠慮なしにそう言ってくんねえ」

「分かったわ」

おけいが新吉に笑いかけたとき、店先に大柄な男があらわれた。新吉が声を出す前に、おけいが応対を始めた。

「相すみません。今日はもう、すっかり売り切れちゃったんです」

「そいつはなによりだ」

男はおけいの目を見詰めた。六尺近い豊かな上背で、鹿皮の羽織を着ている。店先にあらわれたのは、仕舞い屋の元締、富田屋伝兵衛だった。

男に見詰められて、おけいは言葉を失っている。伝兵衛の眼光には、相手の胸の奥底まで射抜く強さがあった。

「今日はまた、なにかご用で？」

息を呑んだままのおけいのわきから、新吉が代わりに応じた。

「いきなりですまないが、四半刻ばかり付き合ってもらいたい」

言い置いた伝兵衛は、新吉の返事もまたずに亀久橋のほうへと歩き始めた。

「おれが出てってる間、わるいがひとりで店番をしててくれ」

「もちろんそうするけど、あのひと、だれなの？」

「住吉町の、仕舞い屋の元締だ」

それだけ答えた新吉は、物問いたげなおけいを残して、亀久橋へと向かった。永代寺が七ツ（午後四時）を撞き始めた。

群れになったカラスが、声高に鳴きながら富岡八幡宮の森を目指していた。

四十九

三ツ木鮨の店先を離れた伝兵衛は、亀久橋南詰の大岩に腰をおろした。配下の者ふたりが、伝兵衛の真後ろに控えていた。

ひとりは煙草盆を手にしている。岩に座った伝兵衛は、帯に挟んだキセル入れを取り外した。羽織と同じ色味だが、鹿皮とは別の獣の皮で拵えたキセル入れだ。

なかから取り出したのは、火皿も羅宇(らう)も太い、見るからに別誂(べつあつら)えのキセルだ。曇り空の七ツ過ぎで、仙台堀の水面(みなも)はすでに薄暗くなっている。

そんななかで、伝兵衛が取り出したキセルの火皿は、惜しみなく使われた銀が鈍い輝きを放っていた。

伝兵衛は、煙草入れも帯から外していた。黒漆(くろうるし)塗りの極上物で、ふたには伝兵衛の定紋(じょうもん)が金蒔絵(まきえ)で描かれている。何度も重ね塗りをした漆の煙草入れは、銀の火皿と同じように、渋い輝きを放っていた。

キセル入れ、キセル、それに煙草入れの三点で、安い棟割(むねわり)長屋なら優に一棟が普請(ふしん)できそうである。そんな高価な品を、伝兵衛は無造作に帯に挟んでいた。

新吉が近寄ったとき、伝兵衛は煙草盆の種火で一服をつけた。伝兵衛は煙が新吉のほうに流れぬようにと、身体の向きを変えた。

伝兵衛の宿がある住吉町は、大川を渡った西岸である。新大橋を渡ってきたとしても、住吉町から冬木町まではざっと半里（約二キロ）の道のりだ。

それだけの長い道を、伝兵衛の手下は種火を切らさずに煙草盆を運んできたわけだ。

真後ろに控えた若い者は、油断のない目を周囲に配っている。

伝兵衛は仕舞い屋の元締というよりは、渡世人を束ねる貸元のような男だった。

「ここに座ってくれ」

伝兵衛は尻をずらして、新吉の座り場所を拵えた。物言いには、相手に有無を言わさぬ凄味（すごみ）がある。

伝兵衛にはなんの借りもなかったが、新吉は言われるまま、隣に腰をおろした。

一服を吸い終えた伝兵衛は、すぐさまキセルを仕舞った。新吉を五分の相手と認めての振舞いだった。

「あんたにはえらい面倒をかけたが、与助にはきちんとけじめをつけさせた」

伝兵衛があごをしゃくると、背後に立った若い者が木箱を開いた。油紙の包みを取り出すと、元締に手渡した。伝兵衛は、ていねいな手つきで包みを開いた。

元結（もっとい）がついたままの髷（まげ）が出てきた。

「与助の腕をへし折ることも、指を詰めさせることも考えたが、そんなことをしてもあんたは喜ばないだろう」

「へい」

顔をしかめたまま、新吉はきっぱりと答えた。伝兵衛もそれを受け止めた。

「与助には女房もこどももいる。片端にしてもあんたが喜ばないなら、やるだけ無駄な仕置きになる」

髷を落としたことで、与助のけじめとさせてほしいと伝兵衛が言葉を結んだ。

「しっかりと見させていただきやした」

座ったまま、新吉は膝に手を載せて応じた。伝兵衛の目つきがやわらかくなった。後ろに控えた若い者が、髷の包みを受け取って木箱に仕舞った。

「あんたの拵える鮨が、この二日ほどの間にいきなり美味くなったそうじゃないか」

物言いがガラリと変わっていた。

「ひと折り買って帰ろうと思ったが、売り切れとは残念だ」

伝兵衛は余計なことをなにひとつ言わない。

「店を手伝っているあの娘さんは、大した器量だし、ツキのある顔相だ」

伝兵衛は真顔でおけいを誉めた。

「あのひとを大事にすれば、あんたはきっと一回り大きくなるぞ」

言うだけ言ったあとは、軽々と腰をあげた。新吉も相当に大柄な男だが、伝兵衛はさらに大きい。向かい合うと、三寸（約九センチ）も伝兵衛のほうが高かった。

「たまには住吉町にも遊びにきてくれ」

言い残した伝兵衛は、亀久橋を北に渡った。平野町の辻を曲がるまで、新吉はその後姿を見送っていた。

五十

三月二十二日の明け六ツ（午前六時）前に、長屋の腰高障子戸が開かれた。

「なんてえ降り方だ」

まだ薄暗い夜明けの空を見上げて、順平がため息をついた。棒手振（ぼてふり）の魚屋には、雨降りは敵（かたき）も同然だった。

「この調子だと、今日一日、やみそうもないわね」

兄と同じように、おけいも顔を曇らせた。

晴天が引っ込み、濃いねずみ色の雲が空にかぶさっている。素人目にも、この雲はすぐには流れ去りそうもないと察せられた。

「ため息をついていても、しゃあねえ」

障子戸を閉じた順平は、おけいに雨具の支度を言いつけた。

「分かりました」

おけいは土間から六畳間に駆け上がった。

順平とおけいは枕屏風（まくらびょうぶ）で六畳間を仕切り、ふとんを並べて敷いていた。

順平の雨具は、蓑（みの）と笠（かさ）である。梅雨の長雨どきでも担ぎ売りを休まない順平は、雨具には費えを惜しまなかった。

しっかりと目が詰まった蓑は、横殴りの雨を浴びても内側には染み込まない。笠は表も裏も、渋が重ね塗りされていた。

日本橋の魚河岸には、棒手振のための雨具屋が二軒あった。順平が買い求めた蓑笠は、揃いで一分二朱（約一貫九百文）もした極上品である。

おけいが蓑笠を両手に抱えて立ち上がったとき、あたまにポツンと雨が垂れ落ちた。

「おにいちゃん」

「なんでえ、蓑がどうかしたのかよ」

おけいは雨具を手にしたまま、六畳間奥の板の間に立っている。順平はいぶかしげな顔で問いかけた。

「また、雨が漏ってるの」

おけいは蓑笠を片手に持ち替えて、右手で屋根を指し示した。その手の甲に、雨粒が垂れ落ちた。

江戸のどこにでもある長屋の多くは、一部屋が間口九尺（約二・七メートル）、奥行き二間（約三・六メートル）の造作だ。

『九尺二間』と呼ばれる造りで、これが三部屋連なった『三軒長屋』が、裏店では並の拵えだった。

順平とおけいの部屋は、九尺二間よりはひと回り大きかった。畳が四畳半ではなく、六畳だからだ。

しかし年頃の娘とせまい宿で一緒に寝起きするのは、たとえ妹が相手といえども順平は窮屈さを覚えていた。

が、おけいはまるで気にしていない。朝は仕入れに出かける兄よりも早起きをして、茶の支度をした。

朝飯は、魚河岸のうどん屋で摂るのが、順平の決め事である。ゆえに朝から飯を炊くことはあまりないが、茶の支度は欠かさなかった。

「一杯の焙じ茶が、すっきりと目を覚まさせてくれるからよう」

順平の喜ぶ顔が見たくて、おけいはまだ暗いうちから七輪に火熾しをした。

昼は互いに別々である。

順平は担ぎ売りの先々で、昼の時分どきを外して一膳飯屋に入った。深川界隈には、数多くの一膳飯屋があった。弁当の支度ができない、ひとり者の通い職人が多いからだ。

何軒もの馴染みの店を日替わりにして、順平は昼を済ませた。

新吉の手伝いを始めたおけいは、昼飯は三ツ木鮨で食べている。新吉の拵える賄い飯は、日ごとに目先が変わり、おけいを大いに喜ばせた。

「おにいちゃんにごはんを作るばっかりで、ひとに作ってもらうことはなかったから」

味の美味さもさることながら、おけいは新吉に支度をしてもらえることを喜んだ。

順平の夕食は、ほぼ毎日、おけいが支度をした。

「おれは外で食ってもいいんだ。おめえも少しは、身体を休めねえな」

順平は何度も同じことを口にした。が、おけいは聞き入れない。

「おにいちゃんがお嫁さんをもらうまでは、あたしが支度をするから」

三ツ木鮨の手伝いを始めたいまでも、おけいは夕餉には炊き立ての飯と、二品のおかず、味噌汁を拵えた。

食事の世話だけではない。順平の衣類の繕いから洗濯まで、すべてをおけいが受け持っている。

「そいつあ、おれが洗うから構わねえでほっときねえ」

順平はおけいの手から、ふんどしを取り上げた。が、何度取り上げても、おけいは洗うのをやめない。敷布団の下に隠しておいても、見つけ出して洗うのだ。

いまでは順平もあきらめて、おけいにふんどしの洗濯も任せていた。

朝の茶に始まり、衣類の洗濯から晩飯の支度まで、おけいは骨惜しみをせずに兄の面倒を見ている。

「おけいちゃんがお嫁に行ったら、順平さんは生きていけないわよね」

長屋の女房連中は、順平に向かって軽口を叩いた。その口調は、仲のよい兄妹を誉めているかのようだった。

おけいがお嫁に行ったら……。

女房連中にからかわれるたびに、順平の心ノ臓はドクンッ、ドクンッと強い音を立てて騒ぎ立てた。

順平とおけいは、八つも歳が離れていた。今年で十九になった妹の歳を思うと、早く嫁に出さなければと思う。

そのかたわら、おけいが嫁いだあとの要助店で、自分ひとり暮らす姿を思うと……気持ちが萎えた。

が、早く嫁がせなければ、妹は行き遅れになってしまう。

おけいのためにも、おれもそろそろ、所帯を構えなけりゃあ……順平は数日前から、本気で所帯を構えたいと思い始めていた。三ツ木鮨に手伝いに行き始めて以来、おけいの顔つきが毎日、明るくなっていたからだ。

元々、気性の明るいおけいだが、新吉の手伝いを始めてからは、わずかなことでも心底から笑い転げるようになった。

あいつが嫁に出るのも遠くはねえ。

新吉と祝言を挙げる妹を思い描き、順平は嬉しさと寂しさがまぜこぜになった顔を拵えた。妹には気づかれないようにしながら。

「担ぎ売りからけえってきたら、差配の要助さんに頼んどくからよ」

「お願いします」

兄にあたまを下げたおけいは、蓑と笠とを差し出した。

「こいつあ、半端な雨じゃねえぜ」

順平が漏らしたつぶやきを、屋根を叩く雨音が押しつぶした。

五十一

番傘に大粒の雨を受けながら、新吉は亀久橋のたもとに立っていた。つい先ほど、明け六ツの鐘を聞いたばかりだ。

晴れた朝なら、新吉は亀久橋のたもとを竹ぼうきで掃除をした。シャカ、シャカッとほうきが地べたに食らいつく音が、身体に残った眠気を追い出してくれる。

朝の掃除は町を清めるとともに、新吉の背筋をピンと伸ばしてくれるのだ。掃除は町のためのみではなく、おのれの身体を芯から覚ますことに役立った。

今朝はあいにくの雨だ。それも晩春の風情豊かな雨ではなく、野分がつれてくるような、横殴りの雨だ。

ただ立っているだけで、長着の裾や袖がずぶ濡れになりそうだった。

ふうっ……。

新吉からため息がこぼれ出た。たとえ思案するのが億劫に思えるときでも、新吉がため息をつくのはまれだ。

強い雨が降っていても、まだ一日は始まったばかりだ、そんな夜明け直後に、新吉はため息をついた。しかも一度だけではない。強い雨に打たれる仙台堀を見詰めながら、二度、三度と立て続けにため息をついた。

バラバラッと強い音を立てて、雨が番傘を叩いている。先日、張替えに出したばかりの傘は、まだ渋の香りを強く漂わせた。

渋か。

番傘から漂っている香りが、新吉にまたもやおけいを思い出させた。ふうっと、大きな音のため息をついた。

おけいが明け六ツから三ツ木鮨の手伝いを始めたのは、三月十八日。たかだか、四日前のことである。

しかしその四日は、新吉がおけいに強く惹かれるには充分過ぎる日数だった。

十八日に、おけいに初めて会ったわけではない。もう何年も前から、順平の妹として、新吉の前を行き来していた。桜が満開だったつい先日の十四日には、おけいと連れ立って両国に行こうとした。

しかしおあきの境遇に深く関わりすぎていた新吉は、すぐ身近にいたおけいに気づかなかった。

冬木町の木戸番庄八から、おあきは筋がよくない、もっといい娘が身近にいるだろうと謎をかけられた。

新吉には思い当たることがなく、そのときは庄八が口にしたことを聞き流した。おけいが店を手伝うようになると、初日のうちにおけいを強く気に留めるようになった。

おけいもおれのことを、憎からず思ってくれている……ふたりで話しているときには、新吉もそう思うことができた。

ところが、仕事を終えたおけいが平野町に帰って行ったあとは、大きな不安が鎌首をもたげた。

おけいは十九で、おれはもう二十七。ふたりの年回りがいいというには、歳が離れすぎている。

しかもあの器量よしの、気立てよしだ。

いつだか順平は、妹に岡惚(おかぼ)れする若い者が多くて困ると、冗談めかしてぼやいたことがあった。

あれは正味の話にちげえねえ。

朝から夕刻まで、おけいと一緒に過ごしているいまは、岡惚れうんぬんはまことの話だと確信した。それほどに、おけいは物言いも、立ち居振舞いも、可愛らしかった。

「おにいちゃんの笠は、渋がはげかかっているの」

唐突に笠の話を始めたのは、昨日の夕暮れ前だった。

仕事がなにより好きな順平は、休みを取るのは魚河岸が閉まる日だけである。魚河岸さえ開いていれば、陽が地べたを焦がす真夏でも、雪が降り積もった真冬でも、ただの一日も休んだことはなかった。

「そういやあ、梅雨どきでもあいつは雨具を着て、毎日担ぎ売りに出て行くなあ」

「そうなんだけど……」

おけいは目を三日月の形にして、新吉のそばに寄ってきた。

「なによりも仕事が好きっていうのは、どこかのお鮨屋さんもおんなじね」

まともに顔を見詰められた新吉は、照れ隠しに手を振り、おけいを遠ざけた。

「あの野郎は、どんだけ強い雨が降っても、雨漏りがしねえっていう蓑と笠が自慢だからよう。この三日は晴れ続きだ、自慢の雨具が着られなくて、さぞかし残念だろうよ」

軽く憎まれ口をきいたら、おけいはふっと顔つきをあらためた。

「いけない、大事なことを忘れてた」

「どうしたんでえ」

「おにいちゃんの笠を魚河岸に持って行って、修繕してもらわないと……」

雨があんまり降らなかったものだから、うっかり忘れていたと言ってから、おけいはペロッと舌を出した。新吉は、おけいの仕草に見とれた。

気を抜くと、おけいのことを思ってしまう。そんなおのれを持てあましたがために、新吉は雨の仙台堀を眺めていた。

ぼんやりと堀を見ていれば、おけいのことをあたまから追い払えると思ったからだ。ところが、渋の香りをかいだだけで、またもやおけいを思っていた。

どうなってるんでえ、おれは。

口に出して、おのれに毒づいたとき、急ぎ足で亀久橋を渡ってくる順平が見えた。雨が強いためか、おけいを残してひとりで先に出てきたようだ。

よしっ。

今朝は順平ひとりだと分かり、新吉はあごを引き締めた。もやもやとひとりで思っているよりは、じかに話したほうがいい。たとえ思いが実らなくても、そのほうがすっきりする。

新吉は肚をくくった。

おれはおけいと所帯を構えてえんだ。あいつのことが好きで好きでたまらねえ。もしもおけいがいいと言ってくれたら、妹を女房にするのを、勘弁してくんねえ。

口のなかで、順平に言うことを稽古した。ぶつぶつとつぶやいているとき、順平が橋を渡りきった。

順平がかぶった笠の渋が、雨粒を弾き返していた。

五十二

今朝は先を急ぐという順平を、話があるからといって新吉は無理やり引きとめた。

順平は三ツ木鮨の軒下で、雨具を脱いだ。

たっぷりと雨を含んだ蓑は、軽く振っただけでボタボタと雨を垂らした。

「今朝の雨は、ことのほかひでえ」

蓑を脱いだ順平は、首筋を拭った。しっかりと蓑の合わせ目を閉じていても、首筋には雨が忍び込んでいた。

「それで新吉、話てえのはなんでえ」

雨降りがこれ以上強くなると、佐賀町から魚河岸に向かう渡し船が船止めになりかねない。先を急ぐ順平は、せわしない口調で新吉に問いかけた。

「急ぐ話でなけりゃあ、今日のでえじな納めを済ましてからにしてくんねえ。おめえだって、大崎屋さんの納めが今日だてえのは、知ってるだろうが」

順平はすぐにも話を切り上げて、魚河岸に行きたそうな顔つきだった。

三月二十二日の今日は、門前仲町の太物屋大崎屋の創業日である。当主の大崎屋金兵衛は、この日に鯛の尾かしらつきを奉公人に振舞うのを慣わしとしていた。

奉公人の数は、番頭を含めて十五人。さほどに大きな店ではないが、それでも仲町では一番大きな太物屋だった。

奉公人には、形の揃った鯛の塩焼き。

当主には、目の下一尺の大鯛を造りにするというのが、大崎屋の毎年の決め事である。

金兵衛は二年前の出来事をきっかけに、鯛の誂えを順平に任せるようになった。

二年前の、天明八（一七八八）年三月二十二日。順平の顔を見るなり、魚河岸中卸の若い者五之助が駆け寄ってきた。

「あにいを男と見込んで、折り入っての頼みがありやす」

五之助は順平をあにい呼ばわりして、のっけから下手に出た。

「なんにも言わずに、尺ものの鯛を買ってくだせえ」

五之助は順平に向かって手を合わせた。

両国の料亭『折り鶴』が喜ぶだろうと思って、五之助は目の下一尺の大鯛を三尾も仕入れた。料理の美味さでも、格の高さでも、折り鶴は両国で一番と評判である。

カネ遣いの荒い蔵前の札差が、折り鶴の大得意客だ。札差は、費えには糸目をつけずに派手な魚を好んだ。

尺ものの鯛は、札差にはなによりの魚だ。いつもの折り鶴なら、値も訊かずに三尾すべてを五之助から仕入れただろう。

ところが間のわるいことに、折り鶴は前の夜に食中りを出して大騒動になっていた。それを知らずに、五之助は鯛を仕入れたのだ。

「折り鶴さんは、今朝は仕入れどころじゃねえぜ」

昨夜の次第を他の料亭の板場から聞かされて、五之助は青ざめた。三尾の鯛をどうしようかと、思案に詰まったからだ。

それでも二尾は、向島と今戸の料亭が買い取ってくれた。買い手がつかないまま一尾が残っていたとき、順平が仕入れにあらわれたのだ。

「平野町の順平さんは、達引(たてひき)が強い」

頼まれれば、いやと言わずに意地をみせる順平の達引の強さは、魚河岸でも評判だった。

「分かった、引き受けるぜ」

だれに売るかも考えずに、順平は大鯛を仕入れた。盤台に入れておけば、売れなくても看板代わりになると思ってのことだ。

その日まで、大崎屋は順平の得意先ではなかった。が、大崎屋の近所の何軒かには、毎日魚を届けていた。

「ずいぶんと立派な鯛だこと」

「今日一日、おれの看板代わりでやすから」

順平が明るい調子で答えたとき、客のひとり川田屋の女中が手を叩いた。

「鯛の売り先が決まってないんなら、大崎屋さんにそう言ってごらんよ」

「せっかくだけど、大崎屋さんには納めたことがねえからさ」

「だったら、あたしが口をきいてあげる」

その女中は、大崎屋の女中と心安くしていた。話を通すと、大崎屋の女中がすっ飛んできた。

「その鯛を、ぜひにも譲ってくださいな」

「お望みとあれば」

元々が、売り先を考えずに仕入れた鯛だ。売れ残ったときには、新吉に回して柿鮨のタネにしてもらおうと考えていた。

「これが入用なら、仕入れ値でいいや」

今後ともごひいきにと言い残して、順平は鯛を納めた。出入りの魚屋から仕入れ損ねたと言われて、大崎屋の女中は途方に暮れていた。

思いもよらずに順平から仕入れられた女中は、一部始終を番頭に話した。番頭は、かいつまんだ話をあるじに聞かせた。

「仕入れ値でいいという、その気性が嬉しいじゃないか」

金兵衛は大いに気に入り、出入りの魚屋を順平に取り替えた。

今年で三度目の三月二十二日を迎える順平は、昨日のうちに何度も五之助に念押しをした。

「身体を張ってでも、かならず仕入れやす」

二年前の恩義を忘れていない五之助は、胸を叩いて尺もの一尾と、小鯛十五尾の仕入れを請合った。

雨はさらに激しくなってきたが、今朝は大事な仕入れを控えている。早く魚河岸に向かいたい順平は、さっさと話をしろと新吉をせっついた。

「おけいさんは、どうしてるんでえ」

「なんだとう?」

新吉はおけいいを、さんづけで呼んだ。順平は怪訝な顔で問い直した。

「今朝はおけいさんは、どうなってるんだと訊いたんだ」

「お、お、おけいさんなんぞと呼んで、おめえ、どうかしちまったのか」

呆れながらも、おっつけくるだろうと順平は答えた。

「おれは……おけいさんと、どうしても所帯を構えてえんだ」

最初のひとことを切り出したあとは、新吉も肚が据わったらしい。

「あのひとがいいと言ってくれたら、おめえの妹を女房にするのを、ぜひにも勘弁してくんねえ」

「いいとも」

張り詰めた顔の新吉が拍子抜けしたほどに、順平はあっさりと頼みを聞き入れた。

「いまさら言うことじゃねえさ」

言葉を続けながら、順平は脱いでいた蓑に手を通した。

「あいつは、とっくにおめえの女房になる気だぜ」

今夜にでもゆっくり話をしようやと言ってから、順平は笠をかぶった。

「よろしく頼む、おにいさん」

「ばかやろう、気味のわるいことを言うんじゃねえ」

乱暴な物言いで応じた順平は、雨のなかに飛び出した。

後姿に新吉は深い辞儀をした。そのまま、雨に打たれる地べたを見詰めた。

妹の幸せをだれよりも望んでいるのが、いま雨のなかを駆けて行った順平である。

「ゼニがあるとか、様子がいいとか、そんなことはどうでもいい。妹のために命がけになってくれるやつなら、ゼニもいらねえし、ひょっとこづらでも文句はねえ」

いつだか四ツ間近まで酒を酌み交わしたとき、順平は真っ赤な顔でこうつぶやいた。

「酒がおれに、こんなつまらねえことを言わせやがった」

そう言いながらも、目の奥には妹を思う真情が色濃く宿されていた。

あの夜の新吉は、おあきに熱を上げていた。順平は咎(とが)めもせず、代わりにおけいの行く末を思うつぶやきを漏らした。

妹との祝言を、今朝の順平は心底、喜んでくれた。

その順平がいつかの夜に漏らしたつぶやきを思い返し、新吉はおのれを戒(いまし)めた。

おけいちゃんのことは、まかせてくれ。

胸の内で言い切った新吉は、順平の後姿に目を戻した。

新吉の顔つきが、ふっと曇った。

地べたを叩く雨音が、新吉の耳にはなぜか不穏な音に聞こえた。ぶるるっと、新吉は身体を震わせた。

五十三

次第に強くなる雨のなかを、順平は佐賀町へと急いでいた。いつもより分厚い蓑を着ているが、それでも雨は染み透ってくる。

三月下旬の雨には、もはや冷たさはない。しかし蓑から染み込んでくる雨は、なんとも心地がわるかった。

ところが雨のなかを急いでいる順平は、奇妙にも笑みを浮かべていた。

笑っているわけのひとつは、今朝の鯛の仕入れに、しっかりとした目処がついていることだった。

それよりも何よりも、昨日のことを思い返すとつい口元がゆるんでしまう。

いままでも新吉とは、兄弟同様の付き合いをしてきた。妹が嫁げば、正真正銘の兄弟になる。しかも新吉が言った通り、自分のほうが兄貴なのだ。

それを思うと、蓑を透して染み込んでくる雨にも、うっとうしさを感じなかった。

地べたにできた水溜り（みずたま）が、雨に打たれて紋を描いている。足取りの軽い順平は、その水溜りをひょいとまたぎ、佐賀町の船着場へと駆けた。

毎朝、明け六ツ（午前六時）を四半刻（三十分）過ぎるころに、一杯の乗合船が佐賀町の船着場を離れた。

向かう先は、日本橋の魚河岸である。

深川から魚河岸まで仕入れに出向く棒手振、魚屋、料亭の料理人などが、毎朝、この乗合船に乗船した。

船客の定まった、いわば『なじみ客だけの仕立て船』のようなものだ。顔ぶれを心得ている船頭は、全員が揃うのを待って舫（もや）い綱をほどいた。

寛政二（一七九〇）年三月二十二日は、雨脚の強い朝となった。

「江戸屋さんの板前さんは、今朝は四半刻ばかり遅れるそうだ。待たせてもわるいから、先に行ってくれとそう言ってたぜ」

仲町の魚屋の言伝（ことづて）を聞いた船頭は、江戸屋の板前抜きで船を出した。分厚い蓑を着た順平は、雨に打たれながらも顔をほころばせていた。

「どうした、順平さんよう」

棒手振仲間のひとりが、いぶかしげな声で順平に問いかけた。ずぶ濡れになりながらも笑っている順平が、奇妙に映ったのだろう。

「どうしたとは、なんのことで」

「おめえさん、にやにやと目元が下がりっぱなしだからさ」

「そんなことでやすか」

順平は顔にぶつかる大きな雨粒を、手の甲で拭った。

「朝から、ちょいとわけがありやしてね」

「なんだい、そりゃあ」

反対側の船端に寄りかかっていた仲間が、順平のそばへと移り始めた。

「嬉しい話なら、もったいをつけてねえでおすそ分けしてくんねえな」

「そうだよ、順平さんよう。こんなうっとうしい雨の朝だ。いい話を聞いて、こっちの気分もすきっとさせてもらいてえ」

天秤棒と盤台を手にした仲間が、順平のほうに座を移した。船には順平のほかにも、七人の棒手振が乗っていた。

「みんな、こっちにきねえな。順平がいい話を聞かせてくれるらしいぜ」

順平のわきに座っていた棒手振が、降りしきる雨に負けないように大声で呼びかけた。

「どうした」

「なにがあったんでえ」

棒手振仲間が中腰になった。

「今日は白波が立ってるからよう。船のなかで立ち上がるのはよしねえ」

船頭が声を荒らげた、まさにそのとき。

突風が乗合船に吹き付けた。川水が猛烈なしぶきとなって、船客に襲いかかった。

中腰になっていた棒手振三人が、よろけて順平のいる右舷（うげん）にかたまってしまった。

まばたきをする間もなく、乗合船が横倒しになった。

順平には水練（すいれん）の心得はあった。いつものように半纏に股引（ももひき）の身軽な拵えなら、白波の立つ大川でも泳いでいられただろう。

この朝は、分厚い蓑を着こんでいた。しかも雨が染み込まないように、前をしっかりと閉じ合わせていたのだ。

船が横転すると同時に、順平は大川に投げ出された。その身体の上に、船がおおいかぶさった。

船端に座っていたとき、順平は盤台の綱を手首にしっかりと結わえていた。船が揺れても、盤台が転がらないための用心である。

大川に投げ出されたとき、ふたつの盤台は浮き輪となって順平の身体を水面へと引き上げた。ところがその水面は、横転した船がふさいでいた。

順平は水に潜って、船から逃げようとした。が、浮き輪となった盤台が、潜ろうとする順平を引き止めた。綱をほどこうとしたが、結び目が固くてほどけない。

息苦しくなった順平は、水中でもがいた。分厚い蓑が、順平の動きをさまたげた。

泳ぎの達者な順平が、蓑と盤台に邪魔をされて溺れてしまった。

五十四

「キャッ」

米を研ぎながら、おけいは小さな声を漏らして首をすくめた。

「どうした、おけい」

庖丁を研いでいた新吉は、土間から素早く立ち上がった。

「ごめんなさい、妙な声を出したりして」

「そんなこたあ、どうでもいい」

新吉はおけいの詫びを、軽くいなした。

「それより、なにがあったんでえ」

「首筋に雨漏りのしずくが落ちてきたものだから、ついあんな声を出しちゃった」

おけいは首をすくめて、照れた。

「そんなところから、雨漏りがしやがったのかよ」

新吉は、強い舌打ちをした。

「うっかり、気づかねえでいたぜ」

雨漏りの修繕は、店のひまなときに新吉が自分の手でおこなっていた。が、雨漏りは、食べ物商売の縁起に障る。

「今日のこんな降り方じゃあ、大工仕事は休みだろうからよ。あとで棟梁んところに顔を出して、職人をひとり回してもらうことにするさ」

おけいが手伝いにきはじめて以来、新吉は安心して外出ができるようになった。店番を任せても、おけいなら安心できるからだ。

新吉は店番を頼むだけではなく、ほかにも幾つものことでおけいを頼っていた。そのひとつが、米研ぎである。

首筋に手拭いを差し入れて、おけいは米研ぎに戻った。

シャカッ、シャカッ、シャカッ……。

調子の揃った音で、おけいは鮨に使う米を研いでいる。商売の元になる大事な鮨飯の米研ぎを、新吉は安心しておけいに任せていた。

三ツ木鮨は、土間の隅に井戸の備えがあった。が、深川の井戸はどこも塩水で、飲料にも煮炊きにも使えない。

新吉は水売りから、毎日二荷（約九十二リットル）の水を買い求めた。これだけ大量の水を買っても、夏場には足りなくなったりもした。

米を研ぐときに、おけいは巧みに井戸水を使った。

新吉が店の米研ぎを頼んだのは、おけいが手伝いにきはじめた翌日である。

「ざっとでいいから、米を研いでおいてくんねえ」

十七折りもの誂え注文をもらっていた新吉は、朝から下拵えで手いっぱいだった。それゆえに、米の下研ぎをおけいに頼んだ。

仕上げの研ぎさえ自分の手で行えば、障りはないと判じてのことだ。

「一升ずつ、やってみます」

一度に多くを研いで、もしもしくじったらと案じたおけいは、一升だけ計って釜に米をいれた。そして井戸水を汲み入れて、研ぎを始めようとした。

「だめだ、おけい。井戸水で研いだりしたんじゃあ、米がしょっぱくなっちまう」

「そうかなあ……」

新吉の指図には素直に従うおけいが、このときは顔つきを曇らせた。

「井戸水と買い水とをうまく使い分ければ、塩からくなんかならないと思うけど」

おけいは毎日の晩飯に、炊き立ての飯を順平に食べさせていた。

順平とおけいの兄妹が暮らす平野町の裏店も、井戸水は塩辛くて飲めない。しかしその井戸水を使って、米を研いでいた。はなと仕舞いに買い水を使えば、米は塩辛くなんかはならないと分かっていたからだ。

水売りから買う飲料水は、一荷につき百文もする。そんな高い水で最初から米を研ぐのは、おけいにはもったいなく思えた。

「うちは鮨屋で、米はでえじな商売物だ。米の研ぎに、水を惜しむことはできねえ」

新吉も譲らなかった。

「だったら新吉さん、せめてあたしたちの賄い(まかな)のごはんだけでも、あたし流の研ぎ方をさせて」

強く言い張られた新吉は、賄いならいいだろうと、おけいの言い分を呑んだ。

「ありがとう。かならず、おいしいごはんを炊くから」

商売用の米は、おけいは最初から水売りの水で研いだ。賄いの米三合は、井戸水と買い水を巧みに使い分けた。

店で使う米は、新吉が仕上げの研ぎを加えた。賄いの分は、炊き上げまでのすべてをおけいに任せた。

炊き上がった賄い飯を口に含んだとき、新吉は心底から驚いた。米粒が艶々(つやつや)と光っていたし、米には旨味(うまみ)が加わっていた。

「昆布と一緒に炊き上げたのか」

柿鮨作りの料理人の舌は、しっかりとおけいの細工を見抜いた。が、旨味は昆布のものだけではなかった。

おけいは井戸水の塩気を巧みに残し、その味に昆布の旨味を重ねていた。

「こいつあ、てえした按配（あんばい）だ」

新吉は本心から驚いた。まさかおけいが、これほど美味い飯を炊くとは、思ってもいなかったからだ。

新吉は、再び思い込みを恥じた。

おのれに対しては、飯炊きの玄人（くろうと）だとの矜持（きょうじ）を持っている。修業時代からいままで、米の研ぎ方を工夫し、水の張り加減と火加減とを考えながら、毎日、飯を炊き続けてきた。

そして、だれよりも飯の炊き方は上手だと、胸の内で自慢をしていた。

塩辛い井戸水で大事な米を研ぐなどは、沙汰（さた）の限りだ。

こう思い込んでいたがゆえに、おけいの申し出を突っぱねた。ところがおけいが井戸水で研いで炊いた賄い飯を食べてみて、その美味さに舌を巻いた。

思い込んだら、そこから先の上達はねえ。

おけいにそれを思い知らされた。翌日の米研ぎから、新吉はおけいの知恵を取り入れた。

「米はおめえが研いでくれ」

新吉からこれを言われたとき、おけいは目を見開いて驚いた。しかし遠慮を口にはしなかった。

「しっかり研ぎます」

潤んだ両目に力を込めて、おけいは力強い物言いで受け止めた。

米研ぎは、鮨作りの一番の基本である。新吉が米研ぎをまかされるまでには、長い歳月がかかった。

おけいはしかし、わずか数日でその役を自分の力で勝ち取った。

おれはおけいに、半端に甘いわけじゃねえ。

まかせたあとの新吉は、まるで自分に言い聞かせているかのようだった。

「お米、研ぎ終わりました」

「あいよう」

強い湯気を噴き上げて、やかんの湯が煮えたぎっている。大声で応じた新吉は、七輪からやかんをおろした。

おけいが米を研ぎ終わると、新吉が熱々の番茶をいれる。そして芋ようかんか、まんじゅうと一緒に、一杯の茶を楽しむ。

これがおけいに米研ぎを任せ始めてからの、朝の決まりごとになっていた。

「茶がへえったぜ」

呼びかけられたおけいは、たすきがけのまま新吉のそばに寄ってきた。

「うわあ……」

菓子皿を見て、おけいは声を漏らした。

「おいしそうなようかんだこと」

仲町伊勢屋の大納言ようかんは、おけいの大好物である。そのようかんを、新吉は一寸（約三センチ）の分厚さに切っていた。

「朝から分厚いようかんだなんて、今日はなにか格別なことでもあるのかしら」

「あたぼうさ」

新吉は七輪に目を落として答えた。

おけいと所帯を構える許しを順平に求めてから、まだ半刻（一時間）も過ぎてはいない。順平はふたつ返事で許してくれた。それをおけいに話すきっかけとして、新吉は分厚いようかんを用意していた。

しかし、なにか格別なことでもあるのかと、真正面から問われたいまは……。

きまりわるさが込み上げてきて、おけいの顔を見られなかった。やかんをおろした七輪では、真っ赤に熾きた炭火が熱を四方に散らしている。

熱を浴びて、新吉の顔が赤くなっていた。

「新吉さん、どうかしたの？」

「なんでもねえさ」

新吉は、火箸で炭火を突っついた。

いきなり雨脚が強くなった。

バラバラバラバラ……。

屋根を叩く雨音が、土間に響いた。

流し場の土間においた桶に、音を立てて雨が落ちている。

「おにいちゃん、ちゃんと大崎屋さんの鯛を仕入れられたかなあ……」

おけいは湯呑みを手にしたまま、兄の身を案じた。口では、鯛を仕入れられたのかと言ったおけいである。しかし大きな瞳に浮かんだ色は、強い雨のなかを行く兄を案じていた。

「あいつのことだ、抜かりはねえさ」

おけいの不安を払いのけるかのように、新吉は強い口調で言い切った。

「そうよね。鯛のことは、何日も前から頼んであるって言ってたもの」

おけいも顔つきを明るくして、熱い茶をすすった。

「ほんとうに、おいしそうなようかん……」

湯呑みをおいて菓子皿を手にしたおけいは、竹のヘラでようかんを薄切りにした。

「てえへんだ、新吉さん」

時折り新吉が青物を仕入れる棒手振、正二郎(しょうじろう)が三ツ木鮨に飛び込んできた。正二郎は深川山本町の裏店で、魚の棒手振と一緒に暮らしていた。

「どうしたよ、朝っぱらから血相を変えて」

「大川のど真ん中で、乗合船がひっくりけえったんだ」

「なんだとう」

新吉の声が裏返った。

「乗ってた何人もが、溺れたてえんだ」

「おにいちゃんは」

いきなり立ち上がったおけいは、手にしていた菓子皿を取り落とした。分厚いようかんが、土間にころがり落ちた。

五十五

新吉とおけい、それに正二郎の三人が三ツ木鮨から駆け出したのは、五ツ(午前八時）を回ったころだった。

乗合船転覆を正二郎が伝えてきてから、四半刻（三十分）以上も過ぎていた。

本来なら、すぐさま佐賀町に向けて飛び出したかった。が、仕掛かり途中の段取りがあったし、火の始末もしなければならない。

なによりも、おけいの雨具を用意するのに手間取った。

平野町から通ってくるおけいは、番傘に高下駄の雨具である。しかし降り方が一段と強くなっている雨中を行くには、番傘・高下駄の身なりでは動きが鈍くなってしまう。

幸いにも棒手振の正二郎の宿には、蓑笠の備えが幾つもあった。正二郎が暮らす山本町と三ツ木鮨とは、さほどに離れてはいない。

「ひとっ走り行って、雨具を持ってくるからよう」

正二郎が蓑笠を取りに戻っている間に、新吉は手早くこの日の、店仕舞いの段取りを進めた。

流し場の隅に重ねてあるかまぼこ板を取り出し、矢立（やたて）の筆で『やすみ』とかな文字で書いた。

滅多なことでは店を休まない新吉は、休業を知らせる札を用意してはいなかった。かまぼこ板の札を軒下に吊るしてから、土間の片づけを進めた。

へっついと七輪の火の元の始末は、ことのほか念入りに進めた。

一刻でも早く船着場に行きたいおけいは、土間で足踏みを重ねた。慌てて飛び出したりして、もしも火事を出したら取り返しがつかなくなる。

どんなときでも、たとえいまのような強い雨降りのときでも、火の用心だけは欠かさなかった。

「気持ちが急くのは分かるが、こんなときこそ焦りは禁物だ」

新吉はおけいの肩に手をおいて、静かな口調で諭した。

「でえいち、順平がどうにかなったと決まったわけじゃねえ。あいつは、泳ぎは達者だったはずだぜ」

「ごめんなさい……」

おけいは小声で詫びた。

「気が急いてしまうもんだから、苛立った顔つきになったりして」

「でえじな兄貴の様子が分からねえんだ、苛立つのはあたぼうさ」

さりとて、焦りは禁物だと新吉は穏やかな物言いを続けた。ふうっと、深いため息がおけいから漏れた。

「待たせてすまねえ」

小ぶりの蓑笠を抱えた正二郎が、三ツ木鮨の土間に飛び込んできた。正二郎の蓑に溜っていた雨が、ボタボタッと土間に落ちた。

「いけねえ、土間を濡らしちまった」

土間が濡れると土が軟らかくなり、あとの仕事がしにくくなる。雨降りのときは、土間の外で水切りをするのが作法だ。

「雨ぐらい、どうてえことはねえ」

詫びる正二郎に、新吉は逆に蓑笠の礼を言った。

「股引と腹掛けの替えが、簞笥の引き出しにへえってる。そいつに着替えねえな」

「分かりました。そうさせてもらいます」

座敷に上がったおけいは、新吉の着替えの仕事着を取り出した。身づくろいをする間、新吉と正二郎は店の外に出た。

座敷は小さな六畳間で、土間と座敷の間にも、ふすまはなかった。

股引・腹掛けの仕事着は、おけいの身体の線をくっきりと描き出していた。腹はきゅっと引き締まっているが、胸と尻はやわらかな丸みを帯びている。

こんなときでなければ、新吉はおけいの姿に見とれただろう。

屋根を叩く雨音が、さらに強くなっていた。

「行くぜ」

「はい」

答えたおけいは、蓑笠を身体にまとった。胸元を合わせる紐を、ぎゅっと縛った。亀久橋のたもとから佐賀町までは、ざっと五町（約五百五十メートル）の道のりである。途中に堀川は幾つもあるが、道は平らだ。

先頭に正二郎、おけいを真ん中にはさみ、新吉がしんがりを駆けた。雨降りで、地べたの至るところに水溜りができている。先を急ぐ三人は、気にせず水溜りのなかを走った。

堀の水を打つ雨が、無数の紋を描いている。雨中の堀を行き交う何杯ものはしけが、水面の紋を蹴散（けち）らして進んでいた。

真ん中を走るおけいと、しんがりを駆ける新吉は、ともに顔を打つ雨を手の甲で拭った。それでもひっきりなしに降る雨は、容赦（ようしゃ）なくおけいの顔を叩いた。

おにいちゃん、溺れたりしないで。

おけいは胸の内で強く念じた。

泳ぎが達者なのは、こども時分から分かっていた。夏場の仙台堀で、兄妹は何度も水遊びをしている。

川幅二十間（約三十六メートル）の堀を、順平はやすやすと三往復も泳いだ。

おにいちゃん、平気よね。

ひたいを打つ雨を拭いつつ、おけいは何度もつぶやいた。

しっかりしろ、順平。溺れたりしやがったら、ただじゃおかねえぜ。

新吉は乱暴な言葉で、順平の無事を祈った。

順平に限っては、大川で溺れるわけがないと、新吉は確信していた。あいつは河童よりも泳ぎが達者だと、胸の内で言い切った。

新吉とおけいの思いを、天から落ちてくる雨は分かっているはずだ。しかし無情にも、雨はいささかも降り方をゆるめようとはしなかった。

五十六

冬木町から佐賀町の船着場へと向かうには、幾筋もの行き方がある。なかで一番早いのは、佐賀町の百本並木を通り抜ける道だ。

「走りっぱなしで、でえじょうぶか」

先頭を駆ける正二郎が、並木の入口で足を止めた。目の前には幅三間（約五・四メートル）の堀が流れており、石造りの緑橋が架かっている。

この橋を渡った先から佐賀町の大通りまで、長さ一町半（約百六十五メートル）の桜並木が始まるのだ。

「あたしは平気です」

きっぱりと言い切ったおけいは、顔一杯に雨粒を浴びていた。

「船着場はすぐ先だ。思いっきり駆けてくんねえ」

しんがりの新吉が、引き締まった物言いを正二郎に投げた。

「がってんだ」

答えるなり、正二郎は駆け出した。おけい、新吉の順に続いた。

三人が駆けている大路の幅は、およそ十間（約十八メートル）。通りの両側には、桜の古木百本が植えられていた。

つい先日まではこの百本桜の見物に、大川の西側からも大勢の見物客が押し寄せてきた。花見の時季は、通りの両側に数十の物売り屋台が連なって大層な賑わいだった。

花がすっかり散ったあとの、雨降りの五ツ（午前八時）過ぎ。

商家はどこも、明け六ツ（午前六時）過ぎには店を開いていた。しかし、この日の大路に人影は皆無だった。どこの店先にも、小僧の姿が見えない。

みんなが、船着場の手伝いに出かけてやがるのか。

しんがりを走りながら、新吉はあたまのなかでそんなことを考えた。

花が散って葉桜となったいまでも、並木の美しさは抜きん出ていた。いつもなら、おけいも新吉も、眺めに見とれたことだろう。

つい先日も、ひと筋南の大通りで、新吉とおけいは別の桜を見たところだった。あの日をきっかけにして、新吉はおけいへの思いにあらためて気づいた。

あの日に見た桜は、豪勢だった。

見る者がこころに秘めた思いにはかかわりなく、花は咲き競い、そして散って行く。葉桜となった百本桜は、雨空の下でも緑葉の鮮やかさを誇っていた。

その並木の下を、兄の無事だけを願い、息を切らして駆けるおけい。桜木はそんなおけいの思いには知らぬ顔で、葉に雨粒を浴びていた。

走る正面に、佐賀町の蔵が見え始めた。船着場まで、残り二町（約二百二十メートル）と少々だ。正二郎の駆け方が速くなった。

蓑笠を着たおけいは、走りにくそうだ。それでも懸命に正二郎のあとを追った。

フッ、フッ、ハッ、ハッ。

新吉は同じ調子の息遣いで、おけいの真後ろを駆けた。あたかも、おけいの背中を後押ししているかのような間合いだった。

百本桜の下を駆け始めたころから、一段と雨脚は強さを増したようだ。おけいの顔が、雨粒まみれになっていた。

おけいは、元々が色白の器量よしである。ひとよりも紅の引き方が薄くても、色白の顔には艶（あで）やかに映えた。

いまは順平の身を案じて、顔から血の気が引いていた。色白の顔が、雨空の下で一段と白く見えた。

勢いをつけて駆けるたびに、雨粒がおけいの顔にぶつかっている。拭おうともせずに、おけいはひたすら駆けた。

百本桜の大通りとぶつかる佐賀町の蔵は、雑穀問屋の爪田屋（つめたや）である。真正面に、爪田屋の定紋を描いた蔵が迫ってきた。

船着場は、その蔵の真裏である。先頭を走る正二郎が、おけいを振り返った。

「まっすぐ、船着場に行くぜ」

足を止めずに伝えると、さらに駆け足を速くした。おけいは目一杯の息をしながら、正二郎のあとを追った。

新吉も息遣いの調子を上げた。いきなり半鐘が鳴り始めたのは、新吉が息遣いを変えたときだった。

ジャラジャラジャラ……。

佐賀町河岸の外れに立っている火の見やぐらが、擂半（すりばん）を鳴らし始めた。火元が近所だったり、異変が間近に迫っていたりするときに、半鐘の内側を槌（つち）で擦（こす）るのが擂半である。

半鐘を聞いて、正二郎は船着場に向かって全力疾走を始めた。

息が続かなくなったおけいは、その場にしゃがみ込んだ。

「しっかりしろ、おけい」

駆け寄った新吉は、おけいを抱いて立ち上がらせた。

擂半が、おけいと新吉が抱え持つ不安を煽り立てた。

五十七

佐賀町の広い船着場は、大騒動の真っ只中だった。

「なにか、あったかいものを早く回してくれ」

「焚き火が消えそうじゃねえか。濡れねえように、気をつけろい」

「これっぱかりの湯じゃあ、まるっきり足りねえ。なにをやってやがんでえ」

船着場のあちこちで、怒声が飛び交っている。どの声も差し迫っているのは、ひとりでも多くを助けようとして、みなが懸命に動いているからだ。

大川を流される船客が見つかるたびに、火の見やぐらが擂半を鳴らしていた。

船が転覆してから、すでに一刻（二時間）が過ぎている。それなのにまだ、あらたな船客が見つかっていた。

見つかった客は哀しいことに息をしてはいなかった。

「おにいちゃんはどこですか」

気が動転しているおけいは、前置きも言わずに問いかけた。訊いた相手は、火消し半纏姿で助けに当たっている佐賀町の火消し人足である。

佐賀町を守る火消しは、本所・深川南組の三組だ。半纏の背中には、太い赤字で『三』の文字が描かれていた。

出し抜けに問われた人足は、働き詰めで気が立っていたのだろう。

「なんでえ、おめえは」

険しい顔つきで、おけいを睨(にら)みつけた。新吉は、おけいのわきに進み出た。

「このひとのあにさんが、乗合船に乗ってたかもしれねえんでさ」

順平の稼業と身体つきの特徴を、新吉は早口で火消しに伝えた。

「そういうことだったのか」

火消しの目つきが変わった。

「怒鳴ったりしてすまねえ」

おけいに軽くあたまを下げた火消しは、船着場の端の小屋を指差した。

「助かったひとは、あすこの船頭小屋に集まってやすぜ。まずは、あすこの小屋に行ってみなせえ」

溺れ死んだ者は、小屋のわきの戸板に並べられていると、火消しは付け加えた。

おけいは、小屋に向かって駆け出した。

「おありがとうごぜえやす」

火消しに礼を言ってから、新吉はおけいのあとを追った。

だれに対しても礼儀正しく振舞うおけいが、いまは礼も言わずに駆け出した。おけいらしくもない振舞いに、兄を案ずる焦りがあらわれていた。

さまざまな身なりの者が、船着場を埋めていた。どの顔も険しく殺気立っているのは、思うように人助けが運んでいないからだ。

「ばかやろう、ちょろちょろと邪魔な動きをするんじゃねえ」

手伝いに駆り出された商家の小僧が、半纏姿の男に怒鳴りつけられた。小僧は顔をこわばらせて、棒立ちになった。

「それが邪魔だてえんだ」

男は小僧を乱暴に押しのけて、石段を駆け上った。小僧の目からこぼれ出た涙は、たちまち顔に張りついた雨粒に溶け込んだ。

雨に濡れた桟橋は、気を抜いて走る者の足元をすくおうとして、待ち構えていた。

しかし先を行くおけいは、そんなことには構わずに駆けている。

兄の身を案ずるおけいには、滑りやすい板もわるさを控えたのだろう。

新吉は足元を気遣いながら、おけいを追って船頭小屋へと走った。

佐賀町桟橋を発着する乗合船の数は、御府内の船着場のなかでも飛び抜けて多い。

それゆえに、船頭小屋も相当に大きな造りだった。

小屋の間口は五間（約九メートル）もある。戸口からなかに入ると、十坪の敲き土の拵えになっていた。

赤土に苦塩を混ぜたものに、水を加えて練り固めた土間が敲き土である。船頭小屋には、水濡れがつきものだ。それゆえ住居の土間以上に、土はしっかりと固められていた。

土間の隅には、焚き口が四つもある大型のへっついが据えつけられている。へっついのわきには、一荷（約四十六リットル）入りの水がめがふたつ並んでいた。

へっついの焚き口は、四つとも薪が燃え盛っている。水難事故に遭った者には、なによりも『ぬくもり』が大事なのだ。

へっついには大鍋がのっており、勢いの強い湯気が鍋から噴き出していた。

おけいからひと息遅れて、新吉も小屋に飛び込んだ。

「おにいちゃんはどこですか」

甲高い声を張り上げたおけいに、小屋にいた全員の目が集まった。

土間の奥には、二十畳大の板の間が普請されていた。畳敷きではないが、厚手の茣蓙が板の間に敷き詰められている。

幸いにも救助された者が、茣蓙敷のうえで搔巻を着ていた。おけいは素早く、搔巻姿の者を目で追った。順平の姿がないと分かると、肩を落とした。

おけいの振舞いを見定めてから、ひとりの武家が板の間の真ん中で立ち上がった。

「わしは火事場見廻役、野川勇作である」

おけいを誰何する前に、武家はみずからの姓名と職務を名乗った。おけいの差し迫った様子を見てのことだろう。

五尺八寸（約百七十六センチ）の上背がある野川は、声も野太い。大柄な野川だが、茣蓙の上を歩くすり足は、かすかな音も立てなかった。

火事場見廻役は、若年寄支配の役職である。御府内から出火したときは、鎮火のあとに火事場に出張り、焼け跡の吟味を行うのが職務である。

また町火消しの指図と監察も、火事場見廻役に課せられた任務だ。

火消し人足が働くのは、火事場だけではない。大きな事故が生じたときは、いち早く現場に駆けつけて、人助けを始める。

大川で乗合船が転覆したというのは、尋常ならざる大事故である。事故発生を火消し組から通報された野川は、ただちに現場に駆けつけてきた。

小普請組に編入されている野川の役宅は、佐賀町河岸北端の下之橋たもとだ。船着場までは、わずか数町の道のりでしかなかった。

野川は乗合船転覆から、四半刻（三十分）も経ないうちから、水難事故現場で救助の指揮にあたっていた。

「そのほうの兄が、乗合船に乗っていたというのか」

おけいは野川を見詰めたまま、こくっと強くうなずいた。

「姓名の儀を聞かせなさい」

兄を案ずるおけいの気持ちを、野川は察している。問い質す物言いには、情がこもっていた。

「すぐにも無事を知りたいであろうが、そのほうから兄の仔細を聞かぬ限りは、わしも答えようがないでの」

「分かりました」

ごくんと固唾を飲み込んでから、おけいは武家を見詰めた。

「平野町のおけいと申します」

名乗ったあと、おけいは早口で裏店差配の名前を伝えようとした。

「待ちなさい」

野川は祐筆を呼び寄せてから、あらためて聴き取りを始めた。

「住まいは平野町の要助店です」

裏店差配の名を伝えたあと、兄の名前、年齢、それに稼業を野川に伝えた。

「順平なる者の背丈と目方は、いかほどあるのか」

「えっ……」

おけいは返事に詰まった。

毎日、寝起きをともにしている兄である。背丈も目方も、知り尽くしているはずだ。ところが野川に問われたとき、おけいはすべてを度忘れしていた。

「順平の背丈は五尺六寸（約百七十センチ）で、目方は十七貫の見当でやす」

新吉がわきから助け船を出した。

「そのほうは何者であるのか」

「順平とは古い馴染みの、冬木町の新吉と申しやす。稼業は、亀久橋のたもとで鮨屋を営んでおりやす」

ふたりとも同い年の二十七歳だと、新吉は続けた。

「書留をこれに持ってまいれ」

指図を受けた祐筆は、現場で聴き取りをした書留帳を野川に差し出した。

「船は今朝も満員の状態で、佐賀町を離れたようだ」

帳面を見ながら、野川は聞き取った次第を話し始めた。

明け六ツを四半刻過ぎて船出する乗合船は、毎朝、買出しの馴染み客で満員となる。今朝も船頭を含めた三十人が乗って、佐賀町桟橋を離れた。

乗合船は、三十人乗りの屋根なし平船である。横倒しになったときは、船頭を含めた全員が大川に投げ出された。

「助かった者の話によれば、今朝の大川は白波が立つほどに風が強かったそうだ」

莫蓙敷で掻巻を着ている十一人の名を、野川は読み上げた。順平は、そのなかに含まれてはいなかった。

おけいの両目から、涙があふれ出た。が、声を出して泣くことはこらえていた。

おけいを見る野川の表情は、いささかも変わらなかった。武家は胸の内に思うことを、表情には出さない修練を重ねているからだ。

おけいの涙がとまらない。大粒の何粒かが、土間に落ちた。

硬い敲き土は、おけいの涙を弾き返した。

野川は帳面をめくり、記載された事項を黙読した。

「収容された水死体は、ただいまのところ十三体である」

「えっ？」

涙をあふれさせているおけいの目が、いきなり光を帯びた。

「まだ六人の行方は分かっておらぬ」

「おにいちゃんは」

「この帳面で見る限り、水死体のなかには、順平に該当（がいとう）するような年格好、身体つきの者はおらぬようだ」

「だったら、おにいちゃんは生きているということですね」

おけいは、一縷の望みにすがりつくような物言いをした。

「早合点をいたすでない」

野川は低い声で、おけいを制した。あえて声音を渋くしているかのようだった。

「まことに順平がいないか否か、まずは水死体の検分をしてもらおう」

野川は目顔で、年配の男ふたりを呼び寄せた。佐賀町の自身番小屋から出張ってきた、目明したちである。

「この者たちに検分をさせなさい」

「へいっ」

目明しふたりは、おけいと新吉を小屋の外に連れ出した。大川からあげられた十三体が、戸板にのせられていた。

「しっかりと検分しなせえ」

年配の目明しは、おけいをいたわるような物言いをした。

十三の水死体が、むしろをかぶせられて横一列に並んでいる。おけいは対面しやすいように、蓑笠をとっていた。

降りしきる雨が、容赦なくおけいの顔に降り落ちている。それでも雨には構わずに、おけいは水死体の検分を始めた。

目明しが、むしろをめくる。

息を詰めた顔で、おけいは水死体を見詰めた。順平ではないと分かると、ふうっと吐息を漏らした。

「違います」

目明しに答えてから、おけいは合掌した。目明しは、次のむしろをめくった。

十三体すべての検分を終えたあと、おけいはその場にしゃがみ込んだままだった。

どの水死体も、順平ではなかった。言葉にならない思いが、身体の芯から湧き上がってきた。

おにいちゃんはいなかった……。

安堵したかったが、無言で横たわっている十三人を悼む思いも強かった。水死体のなかには、船頭も含まれていた。

だれよりも大川を知り尽くしているはずの船頭が、物言わず横たわっているのだ。

いったい、どんな事故だったのか。

船頭が亡くなっているのに、果たして順平は無事なのか。

あれこれ思うと、身体が金縛りにあったように固まってしまう。

雨に打たれても、おけいはしゃがみ込んだまま、合掌をほどかなかった。亡くなったひとを心底から悼むかたわら、順平の無事を強く念じていた。

五十八

あれほど強く降っていた雨だったが、三月二十三日の未明にはきれいに上がった。

「空が真っ青だぜ」

明け六ツ（午前六時）の鐘とともに雨戸を半分だけ開いた新吉は、おけいに明るい声を投げかけた。が、おけいから返事はなかった。

うつろな目をしたおけいは、天井を見上げたままである。

「気持ちよく晴れてるからよう。おれは、亀久橋のたもとにいるぜ」

おけいに言い置いてから、新吉はおもてに出た。手には煙草盆と、キセルを提げていた。象嵌（ぞうがん）細工が施された自慢の煙草入れは、帯に挟んでいた。

日を追って、吹く風が香り始める三月下旬である。晴れてさえいれば、夜明けの川べりは心地よかった。

店を出た新吉は、すぐわきの亀久橋のたもとまで歩いた。東の空は、すっかり明るくなっていた。しかし朝日はまだ、空の根元にいるのだろう。

亀久橋にも、下を流れる仙台堀にも、朝の光は届いていなかった。

川端の柳は、長い枝をだらりと垂らしている。夜明け直後の、凪（なぎ）ということか。わずかな風も、川面を渡ってはいなかった。

新吉は亀久橋のたもとの岩に腰をおろした。晴れの朝は、決まってこの岩に腰をおろした。そして仙台堀の流れを見詰めて、起き抜けの一服を吹かす。

これが新吉の、朝の決まりごとだった。

昨日は、朝から雨にたたられた。魚河岸へと急ぐ順平を相手に、新吉はおけいと所帯を構えたいと切り出した。

照れ隠しもあって、新吉は相手に口を挟ませずに一気に話した。

「よろしく頼む、おにいさん」

話を結ぶとき、新吉は順平に向かって本心からそれを言った。きまりわるそうな顔で、順平は新吉の言葉を弾き返した。

が、正味でふたりの間柄を喜んでいるのは、新吉にも充分に察せられた。

一段と雨脚が強くなったなかに、順平は飛び出そうとした。

「おめえも早く、身を固める相手を見つけてくれよ……おにいさん」

新吉が背中にぶつけた言葉を、順平は天秤棒を揺らせて受け取った。

「あれは……間違いなしに、昨日の朝の出来事だったんだよなあ」

声に出してつぶやいてから、新吉はこの朝初めての一服を吸い込んだ。風がなく、煙草の煙はまっすぐに立ち昇った。

甘い香りは、煙草が薩摩特産の『開聞富士』だからだ。煙草が道楽の新吉は、キセルや煙草入れなどの道具を、わざわざ尾張町の菊水まで出向いて買い求めた。

甘い香りのする開聞富士も、江戸では菊水だけが売っていた。

二服目を吹かしながら、新吉は昨日の朝佐賀町で出会った、野川勇作のことを思い返していた。

火事場見廻役の野川勇作は、兄を案ずるおけいに対しては、ひとかたならぬ情を示した。

「わしにも妹がひとりおっての」

野川の妹は、同輩の小普請組勘定役に嫁ぎ、ふたりの子息を授かっていた。

小普請組は、禄高二百石から三千石までの旗本や御家人が編入される組である。小普請組の多くは非役で、格別の任務を帯びている者は限られていた。

野川家は、代々が火事場見廻役を拝命している。ときには燃え盛る火事場にも駆けつけることがあるし、洪水・地震・野分などの災害発生時にも、現場に参ずることを義務づけられていた。

妹の嫁ぎ先は、小普請組勘定役三百石の家柄だ。禄高は野川家と同じだが、勘定役は終日、役所勤めをするだけだ。

「なにとぞ、兄上が息災でありますように」

折りにふれて、妹が役宅近くの神社に兄の無事祈願詣でをなしているのを、野川は母親から聞かされていた。

兄の無事を願う妹。

おけいのひたむきな姿を見て、野川はおのれの妹の姿を思い浮かべた。ゆえにおけいにしてやれる手配りを、野川は微塵も惜しまなかった。

役所から引き連れてきた小者に指図をして、御府内各所の自身番小屋に触れを回させることにした。

自身番小屋は、町奉行支配である。

が、若年寄配下の火事場見廻役は、職務遂行に必要とあれば、自身番小屋に対して直接の問いかけや、指図を下すことができた。

大川で転覆した乗合船船客にかかわる、安否の問い合わせ。

これは火事場見廻役の業務範囲から、いささかも逸脱しない行為である。祐筆に書き取らせた順平の身体特徴の覚書を、小者はただちに役所へ持ち帰った。

役所では覚書を版木に彫刻したのち、刷り物を拵えた。刷り物は当日の夕刻七ツ(午後四時)に、御府内十組の火消し当番と、本所・深川三組の火消し当番に手渡された。

これら十三人の当番は、毎日七ツには役所に参じてきた。

刷り物を持ち帰った当番たちは、配下のいろは四十七組の火消し組と、本所・深川十六組の火消し組とに、その日のうちに手渡した。

受け取った各町の火消し組かしらは、町内の自身番小屋に刷り物を届けた。

野川勇作は、四ツ（午前十時）前に順平の身体特徴の刷り物作成を指示した。特徴書きは、事故の生じた二十二日の暮れ六ツ（午後六時）過ぎには、御府内と本所・深川の自身番小屋の壁に張り出されていた。

二十二日の六ツ半（午後七時）過ぎに、冬木町の自身番小屋の目明しふたりが、三ツ木鮨をたずねてきた。野川が作成を指示した特徴書きには、三ツ木鮨が繫ぎ先として記されていたからだ。

「あの順平さんがそんな目に遭っていたとは、いまのいままで知らなかった」

魚が売れ残ったときには、順平は平野町や冬木町の自身番小屋に、破格の安値で魚をおろしていた。目明したちはだれもが、順平に大きな好意を寄せていた。

「なにか分かり次第、すぐに報せにくるからよう」

「あにさんは大丈夫だと信じて、おけいさんも気を確かに保ってるんだぜ」

「ありがとうございます」

おけいは気丈な返事をした。

「ところであにさんのことが分かったら、どこに報せればいいんだ?」

「ここに報せてください」

おけいはいささかもためらわずに、三ツ木鮨にいると答えた。目明したちは、格別に異な顔も見せずに引き上げていった。

「新吉さんに断わりもせずに、勝手なことを言ってしまって……」

目明しが引き上げたあとで、おけいは小声で詫びた。

「つまらねえことを言うんじゃねえ」

新吉はおけいの肩を強く摑んだ。

「おめえのことは命がけで守ると、おれは順平に約束したんだ」

新吉は、おけいの顔を真正面から見詰めた。

「どこにもいかずに、ここにいてくれ」

「はい」

素直に応じたおけいの肩から、力が抜けた。引き寄せれば、おけいは新吉にしがみついただろう。

が、新吉はそうせずに踏みとどまった。

おけいの肌に触れるのは、順平の無事が分かってからだ。それまでに妙な気を起こしたりしたら、神様のバチが当たる。

新吉は本気で神様のご加護も、道に外れた振舞いに対する天罰も信じていた。

「当座の着替えやなんかを、平野町から持ってきます」

新吉から離れたおけいは、雨具に着替え始めた。

「おれも一緒に行ってもいいぜ」

「あたしひとりのほうが、気が楽ですから」

着替えを調えるときには、そばにいると気恥ずかしいのか……そう察した新吉は、余計な口出しはしなかった。

雨のなかを出て行ったおけいは、一刻半（三時間）近くも帰ってこなかった。迎えに行こうかと案じ始めたとき、おけいは大きな風呂敷包みを提げて帰ってきた。

「片づけものをしていたら、なんだかおにいちゃんが帰ってくるような気がして……」

平野町からの道々、おけいは泣きたい思いをこらえてきたのだ。張り詰めていたものが、新吉を見て弾け飛んだらしい。

この日初めて、おけいは声をあげて泣いた。新吉はおけいの肩に手をおいたまま、泣きたいだけ泣かせた。

一服を吸って帰ってきても、おけいはまだ布団のなかにいた。起きようとしても、身体がいうことをきかないのだろう。

煙草盆を板の間に置いてから、新吉は流しの棚から半紙と矢立を取り出した。

柿鮨の惹き文句を張り出すために、半紙と矢立の備えは欠かしたことがなかった。

半開きにした店の雨戸の隙間（すきま）から、朝の明かりが土間に差し込んでいる。いつの間にか、朝日の光が冬木町にも届き始めていた。

筆を取り出した新吉は、大きく息を吸ってから文字を書き始めた。

『つごうにより、
向こういく日かは、
商いをやすみます
三ツ木鮨』

漢字の苦手な客にも分かってもらえるように、新吉はかな文字を多く使って休業の知らせを書き上げた。

滅多なことでは、店を休まないのが江戸の商人である。しかしいまは、休業することに迷いはなかった。

朝日が届き始めたら、風も生じたらしい。仕上がった半紙の端が、風を浴びてひらひらとめくれていた。

五十九

三ツ木鮨の六畳の居間に、おけいは寝かされていた。

降り続いていた雨が、今朝はすっかり上がっている。建て付けのよくない隙間から、朝の光が六畳間に差し込んでいた。

ふうっ……。

おけいから吐息が漏れた。布団に横たわってはいるが、熱が高いとか、胃ノ腑の心持ちがよくないとかのように、身体の具合がわるいわけではなかった。

床から起き上がろうとする気力が、身の内から湧きあがってこないのだ。

ふう……。

またおけいから吐息が漏れた。

身体の具合がわるければ、その病の元を治療すれば治る。しかしおけいは、こころを病んでいた。

どんな名医でも、気のふさがりは治せない。効能のある薬も調合ができない。

ごめんなさい、新吉さん……。

高枕にこめかみを押しつけたまま、おけいは胸の内で詫びた。

あと一日だけ、わがままを言わせてくださいと、声に出さずにつぶやいた。

なにがあっても、新吉が店を休まないことを、おけいはわきまえている。兄の順平も、なにかにつけて、新吉の商いの姿勢を褒めていた。

「たとえ江戸に大地震が起きて、町ぐるみ潰されることがあってもよう、新吉は、商いを休んだりはしねえ」

妹にこう話すときの順平は、真顔で、そして大事な友を誇りにしていた。

「あいつは、だれよりも早く潰れた家の後片付けをするさ。そうしたあとは、さっさとへっついに火熾しをしてよう、柿鮨作りの支度に取りかかるに決まってるさ」

常日頃から兄が口にしていたことを、おけいは寝返りを打ちながら思い返した。

順平が言っていた通りである。おけいの身を案じながらも、新吉はすでに起きて土間で支度を進めていた。

おけいの枕元には、油紙に包まれた飲み薬が置いてある。どれほどおけいの身を新吉が案じているか、その証の薬だった。

昨夜遅く、雨のなかを仲町の町医者が冬木町まで往診にきた。新吉が頼み込んでつれてきた医者である。

医者の名は小菅義庵。仲町の大店をおもな往診先に持つ医者で、治療の腕はいいと地元では評判の高い医者だった。

　義庵は最初に、おけいの脈をとった。

「そなたは、わしの手元で手伝いなさい」

　義庵の指図で、新吉は診察の手伝いについた。おけいの肌を見るのはためらわれたが、医者の指図である。おけいもいやがってはいなかった。

「身体を抱えて、布団のうえに上体を起こしなさい」

「へいっ」

　短く答えた新吉は、おけいの首筋に手を回した。おけいは自分から新吉に抱きついた。

「あとは、わしの後ろに控えていなさい」

　新吉を自分の背後に下がらせた義庵は、おけいに上半身を脱ぐようにと言いつけた。行灯一張(あんどんひとはり)が灯された薄暗い部屋に、衣擦(きぬず)れの音がした。新吉は目を伏せた。

　義庵は、おけいの背中に耳を押し付けた。

「大きく息を吸い込んでから、ゆっくりと吐き出しなさい」

「はい……」

　おけいの返事は弱々しい。その声に驚いて、新吉は顔を上げた。おけいの白い背中を、行灯の明かりが照らし出していた。

おけいの身体が発する音を聞き取った義庵は、背中に左手を当てた。その手のひらの甲を、人差し指と中指の二本を立てて、トントンと叩いた。

指に伝わる感触で、おけいの容態を触診しているのだ。初めて見る診察の手法に、新吉は目を見開いていた。

診察の締めくくりは、おけいを横に寝かせて、息を吐き出させることだった。おけいの吐く息を、義庵が嗅ぐという。

「今日は一日、まったく口をすすいでいませんから……」

おけいは口臭を恥ずかしがった。

「わしは医者だ。なにを恥ずかしがることがあるか」

義庵の物言いは厳しかったが、年頃の娘が感ずる恥じらいにも気を遣っていた。

「病を退治するためだ。存分に、わしに向けて息を吐き出しなさい」

「分かりました」

おけいは小さく息を吸い込んでから、ふうっとためらい気味に吐き出した。

「いま一度……もそっと強い調子で吐き出しなさい」

おけいは言われるままに、立て続けに二度、強い調子で息を吐き出した。

「そなたの身体は、どこも病んでおるわけではない。すこぶる達者であるぞ」

義庵は患者の不安を取り除くように、きっぱりとした物言いをした。

「とはいえ、こころが相当に深手を負っておる。それを治すには、充分に養生するほか手立てはない」

診察を終えた義庵は、土間に降りてから新吉を手招きした。

「身体に滋養のつくものを食べさせて、気が晴れるまで寝かせておきなさい」

「ありがとうごぜえやす」

おけいの身体はどこもわるくないと分かり、新吉は深い辞儀をした。

「薬はどうすればよろしいんで？」

「薬か……」

義庵はあごの下に手をあてて、つかの間、思案顔を拵えた。

「あの娘御の病には、薬はさほどの効き目はないと思うが……医者の調合したものを飲んだということで、意外にも元気になる者もおるでの」

気休めぐらいにはなるだろうと、義庵は呆れるほどに正直なことを口にした。

「気休めだろうがなんだろうが、効き目がありそうなら調合してくだせえ」

「それは構わぬが、相当に高価だぞ」

「ゼニのことなら、言わねえでくだせえ」

新吉は土間に立っていることも忘れて、大声を出した。六畳間に寝ているおけいに、丸聞こえである。

言ってから、慌てて声をひそめた。

「ぜひとも、義庵先生の手で薬を調合してくだせえ」

「よろしい」

頼みを聞き入れた義庵は、新吉を伴って診療所に帰った。

義庵があらかじめ口にした通り、内服薬は途方もなく高値だった。

町医者が調合する薬は、たとえば風邪薬や腹痛を治す内服薬なら、高くても一服が十文の見当である。その程度の薬代でなければ、長屋暮らしの住人には支払えなかった。

ところが「気休めにはなる」程度の効能しかない薬が、一服で銀二匁（約百六十四文）もした。

「効能のある薬草三種に和三盆（わさんぼん）を混ぜて、飲みやすくしてあるでの」

和三盆とは、和菓子作りなどに用いる砂糖のことだ。極上の和三盆は、乾物屋ではなしに薬屋で売られていた。

心身がくたびれたとき、和三盆一包を服用すれば、身体の芯から回復することもある。ゆえに薬屋が、薬種（やくしゅ）のひとつとして商いをしていた。

新吉は一包銀二匁と聞かされても、顔色を変えなかった。

「費えは構いやせん。しっかりと元気を取り戻せるように、五日分を拵えてくだせえ」

朝昼晩の三回服用する薬の五日分は、十五包にもなる。一包が銀二匁なら、五日分だと銀三十匁、二分の一両相当の桁違いの高値である。

薬代が幾らかかったのか新吉は、ひとこともおけいに聞かせはしなかった。が、小菅義庵の高名は、深川では知れ渡っている。おけいも、もちろん知っていた。

「相当に高価だぞ」

義庵が土間で言い置いたことも、新吉がゼニのことは言うなと言ったのも、おけいは耳にしていた。

「身体に滋養のつくものを食ってから、薬を飲んで寝てりゃあ治るって、義庵先生がそう言ってたからよう。食いたかあねえだろうが、なにか口にいれねえな」

新吉は、しいたけダシの味噌汁を拵えた。味噌汁のなかには、半熟に煮た卵が入っていた。

「頼むから、ひと口だけでも食ってくんねえ……この通りだ」

新吉に手を合わせられたおけいは、なんとか椀一杯の味噌汁を食べた。そして義庵が調合した内服薬一包を服用した。

「とっても甘くて……なんだか、お薬ではないみたい」

和三盆の甘さが、口当たりをよくしたらしい。おけいはいやがらずに、一包の薬を残さずに服用した。

義庵が調合した薬草三種のひとつには、眠気を強く催す効能があった。服用して四半刻（三十分）も経たないうちに、おけいは深い眠りに落ちた。

目覚めた朝は、すっかり雨がやんでいた。

横になったまま、おけいはあれこれと順平のことを思い返した。思うまいとしても、あたまのなかを駆け巡るのは、順平のことだけだった。

新吉がどれほど、おけいの容態を案じてくれているか。

どれほどひたむきに、おけいのことを思っているか。

横になっていれば、目には見えないだけに余計に強く察することができた。

早く起き上がって、新吉さんの気を楽にしてあげなければ……明日にはと言わず、もう起き上がったほうがいい……。

そう強く思ったおけいは、身体を起こした。そして枕元の薬包に手を伸ばした。

一服飲んでから、気持ちをあらたにして起き上がろうと考えてのことだった。

薬包の載った盆には、一合徳利（とっくり）と小さな湯呑みも添えられていた。薬を膝元に置いたおけいは、徳利に手を伸ばそうとした。

その手が、不意に止まった。

墨の香りを感じたからだ。

顔つきの変わったおけいは、素早く立ち上がった。いままで横たわっていた病人とは思えない、敏捷(びんしょう)な身のこなしだった。

勢いよく立ち上がった拍子に、膝に載っていた薬包が、ぽとりと落ちた。

六十

土間に飛び降りたおけいは、血相が変わっていた。

「なにをしてるの、新さん」

おけいの強い声で、半紙の端がめくれてひらひらと揺れた。土間の隅にしゃがんでいた新吉が、びくっとして立ち上がった。

「どうしたんでえ」

新吉は慌てておけいの元に駆け寄った。

「いきなり起き上がったりしちゃあ、身体によくねえだろうが」

「あたしのことは、どうでもいいんです」

おけいは強い口調で、新吉の言葉を弾き返した。

「明け六ツ（午前六時）をとっくに過ぎたはずなのに、柿鮨作りの支度が、なにひとつ進んでないじゃないの」

おけいはいつになく強い物言いで、新吉を責めた。新吉の顔に、戸惑いの色が浮かんだ。

「どうしたの、その顔は」

「どうしたてえことはねえが……」

「ないわけがないでしょう」

おけいは新吉の胸元に詰め寄った。

「江戸に大地震が起きたって、商いを休まないのが新吉だって、おにいちゃんはいっつも新さんのことを自慢してたのよ」

言葉に詰まった新吉は、口をへの字に結んで土間に目を落とした。

「その半紙に書いているのは、いったいなんのことなの」

おけいは半紙を指で示した。

『つごうにより、

向こういく日かは、

商いをやすみます

三ツ木鮨』

土間に差し込む朝日が、半紙の墨文字を照らしていた。

「向こういく日かはって……新さん、本気で三ツ木鮨を何日もお休みにする気なの」

おけいの両目が潤んでいる。いまにも涙がこぼれ落ちそうだった。

「あたしが気弱になって寝込んだりしたものだから、新さんは大事なお店を休む気になったんでしょう」

なんで、そんなことを……。

両手をこぶしにしたおけいは、新吉の胸を何度も何度も叩いた。その手をそっと、新吉が摑んだ。

「勘弁してくれ、おけい」

おけいのこぶしを両手で摑んだ新吉は、静かな口調で話しかけた。

「おめえがわるいわけじゃねえんだ」

「うそよ、そんなこと。お店を休む気になったのは、あたしのせいなんでしょう」

摑まれた手を振りほどこうとして、おけいは暴れた。強い力で握ったままでは、おけいが痛いと察したのだろう。

新吉はおけいの手をほどいた。

おけいはまた、強く二度、新吉の胸を叩いた。そのあとで、腕を新吉の身体に回して抱きついた。

新吉も両腕をおけいの身体に回し、しっかりと抱きとめた。

深い想いを抱き合っているふたりが、初めて相手の肌のぬくもりを感じていた。

「起きられねえで弱っているおめえを見たら、おれの身体から力がすっぽりと抜けちまってよう……鮨の下拵えをする気が、まるで起きなくなりやがった」

おけいが元気でいてこそ、前に進もうとする気力が身体の芯から湧き上がってくる。

おけいに寝込まれて、初めてそのことに気がついた。

おけいさえ元気でいてくれるなら、ほかにはなにもいらない。柿鮨作りは、おれの命も同然だが、それもおけいが元気でいてくれればこそだ。

そのことを、今朝はいやというほど思い知らされた……。

新吉はおけいを抱きしめたまま、正直に思っていることを聞かせた。

「あたしもよ、新さん……」

強く抱きついた両腕に、おけいは思いっきり力を込めた。

「おにいちゃんのこととおんなじぐらいに、あたしは新さんが大事なの。いま、それがよく分かったから」

胸元に顔をうずめ、おけいは泣きじゃくるこどもの仕草で新吉にしがみついた。

寝込んでいたおけいの髪がほつれていた。

しかしおけいが使っているびんつけ油の香りは、いささかも褪(あ)せてはいない。

おけいを強く抱きしめたまま、新吉は甘い香りを吸い込んでいた。

朝の光が、仙台堀沿いの道に降り注いでいる。三ツ木鮨の前を通りかかった野良犬が、店先で足をとめた。

通りには、まだ人影はない。土間で抱き合ったままのふたりに、犬はいぶかしげな目を向けていた。

六十一

三月二十四日も朝から晴れた。

「朝ごはんをしっかり食べてたら、その日一日が元気で過ごせるって……」

「順平がそう言ってたんだな？」

おけいはこくっとうなずいた。茶碗に飯をよそっていた手が、ぎこちなく止まった。

「でえじょうぶだ、おけい。案ずることはねえぜ」

新吉は、わざとぶっきら棒な物言いをした。

明け六ツ（午前六時）前に起きたおけいは、甲斐甲斐しく働いて新吉の朝飯を調えていた。しかし兄の身を案ずる思いは、いまでもおけいの身の内に満ちている。

順平の名を聞くなり、だしぬけにつらい思いがこみ上げてくるのだろう。

新吉はそれを承知で、おけいに向かってわざと兄の名を口にした。妙な気遣いを続けるよりは、真正面から順平のことに触れるほうがおけいのためだ……いまの新吉は、そう思い定めていた。

「あいつは泳ぎも達者だし、おめえのことをだれよりも気にかけている」

おけいの行く末を見定めないで、先に逝くようなことは断じてしないと、新吉は強い口調で請合った。

「そうよね……」

おけいはしゃもじを握り直した。

「ありがとう、新さん。分かっているのに、つい、いやなことを考えてしまうから」

おのれを励ますような物言いのあと、炊き立ての飯を形よく新吉の茶碗によそった。

「しっかり食べてから、魚河岸に行ってくださいね」

「あたぼうよ」

新吉は太い眉の両端を吊り上げた。

「こんなにうめえ飯を、中途半端に食ったりはしねえさ」

新吉はまだ湯気の立っている飯に、削ったばかりの鰹節を振りかけた。一番ダシをとるための、極上の土佐節である。

昨日の朝早くに床をあげたおけいは、鮨作りの下働きをこなした。それと同時に、家事も受け持っていた。

しかも賄いの飯作りも、おけいが受け持っていた。

日々の暮らし振りには、大してぜいたくはしない新吉である。が、自分で口にする米と醤油には、費えを惜しまなかった。

新吉を鍛えてくれた、京橋の親方の言いつけを守ってのことである。

新吉が口にする米は、柿鮨に使う米と同じ庄内米だ。水加減を間違えなければ、ひと粒ずつが釜のなかで立ってくれる美味い米だ。

柿鮨作りに使う庄内米は、並の米より二割も高い。

が、値段の違いは味に出た。

「美味い飯をしっかりと食わねえやつに、いい仕事はできねえ」

「舌を鍛えてくれる米の費えを惜しむやつは、ろくな鮨職人じゃねえ」

京橋で修業を重ねていたとき、親方は毎日このことを新吉に諭した。

「いい鮨職人になりたけりゃあ、米の美味いまずいをしっかりと目利きできるようにしろ。そのために遣うゼニなら、たとえ小粒銀をバラ撒くことになっても、これっぱかりも惜しんじゃあならねえ」

親方の戒めを、新吉は守り続けている。ゆえに自分で口にする米も、商売物と同じ庄内米を使っていた。

おけいは新吉のために、水加減と火加減を気遣い、見事な飯を炊き上げた。

おけいの飯炊きの腕に大喜びした新吉は、今朝はとっておきの鰹節を削った。

熱々の飯に、たっぷりの醤油にひたした鰹節をまぶす。鰹節と大豆醤油の両方の旨味が、炊き立て飯のなかで混ざり合うのだ。

ひと一倍、米の吟味にはうるさい鮨職人ゆえに、新吉は飯の美味い食べ方を知り尽くしていた。

「ひとはこの食べ方をよう、猫まんまなどとひでえことを言うが、それはとんだ了見(りょうけん)違いだ。米と鰹節と醤油の三つの美味さが揃ったら、余計な添え物はいらねえ」

おけいの炊いた飯を褒めながら、新吉は茶碗に三杯もお代わりをした。

「新さんの食べ方って、おなかがすいたときのおにいちゃんとおんなじ」

またもやおけいは順平を思い出したらしい。が、湿っぽさはまるでなかった。

順平が行方知れずのいまは、魚の買出しには新吉が出向くしかない。朝飯を食べ終えた新吉は、手早く魚河岸行きの身支度を始めた。

順平が使っていた盤台の予備を、おけいは宿から三ツ木鮨に運び込んでいた。新吉よりも先に土間に降りたおけいは、盤台を担ぐ天秤棒を木綿布で乾拭(からぶ)きした。

おけいが、ふっと遠くを見るような目つきになった。

昨日の夕暮れ前に、順平の棒手振仲間が連れ立って三ツ木鮨に顔を出した。

「順平の代わりに、おれたちが代り番こで仕入れをさせてもらいてえんだが……」

「せっかくの話だが、そいつは勘弁してくんねえ」

新吉は、その場で断りを口にした。

「順平がけえってくるまでは、おれが出かけるつもりだ。どうせ、そんなになげえことじゃあねえだろうからよ」

天秤棒を手に持っていた仲間たちは、余計な申し出をしたことに気づいた。

「ちげえねえ」

「余計なことを言っちまった」

「すまねえ新吉さん、勘弁してくんねえ」

順平の仲間たちが詫びるのを、おけいは潤んだ目で見ていた。

仲間の親身がありがたかった。

それ以上に、順平がすぐに帰ってくると言い切った新吉の口調が嬉しかった。

おけいが張り切って賄いの飯炊きをしたのは、その直後のことだった。

「どうしたよ、おけい」

おけいは、天秤棒を手にしたまま思い返しを続けていた。新吉に呼びかけられて、昨日の思い返しを閉じた。

兄を大事に思っている新吉を思い出して、不意に両目が熱くなった。

「なんでえ、おけい……おめえ、またぐずぐずやってたのか」

「そんなんじゃあ、ないもん」

おけいは強い口調で言い返した。

「だったら、どうしたんでえ」

「知いらないっ、と」

おけいは天秤棒を新吉に手渡した。

「まったく、おめえは分からねえ」

軽くこぼした新吉は、手早く盤台と天秤棒を抱え持った。棒に盤台を吊るすのは、魚を仕入れてからのことだ。

「そいじゃあ、行ってくるぜ」

「お早いお帰りを」

新吉の後姿に、おけいは辞儀をした。

あたかも、亭主を送り出す恋女房のような所作だった。

昨日の朝の野良犬が、またもや三ツ木鮨の店先で歩みをとめて立ち止まった。

六十二

順平が乗った乗合船が転覆したのは、強い雨降りだった三月二十二日である。

皮肉なことに翌日から、江戸は晴天に恵まれた。晴れは四月に入っても続いた。

暖かい日が重なり、桜の葉は日を追うごとに緑色を鮮やかにした。

春の晴天は、ひとの気持ちを浮き浮きとさせる。働く者の動きが、見違えるほどによくなった。

佐賀町河岸の仲仕（なかせ）たちは、お八ツ（午後二時）の休みも惜しんで荷揚げに励んだ。

仲仕の実入りは、出面（でづら）（日当）ではなしに、荷揚げをした数の出来高払いである。

「こんな上天気じゃねえか。のんびり茶を呑んでるのは、もったいねえぜ」

力自慢の仲仕たちは両肩に俵や麻袋を載せて、荷揚げの数を競い合った。

普請場仕事の職人は、棟梁が目を見開くほどに仕事をはかどらせた。

「そこに柱を立てるのは、明日の朝からでいいぜ」

「冗談じゃねえやね」

棟梁の指図に、大工たちは口を尖らせた。

「こんなに上天気で、たっぷりと日が伸びているんでさ。暮れ六ツ（午後六時）までにゃあ、しっかりと柱を立てられやすぜ」

予定の期日よりも早く棟上(むねあげ)ができれば、短くした日数分を祝儀として受け取れるのだ。腕に自信のある大工たちは、一日でも早く棟上に持ち込もうとして張り切っていた。

仲仕や大工の威勢がいいのは、上天気が続いているからだ。

晴れ続きで威勢がいいのは、職人に限ったことではない。裏店暮らしの女房たちも、心底から晴天を喜んでいた。

六畳ひと間の掃除をするにしても、井戸端で洗濯をするにしても、晴れてさえいれば家事がはかどるのだ。

「嬉しいじゃないかね」

「どうしたのさ」

「朝のうちに干したものが、もうパリッと乾いてくれてるよ」

晴天が続けば、亭主の仕事も滑らかに運ぶ。

実入りも増える。

長屋の女房たちは上機嫌になり、ついつい冬木町に出向いて柿鮨を買う気になった。

順平の行方知れずの翌日から、柿鮨は売り上げを伸ばしていた。

「おめえが手伝いにへえってくれたことで、鮨の売れ行きが大きく伸びてる」

おまえは福の神だといって、新吉はおけいに手を合わせた。

「順平も、きっと江戸のどこかで身体の養生を続けているにちげえねえからよう」

一日も早く順平に、三ツ木鮨の商売繁盛を見せてやりてえ……新吉は、真顔でそれを口にした。

「そうよね」

答えたおけいは、新吉に背中を向けた。顔つきが曇っているのを、新吉に見せたくなかったからだ。

今日は四月二日。順平の行方が知れなくなって、すでに十日以上が過ぎていた。

順平の身柄が見つかったという報せは、どこからも聞こえてはこない。こないがゆえに新吉もおけいも、順平の無事を信じ、願っていることができた。

しかし……。

元気な順平が見つかったという報せも、どこからも聞こえてはこなかった。

なんというめぐり合わせか、兄が行方知れずになった翌日から、三ツ木鮨は売れ行きを大きく伸ばし始めた。鮨作りに追われている間、おけいは兄を案ずることを忘れていることができた。

しかし手すきになると、どうしても順平を思ってしまう。兄の身をあれこれ案ずると、顔が曇った。

その顔を新吉には見られたくない。

新吉に背中を向けたおけいは、通りに目をやった。八ツ下がりの仙台堀沿いの通りは、多くのひとと荷車が行き交っている。

何気なしに通りに向けたおけいの目が、大きく見開かれた。

武家がひとり、大股（おおまた）の歩みで三ツ木鮨に向かってきていた。火事場見廻役、野川勇作である。

野川の顔つきは引き締まっていた。

「新さん……」

おけいの声がかすれていた。

六十三

大柄な野川勇作は、ただ立っているだけでも人目をひいた。

しかも野川は、濃紺無地の長着に真紅の羽織という出立（いでた）ちだ。

「火事場見廻りのお役人さんだ」

冬木町の住人が、小声を交わした。

火事場見廻役は、だれにでもひと目で役目が分かる身なりをしている。目立つことおびただしい身なりの野川が、三ツ木鮨を目指して歩いていた。

野川の引き締まった顔つきを見たおけいは、新吉に呼びかけた声がかすれていた。

「どうした、なにかあったのか」

おけいの声の調子が尋常ではない。新吉は手をとめて、おけいに近寄った。

「野川様が……」

新吉は店の外に目を向けた。真紅の羽織姿が、店先から五間（約九メートル）にまで迫っていた。

前垂れで手を拭うなり、新吉は外に飛び出した。唇をぎゅっと閉じ合わせた、野川の顔つきが気になったからだ。

新吉は急ぎ駆け寄った。野川が店先に着く前に、問いたかったからだ。

「よくねえ報せでやすかい？」

いやな報せなら、おけいには聞かせたくない。その思いが先に立ち、新吉はあいさつも抜きでいきなり問いかけた。

「案ずるな、新吉」

野川の口調は穏やかだった。その物言いを聞いた新吉は、ふうっと音を立てて安堵の息を吐き出した。

「だったら、どうぞ店のなかにへえってくだせえ」

新吉は声を弾ませた。なかにいるおけいに聞こえるように、わざと大声を出した。

「そうさせてもらおう」

野川も新吉に調子を合わせて、明るい声で応じた。

「野川様に、茶をいれてくれ」

おけいに言いつけた新吉は、急ぎ座敷に上がった。六畳間は、おけいがきちんと掃除をしている。それは分かっていたが、なにしろ武家を招き上げるのだ。

枕屛風の形を直し、鴨居に吊り下げていた半纏をおろした。畳にゴミが落ちていないのを確かめてから、座布団を引っ張り出した。

押入れは造作されていない六畳間である。座布団は板の間の隅に積み重ねてあった。

「どうぞ、上がってくだせえ」

新吉は壁際に座布団を置いた。上座も下座もない、ただの六畳間である。あえていうなら、窓の明かりが当たっている壁際が、上座だった。

野川は二本を左手に持ったまま、座布団に正座した。

店を開いている間は、七輪に炭火を絶やすことはない。野川が壁際に座ってから間をおかずに、茶が運ばれてきた。

刻は八ツ下がりで、仕事場の職人たちには茶菓が供される時分である。

「商売ものですが、おひとつ召し上がってください」

おけいは焙じ茶とともに、柿鮨を二切れ、小皿に形よく盛って供していた。

「これはありがたい」

冬木町まで歩いてきたことで、小腹が減っていたところだ……野川は武家とも思えぬ直截な物言いで、柿鮨を喜んだ。

「まことに美味である」

焙じ茶のお代わりをしながら、野川は二切れの柿鮨を平らげた。

「新吉の人柄そのものの味だ」

正直で骨太の味付けだと、野川はひとしきり柿鮨を褒めた。

「本日ここに顔を出したのは、格別の用あってのことではないが……」

野川の役所には御府内二十四カ所の番所から、前日の火事・行き倒れ・水死人の報せが上がってくる。

「今日にいたるも、順平とおもわしき者の亡骸は番所に届けられておらぬ」

順平はかならず、江戸のどこかで息災にしておる。気を落とすでないぞ……野川は口先だけではなく、正味で順平の無事を信じているようだった。

「この役目に就いて、はや十余年が過ぎた。このごろでは、役目柄の勘働きというものを時折り感ずるようになった」

順平は元気だ。火事場見廻役の直感が、強くそれを訴えている……。

野川はこのことをおけいと新吉に伝えるために、わざわざ冬木町まで出向いてきたのだ。

「ありがとうございます」

おけいと新吉は、畳に両手をついて礼を言った。

「おまえたちの情愛の深さが、おれの足を深川まで運ばせたということだ」

野川のぞんざいな物言いは、ふたりに対する親しみゆえだった。

「役所に吉報あったときは、中間(ちゅうげん)を差し向ける。そのときは驚くでないぞ」

おけいが風呂敷に包んだ柿鮨三折りを、野川はいやがらずに持ち帰った。

真紅の羽織を着た、五尺八寸の武家。

大股の足取りで仙台堀沿いを歩く背に、西日が当たっている。

右手に提げているのは、鮨三折りが包まれた風呂敷。わずかに吹き始めた川風が、柳の小枝を揺らしていた。

野川の後姿が見えなくなるまで、おけいと新吉は背筋を張って見送っていた。

六十四

大川と神田川が交わる場所には、柳橋が架かっている。橋を北に渡って真っ直ぐに進めば、公儀御米蔵が建ち並ぶ蔵前河岸だ。

三万六千六百五十坪（約十二ヘクタール）もある広大な敷地のなかに、五十四棟の米蔵が作事されていた。

米は大型のはしけで運ばれてくる。そのはしけを横付けするのが、一番から八番までの堀である。

「両国橋の真ん中に立てばよう。御米蔵の八つの堀が、櫛の歯みてえにきれいに並んでめえるんでえ」

「夏場の夕暮れ間際になると、西日を浴びた八つの堀が、キラキラと光っててさ。きれいのなんのって、土地の者でも、ぼんやり見とれちまうぜ」

柳橋生まれの者には、御米蔵前に並んだ一番から八番までの堀が自慢のタネだった。

毎年三月・五月・十月の各月には、徳川家家臣の旗本と御家人への俸給（扶持米）が支給される。支給日はいずれの月も十日と定まっていた。

その支給日の三十日前ごろから、蔵前河岸は凄まじい喧騒に包まれる。扶持米が、諸国の公儀天領地から蔵前に運び込まれ始めるからだ。

三月に払われるのは春借米で、俸給の四分の一。

五月支給の夏借米も、三月同様に俸給の四分の一。

十月は大切米と呼ばれ、俸給の二分の一が支給された。

寛政二（一七九〇）年四月十日、四ツ（午前十時）過ぎ。夏借米の搬入が始まった蔵前河岸は、仲仕と車と大型のはしけが入り乱れて、ごった返していた。

前年九月に発布された棄捐令のせいで、四月になっても江戸の景気は相変わらず冷え込んでいた。一夜の遊びで五十両、百両の大金を散財してきた蔵前の札差百九人が、いきなり財布の紐を固く絞ったからである。

とはいえ、徳川家家臣への俸給は三月の春借米は例年通りに支給された。来月に控えている夏借米も、五月十日には支給される。

景気の冷え込みとはかかわりなく、蔵前河岸には米俵を担いだ仲仕衆の熱気が渦巻いていた。

途方もなく広い河岸を、米問屋の小僧たちが息をはずませて駆け回っている。先を急ぐ小僧は、仲仕の動きを気にもとめず、わきを走り抜けようとした。

「いきなり飛び出して、おれの前をふさぐんじゃねえ」

「ちょろちょろ動いてやがると、車に踏み潰されるぞ」

仲仕の怒声が、走り去る小僧の背中に投げつけられた。

「御米蔵の賑わいは、いつ見ても、何度見てもいいわよねえ」

両国橋の欄干に寄りかかったおきょうが、うっとりとした声で話しかけた。

「どうなの、順平さんは」

「どうなのって？」

順平は、戸惑い顔をおきょうに向けた。

「あの御米蔵の賑わいを見ても、なんにも思い出せないのってこと」

「すまねえ」

答えた順平の語尾が下がっていた。

「そう……」

短く答えたおきょうは、顔つきを明るくして順平の肩をポンッと叩いた。

「慌てなくても時期がきたら、きっとなんでも思い出せるわよ。典膳先生だって、そう言ってたもの」

順平の背中を押して、おきょうは両国橋を西詰に向かって渡り始めた。橋の北側前方には、御米蔵の八つの堀が見えている。

川下に向けて流れる川風は、蔵前河岸の喧騒を運んでいた。


三月二十二日の朝、大川で乗合船が転覆した。雨で増水していた大川に、順平は蓑笠姿で放り出された。

月に一度の大潮の上げ潮である。大川は、川上に向けて強い流れが生じていた。

順平は泳ぎの達者な男である。しかし突然、大川に投げ出されたのだ。

しかも蓑を着込んでいた。

とっさの泳ぎもできず、増水した川水のなかに沈んだ。蓑にまとわりつかれて、身動きもままならなかった。

順平は息を詰まらせて気を失った。

命を救ってくれたのは、しかし順平の身体の動きを奪った蓑だった。

順平が身につけていたのは、背蓑と腰蓑が合わさった大きな蓑である。一着で一分（四分の一両）もした極上物で、地にシュロの葉が隙間なしに縫い付けられていた。

川水は、シュロの葉の間に潜り込んだ。葉と葉の間に詰まっていた空気が、順平の身体を水中から水面にまで持ち上げた。

気を失ったことが幸いし、順平は川水を呑まずに済んだ。しかも大潮の速い流れに乗ったことで、仰向けになったまま、水に浮かんで流された。これで溺れ死にを免れた。

上げ潮に流された順平は、薬研堀に架かった難波橋の橋杭にぶつかった。

雨降りの早朝である。橋の周囲に人影はほとんどなかった。

順平にとってさらに幸いだったのは、外に飛び出した猫を追いかけてきたおきょうが、難波橋のたもとにいたことである。

順平は、ゴツンと音を立てて橋杭にぶつかった。薬研堀に架かった難波橋は、さほどに大きな橋ではない。音に気づいたおきょうは、たもとから橋を見た。

橋杭にぶつかった順平は、うまい具合に橋のたもとに流されてきた。

「あのときの順平さんは、とっても土左衛門には見えなかったもの」

助け上げた順平が正気に戻ってから、おきょうが二十二日の朝を思い返して口にした言葉である。

順平は、おきょうに蓑をつかんでもらえた。雨の中を通りかかった物乞いが、一緒になって順平を引き上げた。

おきょうの宿まで順平を担いで行ったのも、その物乞いである。

順平の着ていた長着には、『じゅんぺい』と名前の縫い取りがしてあった。おけいは順平の半纏、股引から浴衣にいたるまで紅色の木綿糸で名前の縫い取りをしていた。

おきょうは柳橋の船宿『ゑさ元』に雇われた、屋形船の料理人である。生まれも育ちも薬研堀で、両親と三人暮らしだ。

いま、おきょうの両親は連れ立って伊勢参りに出かけている。留守宅は、猫とおきょうで番をしていた。

薬研堀の医者袴田(はかまだ)典膳は、おきょうの一家とは二十年来の付き合いである。

「わしの調合する薬草三種を朝晩二度、熱湯で煎(せん)じて服用させなさい。薬湯(やくとう)の合間に、猪肉(いのししにく)を煮込んだ汁を飲ませれば、三日のうちに正気を取り戻すじゃろう」

典膳の調合した薬草三種は、効き目が確かだった。猪肉の汁が、薬湯の効果を大きく底上げした。

典膳が見立てた通り、順平は担ぎ込まれて三日後に正気に戻った。

「ここはどこなんで？」

打ち所がわるかったらしい。正気に戻った順平は、住まいも生業(なりわい)も、おのれがだれであるかまでも思い出すことができなかった。

「なにかのはずみで、すべてを思い出すものだ。そのときがくるまでは、気長に養生するほかあるまいの」

典膳の見立てを受けて、おきょうは順平に居続けるように勧めた。

「大川を川下から流されてきたんだから、きっとだれかが探しているはずだもの」

よそに行かず薬研堀にとどまっていれば、なにか聞こえてくるに違いない……おきょうの勧めを、順平はありがたく受け入れた。

四月十日の今日で、おきょうの宿に寝起きを始めて二十日近い日数が過ぎた。いまだに順平は、なにひとつ思い出すことができないでいる。

いや、ひとつだけあった。

おきょうが夕食に、アジの煮付けを拵え始めたとき。台所に近寄った順平は、料理人のおきょうよりも達者に庖丁を使い、アジをさばいた。

飼い猫にはアジのわたを上手に血抜きし、骨と合わせて椀に盛った。食べ終わったとき、猫は喉を鳴らして順平に擦り寄った。

「きっとお魚料理にかかわりのある生業に、順平さんは就いていたのよね」

ひとつだけでも、大きな手がかりだった。

「おとっつあんたちも、四月の終わりには帰ってくるから」

おきょうの父親専蔵は、柳橋の自身番小屋の小屋長を務めていた。小屋番に就いて二十五年目の今年、柳橋の船宿五軒が費えを出し合って、専蔵と女房のふたりを伊勢参りに送り出した。

専蔵の実直な人柄への褒美だった。

「おとっつあんが帰ってきたら、順平さんの身元捜しを手伝ってくれるから」

「重ね重ね、ありがてえことで……」

順平が頭を下げると、猫がミャアと鳴いて調子を合わせた。

おきょうと順平は、両国橋を西に渡りきった。橋のたもとは広小路で、見世物小屋、芝居小屋、軽業小屋などが何十軒も広場に建ち並んでいた。

不景気風がきつく吹いているいまでも、両国橋西詰の賑わいに翳りはなかった。

「順平さんがなんにも思い出せなかったら、ずっと薬研堀にいてね」

おきょうのつぶやきは順平の耳に届く前に、人込みの喧騒に呑み込まれた。

六十五

四月十一日は、夜明けからぽかぽか陽気となった。まだたっぷりと赤味の残った朝の光には、早くもぬくもりが含まれている。

「気をつけねえと、今日は時季外れの陽気になりそうだぜ」

「ちげえねえ。手早く売って、早仕舞いにしようじゃねえか」

魚河岸の仲買人たちは、手早い商いを申し合わせた。暖かくなればなるほど、魚の傷み方が早くなる。

今日は暑くなると判じた朝は、仲買人たちは早々と安売りを始めた。少しでも早く、魚を売りさばきたいからだ。

ジャラン、ジャラン、ジャラン。

市場に鐘（かね）の三連打が鳴り響いた。安売りを告げる鐘である。

「なんでえ、今朝は」

「まだ六ツ半（午前七時）にもなってねえのに、もう鐘かよ」

「道理で、陽気がいいわけだぜ」

買出し客が、色めきたった。が、すでにこの朝の買出しを終えていた新吉は、足取りを変えずにうどん屋に向かった。

順平が行方知れずになってからは、三日に一度、新吉が魚河岸まで仕入れに出向いていた。その朝はおけいが三ツ木鮨の流し場で、米研ぎや、かんぴょう、しいたけの煮物の下ごしらえを進めた。

仕込みに出た朝の新吉は、魚河岸で朝飯代わりのうどんを食うのが決まりである。一杯二十四文で、町場のうどん屋よりは六文も高かった。

しかし魚河岸のきつねうどんの油揚げは、厚みも甘味も、町場のうどん屋とはまるで違っていた。

油揚げは大きさも厚みも、他所（よそ）の倍はあった。しかも砂糖と醤油を惜しまずに使って煮ている。

うどんつゆのダシは、鯖（さば）やアジではなしに、鰹節と昆布である。鯖に比べて、つゆの味は品がよくて薄い。その薄さを、味付けの強い油揚げが巧みに補っているのだ。

薬味は、刻みネギ。それをパラパラッと散らしてから、七色唐辛子を振りかける。

ダシと刻みネギの香りが溶け合った、美味そうなどんぶり。湯気をかぐだけで、二十四文の値打ちは充分にあった。

うどんは太くて、腰がしっかりとしている。

油揚げは分厚く、しかも甘さと醬油のからさの按配が絶妙である。

つり銭がいらないように、一文銭二十四枚で食べるのが、魚河岸の作法だ。客は手のひらのなかに二十四枚を握り、長い列を拵えてきつねうどんの出来上がりを待った。

「新吉よう……」

うどんに口をつけようとしたとき、顔なじみの棒手振から声をかけられた。平野町と三好町（みよしちょう）を売り歩く魚清（うおせい）の昌吉（しょうきち）である。

昌吉も、強い湯気の立ち昇るどんぶりを両手で抱え持っていた。

「そこは、あいてっかい？」

新吉の卓には相客がいなかった。

「だれもいねえさ」

「だったら、わきに座らせてくんねえ」

腰をおろすなり、昌吉はズルズルッと大きな音をさせて、うどんをたぐり込んだ。

「美味そうな食いっぷりじゃねえか」

昌吉がたぐり込む音は、うどんの美味さを際立たせていた。

「ここのうどんを食い始めてから、もう十五年だからよう」

自慢げに言ってから、ふっと顔つきをあらためた。

「うどんを食ってて思い出したんだが……」

昌吉は丸箸を握ったまま、新吉に顔を近づけた。

「あの夜逃げをしたてえ蕎麦屋、おめえも覚えてるだろう?」

小西秋之助の恩を踏みにじって行方をくらました、孝三のことだ。もちろん新吉も覚えていた。

「あの野郎が、どうかしたのか」

問いかける語調がきつくなっていた。秋之助を心底から慕っている新吉は、腹立たしさを抑え切れなかったからだ。

「呆れたもんだが、ここの近所の住吉町で、またまた蕎麦屋をやってるぜ」

昌吉が、大きな音を立ててうどんをたぐり込んだ。

湧き上がった怒りが強くて、新吉はうどんを食う気を失くしていた。

六十六

四月十二日の八ツ(午後二時)前。新吉は肩を怒らせて住吉町を歩いていた。

三ツ木鮨の隣から夜逃げをした、蕎麦屋の孝三を取り押さえるためにである。

「後生ですから、もう少しだけ、気を鎮めてください」

新吉に後ろからおけいが頼み込んだ。

大柄な新吉が足を急がせると、おけいは小走りで追っても追いつかなかった。

昨日の朝、棒手振の昌吉から孝三が江戸に舞い戻っていると聞かされた。しかも戻ってきただけではなかった。

臆面(おくめん)もなく、また蕎麦屋を営んでいるというのだ。よりにもよって、魚河岸近くの住吉町で。

「相変わらず酒ぐせはよくねえらしいが、十二文の安値が受けて、ほどほどに繁盛しているらしいぜ」

詳しい場所を聞き出した新吉は、その足で住吉町に向かった。そして蕎麦屋の場所を確かめてから、冬木町に戻った。

一日が過ぎた今朝早く、新吉はおけいに事情を話した。孝三が大恩ある小西を踏みつけにして夜逃げをした一件は、おけいも知っている。

「そんなひどいひとと掛け合うなら、あたしも一緒に行くから」

一本気な気性の新吉ひとりでは、成り行き次第でなにが起きるか分からない。それを案じて、おけいは新吉についてきたのだ。

半町(約五十五メートル)先に、蕎麦屋が見えてきた。前を歩く新吉の息遣いが、はやくも荒くなっている。おけいは足を速めて、新吉の真後ろにくっついた。

小西秋之助は、孝三が屋台で商っていた時分からの客だった。三ツ木鮨の隣に孝三が蕎麦屋を出店した折りには、費えの二十両を用立てた。

毎月一両の返済で、二年間という約定(やくじょう)である。ところが孝三は、わずか二両を返しただけで、夜逃げをした。

孝三に用立てたカネのことを、秋之助は内儀には内緒にしていた。が、開き直った孝三は小西家の門前で毒づき、貸金の一件は内儀の耳にも届いた。

内儀はひとことも責めなかった。責められないがゆえに、秋之助はおのれを強く責めた。

孝三とはまるで赤の他人である。孝三が拵える蕎麦を好んだ客。それだけの間柄でしかなかったのに、秋之助は貸付証文もとらずに用立てた。

孝三は秋之助の善意を踏みつけにして、去年の七月に江戸から夜逃げをした。盗人(ぬすっと)猛々(たけだけ)しいというべきか。孝三は居抜きで店を売り払い、そのカネをふところにいれて行方をくらました。

「たとえ孝三を取り押さえたところで、証文もない話だ。わしのめがね違いであったが末の不始末、責めるべきはおのれの甘さだろう」

秋之助はそんないきさつを抱え持ちながらも、新吉にも手を貸してくれた。

ぬけぬけと江戸に舞い戻っただけじゃねえ。大川を挟んだこんな近くで、また蕎麦屋を始めやがって……どこまで小西様をコケにしやがるんでえ。

湧き上がる怒りを抑え切れず、新吉は昨夜はほとんど眠れなかった。今日は正午の客に売り切ったあとは、追加を拵えずに店を早仕舞いにした。

待ってろよ、孝三。

大川を渡るときから、新吉の目は怒りで吊り上がっていた。

蕎麦屋まであと十間（約十八メートル）に迫ったとき、石町（こくちょう）が八ツを撞（つ）き始めた。

鐘が合図であったかのように、店のなかから女が出てきた。

背伸びをして、のれんの棒を摑んだ。

八ツで商いが中休みとなるのだ。のれんをおろした女の目と、蕎麦屋に向かって足を速めた新吉の目がぶつかった。

「あっ……」

女が息を呑んだような顔で、その場に棒立ちになった。

まぎれもなく、孝三の女房だった。

六十七

「うちの蕎麦は安くて美味いんで、七軒先の富蔵親分も好んでくれてるからよう」

孝三はのっけから、あごを突き出して開き直っていた。手にはキセルを持っていた。

富蔵親分というのは、土地の目明しである。

「小西さんがいったい幾らのゼニをおれに貸したのか、証文もねえ話じゃあ、まるっきり言いがかりみてえなもんだ」

そんな話の掛け合いをやりてえなら、この場に富蔵親分にも居合わせてもらおうじゃねえか……証文を書いた覚えのない孝三は、薄ら笑いを浮かべた。

「小西さんだって、証文なしの話で分がわるいからてえんで、鮨屋のあんたを寄越したんだろうがよ」

孝三は強く吸った煙草の煙を、新吉に向けて吐き出した。その振舞いで、新吉の我慢がぶち切れた。

両腕で孝三の胸元を掴み、その場に立ち上がらせた。

「だめよ、新さんっ」

おけいが止めるのもきかず、新吉はこぶしを孝三の鳩尾に叩き込んだ。うっ、と声を漏らしただけで、孝三はその場に崩れ落ちた。

おけいは新吉にしがみつき、その先の動きを止めた。孝三の女房は、血相を変えて蕎麦屋から飛び出した。

「おめえが店を居抜きで売り飛ばそうが、そのゼニをいただきで江戸からずらかろうが、いまさらあれこれ言う気はねえ」

怒りで口のなかが乾いている新吉は、舌をもつれさせながら話を続けた。怒鳴り声ではなしに、静かな口調である。土間にうずくまった孝三の苦しげな息遣いが、おけいにもはっきりと聞こえていた。

「許せねえのは、大恩のある小西様をおめえの薄汚ねえ口で、あしざまに言いやがったことだ。この恩知らずのくそったれが」

新吉はおけいの腕を振りほどこうとした。おけいは新吉にしがみつき、なんとか動きを抑えていた。

「手をどけてくれ、おけい」

新吉の低い声が、蕎麦屋の土間に響いた。

「手をどけさせて、どうしようてえんだ」

孝三の女房と一緒に入ってきた男は、右手に十手を握っていた。

「ここはおれが預かっている住吉町だ。このうえやったら、しょっ引くぜ」

十手持ちは、富蔵だった。人柄が練れているらしく、富蔵は十手にモノを言わせる前に、新吉からわけを聞こうとした。

「そんなことを言ってないで、この男をふん縛ってくださいよ」

孝三の女房がわめいたが、富蔵に見据えられると口を閉じた。

「あたしに話をさせてください」

新吉の前に出たおけいが、次第を話す役を買って出た。

「しっかりと話ができるなら、だれがやってもいいぜ」

「ありがとうございます」

富蔵に辞儀をしてから、おけいは孝三の夜逃げから話を始めた。新吉からの又聞きゆえ、話はあちこちに飛んだ。が、秋之助から借りたカネが、まだ十八両も残っていると聞いて、富蔵の目が強い光を帯びた。

「この娘さんの言ったことは、まことか？」

「証文もねえような、言いがかりでさ」

鳩尾を押さえて、孝三は言葉を吐き捨てた。

「孝三は、言いがかりだと言ってるぜ」

「小西様は無証文で貸したほうがわるいと言って、ご自分を責めておられるんでさ」

新吉は怒りを抑えつけて、なんとか富蔵に答えた。

無証文で貸したほうがおろかだと、自分を責めている。秋之助はもはや、孝三から貸金を取り立てる気もないと、新吉は付け加えた。聞き終わった富蔵は、孝三を招き寄せた。

「十両を盗んだら打ち首というのが、御上の決めたことだ。十八両が言いがかりかどうかは、自身番でじっくり聞こうじゃねえか」

「そんなばかなことを……」

「なにがばかなことなんでえ」

富蔵の口調が、伝法なものに変わった。

「今日は定町廻の旦那が、柳橋の自身番小屋に詰めていなさる。そこまで出向いて、もういっぺん旦那の前で聞かせてもらおう」

「そうしてくだせえ」

新吉には、のぞむところである。

目明しを呼びに飛び出した孝三の女房は、藪をつついて蛇を出してしまった。

「ばかやろう、余計なことをしやがって」

女房に毒づいてから、孝三は外出の着替えを始めた。背中が小刻みに震えていた。

六十八

毎月、二のつく二日・十二日・二十二日には、南北両町奉行所の定町廻同心が月替りで、八ツ（午後二時）から暮れ六ツ（午後六時）まで柳橋番所に詰めている。

父親の専蔵からそのことを聞かされていたおきょうは、自身番小屋に行ってみようと順平を誘っていた。

「何度も言ってるじゃねえか。すまねえが、自身番小屋だけは勘弁してくんねえ」

なにも思い出せない順平だが、自身番小屋に出向くのは気乗りがしなかった。おきょうから二のつく日に行こうと何度言われても、かたくなに断った。

順平の言い分を渋々ながら呑み込んできたおきょうだが、今日だけは違った。

「笠をかぶったお坊様から、夢のなかでお告げがあったんだから」

自身番小屋に出向いたら、順平にえにしのある者と出会える……笠をかぶった僧侶（そうりょ）から、おきょうはそれを告げられた。

「定町廻様が、きっと順平さんにかかわりのある話を持ってきてくれてるのよ」

いやがる順平の背中を押して、おきょうは自身番小屋に顔を出した。

「どうした、おきょうちゃん」

専蔵の下で働いている下っ引きの久助が、素っ頓狂な声を出した。

専蔵がいないと分かっていて、おきょうは自身番小屋をたずねてきた。しかも男を連れている。そのことに面食らったのだろう。

「定町廻様にお願いがあるの」

久助は人柄はいいが、口の軽い男である。おきょうは順平のことにはひとことも触れず、定町廻はどこなのと訊いた。

「あいにく今日は、まだ来てねえんだ」

「来てないって……かれこれもう、七ツ（午後四時）が近いでしょうが」

久助に向かって、おきょうは口を尖らせた。

「おれに文句を言われても困るぜ」

「それはそうだけど……」

夢のお告げを信じ込んでいるおきょうは、定町廻と行き合えないのが得心できないのだろう。

「あたしたち、ここで待ってもいいかしら」

いいかしらと問いながら、おきょうはすでに待つと決めていた。

「そいつはいいけど、奥には渡世人を三人押し込んでいるからさ」

久助は自身番奥の留置牢に目を向けた。奉行所同心が吟味にくるまでの間、咎人を押し込めておくのが自身番小屋の留置牢である。

「いつになったら、こっから出すんでえ」

「聞こえてんのか、番太郎よう」

奥の牢で、渡世人たちが怒鳴っていた。おきょうが顔をしかめた。

「出直そうぜ、おきょうさん」

順平にうながされても、夢のお告げを信じているおきょうは、生返事しかしない。

留置牢でまた、渡世人が怒鳴った。

「おれは先に出るぜ」

自身番小屋から早く出たい順平は、ひとりで戸口に向かった。樫(かし)の板戸に手をかけると、力任せに開いた。

戸の外には、住吉町から出向いてきた富蔵、孝三、新吉、おけいが立っていた。

「ひとが立ってたとは気づかなくて……」

富蔵に向かってあたまを下げた。帯に挟んだ十手が目についたからだ。

下げたあたまを元に戻したら、五尺七寸の新吉が、目をまん丸にして順平を見詰めていた。

「おにいちゃんっ！」

おけいが番小屋のなかに飛び込んできた。

順平にはわけが分からず、戸惑い顔で突っ立っている。

「おにいちゃんったら！」

順平の袖を摑んだおけいは、上下に思いっきり振り回した。

「どちらさんで？」

途方にくれたような顔で、順平はおけいに問いかけた。

「やっぱり正夢だったんだ」

おきょうは胸の内で、何度も何度も繰り返した。

「ちょいと取り込んでおりやすんで……」

新吉はきまりわるそうな、それでいて嬉しさを隠しきれない顔で、話しかけた。

「このやろうとのケリをつけるのは、また別の日てえことにさせてくだせえ」

富蔵にあたまを下げてから、新吉は順平に近寄った。

「おたくは、どちらさんで？」

「おめえの兄弟だ」

新吉の両目が潤んでいた。

終章

順平の行方知れずを知った折りの秋之助は、みずから三ツ木鮨まで顔を出した。

「わしにできることがあらば、なんなりと言いつけてくだされ」

情のこもった言葉で、おけいを力づけた。

順平の無事が分かったときは、新吉がその日のうちに小西屋敷まで出向いた。

「なによりであったの」

秋之助は順平への見舞金二両を、新吉に託した。

ここにいたるまでの幾つもの節目で、秋之助は新吉に力を貸してくれていた。

「いっそのこと、おんなじ日に祝言を挙げてよう。小西様に、両方の仲人になってもらおうじゃねえか」

新吉が思案を口にしたとき、順平はそんな突飛な話はムリだと相手にしなかった。

ところが。

「もしもかなったら、なによりの親孝行になると思うけど……」

おきょうがつぶやくと、順平はいきなり風向きを変えた。

新吉とおけい、順平とおきょう。四人が連れ立って小西秋之助の屋敷をおとずれたのは、四月二十六日だった。三日続きの雨のなか、男は番傘に足駄、女ふたりは真紅の蛇の目傘をさして小西屋敷をおとずれた。

「わしで役に立つなら喜んで引き受けるが、二組が同時か……」

棄捐令の真っ只中でも、うろたえることのなかった秋之助である。ところが四人の前もはばからずに、吐息を漏らした。しかし音を立てて漏らした吐息とは裏腹に、顔つきは大きくほころんでいた。

祝言は来る五月二十六日の、秋之助の非番日というのが、四人の望みだった。そのころには、おきょうの両親も旅から戻っているからだ。

男ふたりのわきには、おけいとおきょうが座っていた。ふたりとも、揃いのような桃色無地のあわせを着ていた。おとなしい色味と生地が、娘盛りの華やぎを一段と引き立てていた。

「ただし新吉、仲人を引き受けるからには、祝宴の段取りはわしが差配する。仔細は明日、書き記したものを新兵衛に届けさせるが、それでよいか」

秋之助の物言いも顔つきも、まぎれもなく武家そのものだった。もとより、四人に異存のあるはずもない。深々とあたまを下げて、礼の言葉を口にした。

翌朝五ツ前、まだ仕込みのさなかに新兵衛が顔を出した。

「あんなに嬉しそうな旦那様の顔は、初めて見た」

書状を手にした新兵衛も、目元をゆるめていた。

祝宴は小西家広間にて催すこと。

宴席料理は派手さを求めぬこと。仕入れは順平が行い、調理は新吉差配のもとで、おけいとおきょうが手伝うこと。

小西家備えの客膳は、三十客分が限りである。宴の招待客は、その内輪にてとどめること。ただしともに大恩ある竹屋の竹蔵と、火事場見廻役野川勇作はかならず招くこと。

小西の指図書には、奉書紙に包まれた祝儀十両が添えられていた。

「当日の宴席には、なにとぞ新兵衛さんも座ってくだせえ」

「ありがとよ」

新兵衛が破顔したら、前歯が抜けているのが分かった。

寛政二（一七九〇）年五月二十六日。小西秋之助の非番の日は、梅雨明けと重なった。

「あすこに入道雲が出てきたとなりゃあ、今日から夏も本番だぜ」

六ツ半（午前七時）の空を見た棒手振が、仲買の若い者に話しかけた。

「そんなこたあ、雲を見るまでもねえ」

若い者は、店先に並んだ魚を指差した。

「みねえな、これを。すっかり夏の顔が揃ってるだろうに」

「ちげえねえ」

棒手振は山盛りになったアジに目を向けた。

仲買の店先にはアジのほかに、イサキ、メゴチ、シロギス、アナゴがすのこに並べられている。若い者が言った通り、すっかり夏の魚が勢揃いしていた。

「梅雨が明けたのは嬉しいが、朝からあの雲が湧いてるようなら、今日は相当に暑い一日になりそうだな」

こんな暑い日の祝言は大変だぜと、棒手振は気の毒そうに語尾を下げた。

「でえじょうぶさ。お武家さんの屋敷で挙げるてえんだ。庭はでけえし、風だって通り抜けるだろうよ」

仲買の若い者は、こころの底から今日の祝言を喜んでいる顔つきだった。

小西屋敷の台所は、土間だけで十坪の広さがあった。焚き口が三つのへっついが二基に、二荷（約九十二リットル）入りの水がめがふたつ。一間（約一・八メートル）もある大型の流しに、一間幅の調理台。

三十人分の客膳を備えている屋敷だけに、調理場は広さも道具も見事に整っていた。五ツ半（午前九時）を過ぎたいま、すでに白みを帯びた夏の光が、台所の明かり取りから差し込んでいる。

順平は形の揃った真鯛三十尾を仕入れていた。塩焼きにして、膳を飾る祝儀魚である。うろこをはがし、わたを抜いて順平が下拵えした鯛に、おきょうが器用な手つきで金串（かなぐし）を打っていた。

「小西様のお屋敷って、ツバメの巣がいくつもあるのね」

庭のネギを摘んできたおけいが、弾んだ声をあげた。

台所の軒下には、ツバメの巣がふたつあった。いずれも子ツバメがいるらしく、ひっきりなしに親ツバメが餌を運んでいる。

「おきょうさん……」

おけいに手招きをされたおきょうは、鯛をザルに戻して戸口に出た。

「可愛いっ」

おきょうの声が聞こえたのか、親ツバメが下を向いた。巣を見上げるおけいとおきょうを見て、親ツバメはプルルッと羽を奮（ふる）わせた。

「きっと、お祝いを言ってくれたのよ」

「あたしたちも、はやく赤ちゃんを授かりたいわね」

おきょうは正味でこどもをほしがっていた。
うなずきで応じてから、おけいは新吉に呼びかけた。
シャキッ、シャキッ、シャキッ……。
新吉は米を研ぐ音で返事をした。
軽やかな音には、おけいへの思いが詰まっていた。

（了）

解説

末國善己

　現代では、コンビニやスーパーに足を運ぶだけで欲しい日用品はたいてい手に入る。だが流通網が発達しておらず、商品も手作業で作られていた江戸時代は、現代では考えられないほど多種多様な職業が存在していたようだ。唐辛子や飴（あめ）、竿竹（さおだけ）の行商や、鍋釜の修理、反故（ほご）紙や古着の回収だけで日々の生活に困らなかったのだから、幼い頃からその道一筋に修業してきた商人や職人は、当然ながら一芸に秀でたスペシャリストになっていた。

　こうした江戸の特色に着目し続けている山本一力は、現代でいえばレンタルショップにあたる損料屋（そんりょうや）を主人公にしたデビュー作『損料屋喜八郎始末控え』以降、『深川（ふかがわ）駕籠（かご）』では駕籠舁（か）き、『道三堀のさくら』では水売り、『銭売り賽蔵（さいぞう）』では金貨銀貨を庶民が普段使う文銭に両替する銭売り、『早刷り岩次郎』では瓦版（かわらばん）屋と、一貫して己の仕事に誇りを持つプロフェッショナルを主人公に、清々（すがすが）しくも心温まる物語を紡いできた。

時代小説では目にする機会も多いのに、その実態はよくわからない商人や職人を取り上げることが多かっただけに、次の作品ではどんな職業が選ばれるのかを楽しみにしている一力ファンも多いはずだ。本書『銀しゃり』も、著者のホームグラウンドともいえる深川を舞台に、鮨職人新吉の活躍を描いているので決して期待を裏切ることはないだろう。

鮨、天麩羅、蕎麦は屋台でも売られていた江戸庶民の食べ物。しかも、その人気は現代まで続いているので、鮨職人というセレクトは一力作品にしては平凡に思えるかもしれない。だが、そのような判断は早急に過ぎる。現代人は、鮨と聞くとすぐに握鮨を思い浮かべるだろうが、握鮨が広まったのは天保年間（一八三〇～一八四四年）とされている。本書は寛政二（一七九〇）年が舞台なので、握鮨の誕生より四十年以上も前。新吉は、鮨職人といっても握鮨ではなく、上方から伝わった柿鮨（箱鮨）の職人とされているのだ。

鮨の歴史は古く、米に魚貝を混ぜて発酵させた熟れ鮨については、平安時代の記録にも残っている。熟れ鮨は、鮒鮨のような食品といえば分かりやすいかもしれない。現在のように、酢飯を使った鮨が作られるようになるのは、酢の製法が広まり、値段も下がった江戸時代以降のこと。酢飯を箱型の容器に詰め、そこに具材を散らした柿鮨が江戸に紹介されたのは、奈良に本店を置く釣瓶鮨（釣瓶型の容器に鮨を詰めたため、この屋号になったと伝えられている）が江戸に出店した宝暦三（一七五三）年とされている。柿鮨は一箱丸ごとだけでなく、十二等分されて切り売りもされたため、手軽なファストフードとして人気を集めていく。新吉が修業をし、深川に自分の店を持つ一国一城の主になったのは、ちょうど箱鮨が一般に広まっていた時期でもあるのだ。少し余談になるが、握鮨は、柿鮨を切り売りした切り鮨や、切り鮨を笹の葉で包んだ笹巻鮨（毛抜き鮨）を発展させて生まれたとの説もあるので、新吉は現代の鮨文化を作った職人の一人といえるかもしれない。

　これまでも様々な職業を鮮やかに活写してきた著者だけに、本書に登場する鮨も、思わず食べてみたくなるほど美味しそうに描かれている。特に前半に出てくる柿鮨の作り方はそのままレシピとして使えるほどなので、ご家庭で実際に試してみるのも一興である。

　名店・吉野家での修業を終えた新吉は、深川に店を開くものの、材料を惜しんではならない、安売りをしてはならないという親方のいいつけを守ったため、当初は苦戦を強いられる。吉野家は、酢に砂糖を入れてまろやかさを出すことを秘伝としていた。江戸時代の風物を記録した喜多川守貞『類聚近世風俗志』（『守貞謾稿』）には、柿鮨の作り方が「筥に飯と酢と塩を合せ」と記されているので、砂糖を入れるというのは著者の独創であろう。現代では値段も安い砂糖だが、原料が暖かい地方でしか手に入らず、大量生産もできなかった江戸時代は超高級食材。新吉はその砂糖を惜しげもなく使うのだから、どうしても価格に跳ね返ってきてしまう。だが新吉は、味を守ることが職人の矜持(きょうじ)であり、結果的にはお客様に喜んでもらえ、商売の発展に繋(つな)がるとして自分の信じる道を突き進んでいく。

こうした新吉の職人気質(かたぎ)を象徴的に現しているのが、タイトルにもなっている「銀しゃり」という言葉である。鮨の味は米が決めると考えている新吉は、修業時代から米の炊き方には細心の注意を払ってきた。大量の米を研ぎ、へっついの前で常に火加減を見続けるのは、鮨を作る過程の中でも最も重労働となっている。あえてキツい作業をタイトルに選んだのは、額に汗して働くのはかっこいいことなのだ、というメッセージが込められているように思えてならない。それだけに、物語の要となる部分で必ず描かれる米を研ぐ「シャキッ、シャキッ」という音は、強く印象に残るのではないだろうか。

砂糖のことで悩んでいた新吉に救いの手を差し伸べるのが、旗本の勘定方を務めている小西秋之助(こにしあきのすけ)。職業がら経理に明るい秋之助は、多くの武家が札差(ふださし)からの借金に苦しむなか、初代が庭に植えたたけのこや青竹、竹の皮、さらに柿(かき)の実を青竹に詰めたものを料亭などに売って副収入を得ていたため、借財とは無縁だった。頑固に職人道を守ろうとする新吉に惚れた秋之助は、柿の皮を酢に漬け込んで甘味を出すと、砂糖の分量が減らせるのではないかと助言する。秋之助の一言で新しい鮨の可能性を直感した新吉が、試行錯誤を繰り返しながら、「柿のうまさがしみこんだ、柿鮨」を完成させるまでが前半の読みどころとなる。おそらく〝柿を使った柿鮨〟は、「柿」と「杮」の漢字が似ていることから発想されたのだろう。江戸っ子も洒落や地口を好んだので、この〝遊び心〟も緻密な時代考証の一つといえるかもしれない。

続いて新吉は、秋之助から鮨に竹製の小刀を付けるアイディアを授けられるものの、それをサービスで付けるまでコストダウンする方法をめぐって苦心する。このように新製品の開発や経営の問題を掘り下げているので硬派な展開が続くが、新吉と同じように高い志を持った人々が損得抜きで困っている仲間を助けたり、子連れの美女おあきに惚れてしまった新吉が、昔から憎からず想っていた親友・順平の妹おけいとの間で揺れ動いたりもするので、人情ものや恋愛ものが好きな方でも十分に満足できるはずだ。

伝統的な市井人情ものは、金を稼ぐことを卑しいとするか、金がなくても幸福な人生をおくれるといったテーマを描くことが多かった。だが人情ものでありながら、経済小説の側面も持ち合わせている本書は、金を稼ぐことを悪とはしていない。新吉は、材料の仕入れ値に利益を加えて鮨を売っているし、販売促進のために鮨とセット販売していた柿を貧しい身なりのおあきが求めた時も、（多少の値引きはしたものの）きっちりと代金を受け取っている。それは新吉が、商売をして金を稼ぐことが鮨職人の誇りであり、貧しい人に頼まれてもいないのに情けをかけることは、逆に相手を見下すことになると自覚しているからなのである。借金が棒引きになっても恥じることのない同僚に疑問を持つ秋之助も、創意工夫をして成功した商人や職人ならば、身分の違いを超えて尊敬しているのである。

本書が、借金で苦しむ武家を救うため幕府が出した棄捐令によって札差が貸し渋りに走り、それが不況を引き起こした寛政初期を舞台に選んだのは、バブルが崩壊した一九九〇年代前半の日本と重ねる意図があったのではないだろうか。日本は、地道な物作りで発展したが、一九八〇年代にバブル景気が始まると、修業に時間がかかる職人仕事は敬遠され、誰もが土地や株へ投機して手っ取り早く金を稼ごうとした。こうした風潮はバブル崩壊で見直されると思いきや、物作りの現場では国際競争力をつけるとの美名のもとに、熟練工を育てるよりも、派遣労働者を雇ってコストカットをはかろうとした。

山本一力が、地味ながら堅実に商売を営む庶民を主人公にしているのは、バブル景気によってもたらされ、バブル崩壊後も変わらなかった、金を稼いだ人間は勝ち、金を稼ぐためにはモラルなど必要ない、という現代社会に一石を投じるためだったように思えてならない。本書が、秋之助からの借金を踏み倒して逐電した孝三(こうぞう)や、棄捐令で札差が蒙(こうむ)った損害のことなど顧みず、厚顔無恥にも新たな借金を申し込む武家を悪役にしているのも、法律に触れなければ道義に反しても構わないという風潮への批判にほかならないと思えるのだ。

　現代と同じように混迷が続く時代を、逆境に押し潰(つぶ)されることなく未来を信じて駆け抜けた新吉と秋之助は、真っ当に生きることの素晴らしさを再確認させてくれるはずだ。

（すえくに・よしみ／文芸評論家）

落語小説集　芝浜

山本一力

ISBN978-4-09-406596-1

古典落語の人気演目をノベライズ。働き者だが大酒飲みのために貧乏な夫と、その妻の愛情を温かく描いて、屈指の人情噺として名高い「芝浜」。正直者同士が意地を張り合い、明るい人情噺として人気の高い「井戸の茶碗」。船場の商家を舞台に、堅い番頭の裏の顔を描いた「百年目」。一文無しの絵描きが宿代の代わりに描いた絵から意外な展開となる「抜け雀」。江戸末期の名脇役だった三世仲蔵の自伝的随筆をもとに作られた「中村仲蔵」。落語ファンから愛される以上五演目を、ときに独創を加え、ときに人生訓を加え、咄に込められた諧謔と人情味を趣深く伝える。解説は柳家三三氏。

春風同心十手日記〈一〉

佐々木裕一

ISBN978-4-09-406843-6

定町廻り同心の夏木慎吾が殺しのあったという深川の長屋に出張ってみると、包丁で心臓を刺されたままの竹三が土間で冷たくなっていた。近くに女物の匂い袋が落ちていたところを見ると、一月前に家を出ていった女房おくにの仕業らしい。竹三は酒癖が悪く、毎晩飲んでは、暴力をふるっていたらしいのだ。岡っ引きの五郎蔵や女医の華山らに助けを借りて探索をはじめた慎吾だったが、すぐに手詰まってしまい……。頭を抱えて帰宅した慎吾の前に、なんと北町奉行の榊原忠之が現れた!?　しかも、娘の静香まで連れているのは、一体なぜ？　王道の捕物帳、シリーズ第１弾！

小学館文庫
好評既刊

勘定侍 柳生真剣勝負〈一〉
召喚

上田秀人

ISBN978-4-09-406743-9

大坂一と言われる唐物問屋淡海屋の孫・一夜は、突然現れた柳生家の者に御家を救えと、無理やり召し出された。ことは、惣目付の柳生宗矩が老中・堀田加賀守より伝えられた、四千石の加増にはじまる。本禄と合わせて一万石、晴れて大名となった柳生家。が、大名を監察する惣目付が大名になっては都合が悪い。案の定、宗矩は役目を解かれ、監察される側に立たされてしまう。惣目付時代に買った恨みから、難癖をつけられぬよう宗矩が考えた秘策が一夜だったのだ。しかしなぜ召し出すのが商人なのか？　廻国中の柳生十兵衛も呼び戻されて。風雲急を告げる第１弾！

勘定侍　柳生真剣勝負〈二〉
始動

上田秀人

ISBN978-4-09-406797-2

弱みは財政——大名を監察する惣目付の企てから御家を守らんと、柳生家当主の宗矩は、勘定方を任せるべく、己の隠し子で、商人の淡海屋一夜を召し出した。渋々応じた一夜だったが、柳生の庄で十兵衛に剣の稽古をつけられながらも石高を検分、殖産興業の算盤を弾く。旅の途中では、立ち寄った京で商談するなどそつがない。が、江戸に入る直前、胡乱な牢人らに絡まれ、命の危機が迫る……。三代将軍・家光から、会津藩国替えの陰役を命ぜられた宗矩。一夜の嫁の座を狙う、信濃屋の三人小町。騙し合う甲賀と伊賀の忍者ども。各々の思惑が交錯する、波瀾万丈の第２弾！

付添い屋・六平太
龍の巻 留め女

金子成人

ISBN978-4-09-406057-7

時は江戸・文政年間。秋月六平太は、信州十河藩の供番（駕籠を守るボディガード）を勤めていたが、十年前、藩の権力抗争に巻き込まれ、お役御免となり浪人となった。いまは裕福な商家の子女の芝居見物や行楽の付添い屋をして糊口をしのぐ日々だ。血のつながらない妹・佐和は、六平太の再士官を夢見て、浅草元鳥越の自宅を守りながら、裁縫仕事で家計を支えている。相惚れで髪結いのおりきが住む音羽と元鳥越を行き来する六平太だが、付添い先で出会う武家の横暴や女を食い物にする悪党は許さない。立身流兵法が一閃、江戸の悪を斬る。時代劇の超大物脚本家、小説デビュー！

付添い屋・六平太
虎の巻 あやかし娘

金子成人

ISBN978-4-09-406058-4

十一代将軍・家斉の治世も四十年続き、世の中の綱紀は乱れていた。浪人・秋月六平太は、裕福な商家の子女の花見や芝居見物に同行し、案内と警護を担う付添い屋で身を立てている。外出にかこつけて男との密会を繰り返すような、わがままな放題の娘たちのお守りに明け暮れる日々だ。血のつながらない妹・佐和をやっとのことで嫁に出したものの、ここのところ様子がおかしい。さらに、元許嫁の夫にあらぬ疑いをかけられて迷惑だ。降りかかる火の粉は、立身流兵法達人の腕と世渡りで振り払わねば仕方ない。日本一の人情時代劇、第２弾にして早くもクライマックス！

小学館文庫
好評既刊

脱藩さむらい

金子成人

ISBN978-4-09-406555-8

香坂又十郎は、石見国、浜岡藩城下に妻の万寿栄と暮らしている。奉行所の町廻り同心頭であり、斬首刑の執行も行っていた。浜岡藩は、海に恵まれた土地である。漁師の勘吉と釣りに出かけた又十郎は、外海の岩場で脇腹に刺し傷のある水主の死体を見つける。浜で検分を行っていると、組目付頭の滝井伝七郎が突然現れ、死体を持ち去ってしまった。義弟の兵藤数馬によると、死んだ水主の正体は公儀の密偵だという。後日、城内に呼ばれた又十郎は、謀反を企んで出奔した藩士を討ち取るよう命じられる。その藩士の名は兵藤数馬であった。大河時代小説シリーズ第1弾！

脱藩さむらい 蜜柑の櫛

金子成人

ISBN978-4-09-406606-7

石見国浜岡藩奉行所の同心頭・香坂又十郎と妻・万寿栄の平穏な暮らしは、ある日を境に一変した。万寿栄の弟で勘定役の兵藤数馬が藩政の実権を握る一派の不正を暴くべく脱藩したのだ。藩命抗しえず、義弟を討った又十郎だが、それで、お役御免とはいかなかった。江戸屋敷の目付・嶋尾久作は又十郎を脱藩者と見なし、浜岡藩が表に出せない汚れ仕事を押し付けてくる。このままでは義弟が浮かばれない。数馬が最期に呟いた、下屋敷お蔵方の筧道三郎とは何者なのか。又十郎の孤独な闘いが続く。付添い屋・六平太シリーズの著者の新境地！大河時代小説シリーズ第２弾。

突きの鬼一

鈴木英治

ISBN978-4-09-406544-2

美濃北山三万石の主百目鬼一郎太の楽しみは月に一度の賭場通いだ。秘密の抜け穴を通り、城下外れの賭場に現れた一郎太が、あろうことか、命を狙われた。頭格は大垣半象、二天一流の遣い手で、国家老・黒岩監物の配下だ。突きの鬼一と異名をとる一郎太は二十人以上を斬り捨てて虎口を脱する。だが、襲撃者の中に城代家老・伊吹勘助の倅で、一郎太が打ち出した年貢半減令に賛同していた進兵衛がいた。俺の策は家臣を苦しめていたのか。忸怩たる思いの一郎太は藩主の座を降りることを即刻決意、実母桜香院が偏愛する弟・重二郎に後事を託して単身、江戸に向かう。

小学館文庫
好評既刊

突きの鬼一 夕立

鈴木英治

ISBN978-4-09-406545-9

母桜香院が寵愛する弟重二郎に藩主代理を承諾させた百目鬼一郎太は、竹馬の友で忠義の士・神酒藍蔵とともに、江戸の青物市場・駒込土物店を差配する槐屋徳兵衛方に身を落ち着ける。暮らしの費えを稼ごうと本郷の賭場で遊んだ一郎太は、九歳のみぎり、北山藩江戸下屋敷長屋門の中間部屋で博打の手ほどきをしてくれた駿蔵と思いもかけず再会し、命を助けることに。そんな折、国元の様子を探るため、父の江戸家老・神酒五十八と面談した藍蔵は桜香院の江戸上府を知らされる。桜香院は国家老・黒岩監物に一郎太抹殺を命じた張本人だった。白熱のシリーズ第２弾。

小学館文庫
好評既刊

姉上は麗しの名医

馳月基矢

ISBN978-4-09-406761-3

老師範の代わりに、少年たちへ剣を指南している瓜生清太郎は稽古の後、小間物問屋の息子・直二から「最近、犬がたくさん死んでる。たぶん毒を食べさせられた」と耳にする。一方、定廻り同心の藤代彦馬がいま携わっているのは、医者が毒を誤飲した死亡事件。その経緯から不審を覚えた彦馬は、腕の立つ女医者の真澄に知恵を借りるべく、清太郎の家にやって来た。真澄は、清太郎自慢の姉なのだ。薬絡みの事件に、「わたしも力になりたい」と、周りの制止も聞かず、ひとりで探索に乗り出す真澄。しかし、行方不明になって……。あぶない相棒が江戸の町で大暴れする！

徒目付　情理の探索　純白の死

青木主水

ISBN978-4-09-406785-9

上司である公儀目付の影山平太郎から命を受けた、徒目付（かちめつけ）の望月丈ノ介は、さっそく相方の福原伊織へ報告するため、組屋敷へ向かった。二人一組で役目を遂行するのが徒目付なのだ。正義感にあふれ、剣術をよく遣う丈ノ介と、かたや身体は弱いが、推理と洞察の力は天下一品の伊織。ふたりは影山の「小普請（こぶしん）組前川左近の新番組頭への登用が内定した。ついては行状を調べよ」との言に、まずは聞き込みからはじめる。すぐに左近が文武両道の武士と知れたはいいが、双子の弟で、勘当された右近の存在を耳にし――。最後に、大どんでん返しが待ち受ける、本格派の捕物帳！

本書のプロフィール

本書は、二〇〇九年七月に文庫化された同名作品に加筆修正を行い、新装版として再構成したものです。

小学館文庫

銀しゃり 新装版

著者 山本一力

二〇二〇年十一月十一日　初版第一刷発行

発行人　飯田昌宏
発行所　株式会社 小学館
〒一〇一-八〇〇一
東京都千代田区一ツ橋二-三-一
電話　編集〇三-三二三〇-五九五九
販売〇三-五二八一-三五五五
印刷所 ――― 中央精版印刷株式会社

ISBN978-4-09-406842-9